괜찮아, 삶은 즐거워

괜찮아,
삶은 즐거워

김규진 외 6인

작가와비평

프롤로그

2024년 6월, 소박하게 시작한 '이클럽 책쓰기 동호회'의 여정이 마침내 첫 결실을 맺었습니다. 이번에 출간된 《괜찮아, 삶은 즐거워》는 인생 2막을 활기차게 살아가고 있는 동호회 회원 일곱 명이 이뤄낸 소중한 결과물입니다.

이 책에 담긴 글들은 화려한 수사나 거창한 철학이 아닌, 각 저자가 직접 경험하고 느낀 진솔한 이야기입니다. 그 안에는 인생의 크고 작은 굴곡 속에서 얻은 소중한 교훈과 감동이 담겨 있습니다. 일상에서 발견한 작은 기쁨들, 때로는 예상치 못한 시행착오와 깊은 고민들, 그리고 그 속에서 찾아낸 새로운 삶의 의미를 담담하면서도 정감 있는 시선으로 풀어냈습니다.

이 책이 완성되기까지 아낌없는 지원과 격려를 보내주신 롯데이클럽, 디지털문인협회, 그리고 글로벌콘텐츠 관계자 여러분과 특히 이 책을 처음부터 마지막까지 탁월한 감각으로 세심하게 정리해 주신 김미미 이사님에게 진심으로 감사드립니다.

우리는 여전히 꿈꾸고 도전하며 새로운 이야기를 써 나가고 있습니다. 이 책이 많은 분들과 공감하며, 서로에게 힘이 되는 따뜻한 동행이 되기를 진심으로 소망합니다.

2025년 4월
저자 일동

목차

목차

■ 허병탁 **인생의 쉼표, 그리고 새로운 시작**

당신에게 좀 더 잘해 줄걸

김규진

도전과 성장의 기록

때로는 한 걸음의 시작이 천 리의 여정이 된다. 2008년 4월 11일, 중국 심양의 50,198평 부지 낙찰 소식을 접했을 때, 우리는 이 여정이 얼마나 위대한 도전이 될지 알지 못했다. 동북아 최대 규모의 복합시설을 건설한다는 꿈은, 그저 차가운 숫자들로 가득한 사업 계획서 속에 담겨 있었다.

그해 가을, 10월 28일 기공식은 한 편의 서사시로 새로운 시작이었다. 452,100평의 연면적, 275m 높이 그리고 수천 명의 사람들이 만들어갈 새로운 역사. 우리는 그날, 심양의 맑은 하늘 아래에서 서로 다른 언어로 같은 꿈을 이야기했다. 한국과 중국, 일본 그리고 미국의 전문가들이 모여 그린 청사진은 단순한 설계도면이 아닌 미래를 향한 우리의 약속이었다.

설계와 인허가 과정은 우리에게 깊은 가르침을 주었다. 중국의 복잡한 행정 체계와 문화적 차이는 때로는 높은 산처럼 우리 앞을 가로막았다. 하지만 그 과정에서 우리는 배웠다. 진정한 소통이란 무엇인지, 상호 존중은 어떻게 실천되는지, 그리고 신뢰는 어떻게 쌓아가는 것인지를.

프로젝트의 규모만큼이나 도전적이었던 것은 자금 조달과 공사 관리였다. 우리는 전략적으로 공사를 두 단계로 나누었다. 2011년 3월부터 2013년 말까지의 1기 공사, 그리고 2012년 3월부터 2015년 말까지 이어진 2기 공사. 이는 단순한 공정 분할이 아닌, 자금 흐름과 시장 상황을 고려한 치밀한 전략의 결과였다.

영하 30도의 혹한, 예상치 못한 지반 문제, 문화적 차이로 인한 오해… 매 순간의 도전은 우리를 더 강하게 만들었다. 한밤중의 긴급회의에서, 현장의 치열한 토론에서, 그리고 서로를 이해하려 노력했던 수많은 순간에서 우리는 성장했다. 이 책에 담긴 이야기들은 바로 그 성장의 기록이다.

특히 프로젝트 초기의 다양한 이벤트는 우리에게 깊은 교훈을 남겼다. 간단한 실수가 큰 위기로 이어질 뻔했던 순간들, 문화적 차이를 뛰어넘어 하나가 되어갔던 과정들, 불가능해 보였던 도전을 함께 극복해 냈던 기억들. 이 모든 순간이 우리의 소중한 자산이 되었다.

2015년 12월의 그랜드 오픈을 목표로 달려왔던 우리의 여정은, 안타깝게도 당초 계획했던 방향으로 완성을 이루지 못했다. 복잡한 대외 환경의 변화와 예기치 못한 상황들이 겹치면서, 프로젝트는 현재 중단된 상태다. 하지만 이 책은 실패의 기록이 아닌, 도전의 가치를 담은 성장의 기록이 되고자 한다.

특히 이 책은 프로젝트 초기 4년간, 2008년부터 2012년까지 숨 가쁘게 전개되었던 순간들에 주목한다. 그 시기는 우리가 가장 열정적으로 꿈을 좇았고, 가장 많은 것을 배웠던 시간이었다. 비록 최종 목표에는 도달하지 못했지만, 그 과정에서 우리가 얻은 깨달음과 성장의 순간들은 결코 헛되지 않았다.

이 이야기가 미래의 도전자들에게 전하는 메시지는 분명하다. 때로는 우리의 계획대로 되지 않는 것이 인생이며, 완성되지 못한 꿈이라 할지라도 그 과정에서의 배움과 성장은 결코 작은 것이 아니라는 것. 심양 프로젝트는 우리에게 성공이나 실패를 넘어선 더 깊은 가르침을 남겼다. 그것은 도전의 가치와 협력의 힘 그리고 역경 속에서도 포기하지 않는 불굴의 의지였다. 이 기록이 여러분의 가슴 속에도 새로운 도전의 씨앗을 심기를 바란다.

1

중국 심양 프로젝트와 첫인상

2008년 가을, 인천공항에서 심양으로 향하는 비행기에 올랐을 때의 그 설렘과 부담감이 아직도 생생하다. 대형 프로젝트의 대표라는 중책을 맡고 일곱 명의 주재원들과 함께 미지의 땅으로 향하는 그 순간, 나는 내 인생의 새로운 장이 시작됨을 직감했다. 창밖으로 보이는 구름 사이로 중국 대륙이 모습을 드러낼 때마다, 앞으로 마주하게 될 도전과 성취에 대한 기대감이 가슴 한편을 채웠다.

심양瀋陽은 중국 동북부 랴오닝성의 성도로, 청나라의 발상지이자 만주족의 역사적 중심지다. 약 830만 명의 인구를 보유한 이 거대도시는 중국에서 베이징, 상하이, 광저우에 이어 네 번째로 큰 도시다. 총면적 12,948㎢에 달하는 이 도시는 오랜 역사와 현대적 발전이 공존하는 독특한 매력을 지니고 있다.

심양의 역사는 기원전 7000년까지 거슬러 올라간다. 신석기 시대의 유적지에서 발견된 유물들은 이 지역이 일찍부터 문명의 발상지였음을 증명한다. 특히 만주족의 핵심 거점으로서, 후금後金이 청나라로 발전하는 과정에서 중추적인 역할을 했다. 이러한 역사적 중요성은 도시 곳곳의 문화유산을 통해 여실히 드러난다.

특히 심양의 상징인 심양 고궁瀋陽故宮은 베이징의 자금성과 더불어 중국의 두 대궐 중 하나로 꼽힌다. 1625년부터 1636년까지 건설된 이 궁전은 청나라 초기 황제들의 거처였으며, 만주족 특유의 건축양식을 잘 보여준다. 팔각형 지붕과 용마루의 곡선, 화려한 채색 장식들은 한족의 건축양식과는 차별화된 독특한 미학을 보여준다.

심양 고궁의 건축적 특징을 자세히 살펴보면, 만주족의 전통과 한족의 궁궐 양식이 절묘하게 융합된 것을 발견할 수 있다. 대표적인 건물인 대정전大政殿은 만주족 전통 가옥의 특징을 보존하면서도 중국 황실 건축의 위엄을 고스란히 담아냈다. 특히 지붕의 이중 처마와 용마루의 섬세한 장식은 당시 만주족 장인들의 뛰어난 기술력을 증명한다.

심양은 비옥한 평원지대에 위치해 있어 농업이 발달했다. 주요 농산물로는 쌀과 옥수수, 수수, 콩이 있으며, 특히 동북지방 특유의 한랭한 기후를 이겨내는 작물들이 주로 재배된다. 사계절이 뚜렷하며, 겨울이 길고 추운 대륙성 기후는 이 지역만의 독특한 농업 문화를 형성했다.

이러한 기후적 특성은 심양 사람들의 생활양식과 문화에도 큰 영향을 미쳤다. 긴 겨울을 대비한 절임 식품 문화가 발달했으며, 튼튼한 건축 구조와 난방 시스템의 발달을 가져왔다. 특히 전통적인 캉炕 난방 시스템은 오늘날까지도 많은 가정에서 사용되고 있다.

심양의 농업은 단순한 식량 생산을 넘어 도시의 경제적, 문화적 정체성을 형성하는 중요한 요소다. 최근에는 현대적 농업 기술을 도입하여 생산성을 높이고, 유기농 농산물 재배에도 힘을 쏟고 있다. 도시 외곽의 광활한 농경지는 이제 첨단 농업 기술과 전통적 농사법이 공존하는 현장이 되었다.

2008년 9월 3일, 나는 심양 프로젝트 대표로 임명받았다. 프로젝트의 규모는 실로 엄청났다. 부지면적 50,198평, 연면적 452,100평에 달하는 대형 복합단지를 건설하는 것이었다. 상업시설 65%, 주거시설 35%의 비율로 구성된 이 프로젝트는 275m 높이의 랜드마크가 될 예정이었다.

프로젝트의 위치 선정은 심양시의 미래 발전 방향을 고려한 전략적 결정이었다. 황고구 북능대가 금랑 1호에 위치한 부지는 도시의 새로운 중심축으로 성장할 잠재력을 가지고 있었다. 도시계획 전문가들과의 긴밀한 협의를 통해, 우리는 이 지역이 미래 심양의 상업과 문화의 중심지로 발전할 것이라는 확신을 갖게 되었다.

9월 9일 심양시장과의 만남은 프로젝트의 중요한 전환점이었다. 이 자리에서 우리는 단순한 상업시설이 아닌, 심양의 새로운 문화 랜드마크를 만들겠다는 비전을 공유했다. 시장은 우리의 계획에 깊은 관심을 보였고, 2008년 10월 28일로 예정된 기공식 일정이 확정되었다.

이 프로젝트의 기술적 특성은 당시로서는 매우 도전적인 것이었다. 용적률 625%, 건폐율 55%, 조경 비율 20%라는 수치는 단순한 숫자가 아닌, 도시 계획적 측면에서 새로운 도전이었다. 특히 275m 높이의 건물은 심양의 스카이라인을 새롭게 정의할 상징물이 될 것이었다.

건축 설계 과정에서는 현지의 기후 조건을 세심하게 고려해야 했다. 영하 30도까지 내려가는 혹한과 강한 북서풍을 견딜 수 있는 구조 설계가 필요했다. 또한 지진에 대비한 내진 설계도 중요한 과제였다. 우리는 한국의 선진 건축 기술과 중국의 현지 경험을 결합하여 이러한 과제들을 하나씩 해결해 나갔다.

중국에서의 첫 날들은 끊임없는 도전의 연속이었다. 언어 장벽은 예상했던 것보다 더 높았고, 현지 법규와 관행에 대한 이해도 시급했다. 구매계약부터 인력 수급, 장비 조달에 이르기까지 모든 과정이 새로운 도전이었다.

특히 현지 협력업체들과의 관계 구축은 매우 중요했다. 중국의 비즈니스 문화는 한국과는 많이 달랐다. 계약서의 세부 조항보다는 상호 신뢰와 관계가 더 중요시되었고, 의사결정 과정도 우리가 익숙한 방식과는 달랐다. 이러한 차이를 이해하고 적용하는 과정이 때로는 힘들었지만, 결과적으로는 매우 가치 있는 학습 경험이 되었다.

우리 팀은 이러한 어려움을 하나씩 극복해 나갔다. 현지 직원들과의 끊임없는 소통, 시행착오를 통한 학습, 무엇보다 팀원들의 헌신적인 노력이 있었기에 가능했다. 특히 심양 사람들의 따뜻한 환대와 협조는 큰 힘이 되었다. 우리는 점차 현지의 업무 방식을 이해하게 되었고, 효율적인 협력 체계를 구축할 수 있었다.

이 프로젝트는 단순한 건설 사업 이상의 의미를 가졌다. 한국과 중국의 문화가 만나는 접점이자, 양국의 경제 협력을 상징하는 랜드마크였다. 현대적 시설과 전통적 가치가 조화를 이루는 공간을 만들어내는 것이 목표였다.

프로젝트가 진행됨에 따라, 단순히 건물을 짓는 것이 아니라 문화적 교류의 장을 만들고 있다는 것을 깨달았다. 설계 과정에서 한국의

현대적 건축 기술과 중국의 전통적 미학을 조화롭게 융합하려 노력
했다. 상업 공간의 구성에 있어서도 양국의 소비 문화와 라이프스타
일을 고려했다.

프로젝트를 진행하면서 환경적 지속가능성에도 큰 관심을 기울였
다. 에너지 효율적인 건축 자재의 사용, 친환경 설비 시스템의 도입,
20%에 달하는 조경 비율의 확보는 이러한 노력의 일환이었다. 특히
도심 속의 녹지 공간 조성은 시민들의 삶의 질 향상에 기여할 것으
로 기대했다.

또한 지역 경제 발전에도 기여하고자 했다. 건설 과정에서 가능한
한 많은 현지 업체들과 협력했으며, 이를 통해 기술 이전과 일자리 창
출이 이루어졌다. 완공 후에는 이 시설이 심양 경제의 새로운 성장 동
력이 될 것으로 기대했다.

심양에서의 경험은 내 인생에서 가장 도전적이면서도 보람 있는 시
간이었다. 언어와 문화의 장벽을 넘어 대규모 프로젝트를 성공적으로
진행할 수 있었던 것은 팀원들의 헌신과 현지인들의 협조 덕분이었
다. 이 프로젝트를 통해 우리는 단순히 건물을 짓는 것이 아니라, 한
중 협력의 새로운 장을 열어가고 있었다.

심양 프로젝트 주간 전경

오늘도 심양의 하늘을 수놓은 275m 높이의 건물을 바라보며, 나는 그 시절의 도전과 성취를 떠올린다. 이것은 단순한 건축물이 아닌 양국의 협력과 신뢰가 만들어낸 역사의 한 페이지이자 미래를 향한 약속이다. 앞으로도 이 프로젝트가 한중 양국의 문화와 경제 교류의 상징으로 자리매김하기를 희망한다.

2

대규모 프로젝트의 도전과 혁신

    2008년 4월 끝자락, 롯데그룹의 회의실에서 중대한 결정이 내려졌다. 중국 진출의 교두보로 심양을 선택한 것이다. 당시만 해도 많은 이들이 의문을 제기했다. 왜 베이징도, 상하이도 아닌 심양인가? 우리의 선택은 면밀한 시장 분석과 전략적 판단에 기반한 것이었다.

    동북 3성의 중심도시인 심양은 2,300만 명의 배후 인구를 보유한 거대 시장이었다. 위치적으로 심양 북역과 향후 대련까지 연결되는 고속열차 역사가 인접되어 있고 심양시 전철이 프로젝트와 편리하게 연결돼 심양 시민들의 더 좋은 공간으로 활용할 수 있으며, 더구나 글로벌 금융위기로 부동산 시장이 조정을 받고 있던 시기는 전략적 진입의 최적기였다. CBRE와 함께 진행한 심층 시장 조사는 연간 방문객 2,000만 명이라는 낙관적 전망, 프리미엄 주거에 대한 수요 증가, 무엇보다 새로운 라이프스타일에 대한 심양 시민들의 강한 열망이 확인되었다.

    50,198평의 부지에 452,100평의 연면적을 가진 복합시설을 개발

한다는 계획은 단순한 건축 프로젝트가 아닌, 도시의 새로운 중심을 만드는 야심 찬 도전이었다. 프로젝트를 통해 아시아 유통 시장의 새로운 패러다임을 제시하고자 했다.

자금조달 전략도 혁신적이었다. 롯데자산개발은 본사 자기자본 15%, 그룹사 협력 투자 25%, 외부 자금조달 60% 안정적인 투자 구조를 설계했다. 특히 중국 국유 은행들과의 파트너십 구축은 프로젝트의 현지 신뢰도를 높이는 데 결정적인 역할을 했다.

설계 과정은 자체로 글로벌 협력의 교과서였다. 일본 오꾸노 설계 사무소는 동아시아의 문화적 감성을, 미국 RTKL은 글로벌 복합시설의 노하우를, 한국 정림건축은 실용성과 효율성을, 중국 동북 설계는 현지 적합성을 더했다. 이들의 전문성이 조화롭게 어우러져, 진정한 의미의 글로벌 프로젝트를 만들어갈 수 있었다.

특히 환경 지속가능성은 프로젝트의 핵심 가치였다. 고효율 설비 시스템, 신재생 에너지 활용, 중수 재활용 시스템 등을 도입했고, LEED 인증과 중국 녹색건축 인증을 동시에 추진했다. 단순한 환경 보호를 넘어, 미래 세대를 위한 책임이자 약속이었다.

디지털 전환도 적극적으로 추진했다. IoT 센서와 빅데이터를 활용한 스마트 빌딩 시스템은 에너지 관리부터 보안, 시설 유지보수까지 모든 것을 통합 관리했다. 모바일 앱과 디지털 결제 시스템의 도입은 고객들에게 새로운 쇼핑 경험을 제공했다.

가장 큰 도전은 문화적 통합이었다. 프로젝트 초기, 현지화의 중요성을 절감했다. 중국의 전통문화와 현대적 라이프스타일을 어떻게 조화롭게 융합할 것인가? 단순한 디자인의 문제가 아닌, 프로젝트의 정체성과 직결된 핵심 과제였다.

해답은 '창조적 융합'이었다. 중국 전통 건축의 요소들을 현대적으로 재해석하여 외관 디자인에 반영했고, 내부 공간은 심양 시민들의 생활 패턴과 선호도를 세심하게 고려했다. 특히 실내 정원과 문화 공간의 배치는 중국인들의 여가 문화를 깊이 이해한 결과물이었다.

프리미엄 이미지 구축도 중요한 과제였다. 심양의 소비자들은 이미 글로벌 브랜드와 고품질 서비스에 대한 높은 안목을 가지고 있었다. 글로벌 럭셔리 브랜드의 유치와 함께 한국의 세련된 서비스 문화를 접목시켰다. '심양 스타일'이라는 새로운 브랜드 가치를 창출하고자 한 것이다.

현지 미디어와의 관계 구축도 전략적으로 접근했다. 단순한 홍보를 넘어 지역사회와 소통하는 창구로 미디어를 활용했다. 프로젝트의 진행 상황과 지역사회 기여 활동, 문화 이벤트 등을 지속적으로 공유함으로써, 시민들의 관심과 지지를 이끌어냈다.

운영 측면에서는 '하이브리드 매니지먼트 시스템'을 도입했다. 한국의 선진 운영 노하우와 현지 관리 방식의 장점을 결합한 시스템은, 효율성과 현지 적합성을 동시에 확보할 수 있게 했다. 특히 현지 직원들의 역량 강화를 위한 교육 프로그램은 큰 성과를 거두었다.

기술적 혁신도 계속되었다. 빅데이터 분석을 통해 고객들의 동선과 구매 패턴을 파악하고, 테넌트 믹스 전략에 반영했다. 최신 기반의 에너지 관리 시스템은 운영 효율을 크게 높였고, 실시간 모니터링 시스템은 시설 관리의 새로운 기준을 제시했다.

무엇보다 중요한 것은 '사람'이었다. 우리는 현지 인재 육성에 많은 공을 들였다. 정기적인 교육 프로그램, 한국 본사 연수, 경력 개발 지원 등을 통해 프로젝트를 이끌어갈 핵심 인재들을 양성했다. 이들은

중국 심양 프로젝트의 중앙광장 투시도

이제 프로젝트의 가장 큰 자산이 되었다.

　미래를 향한 우리의 도전은 계속되고 있다. ESG 경영의 강화, 디지털 전환의 가속화, 새로운 라이프스타일 트렌드 대응 등 해결해야 할 과제들이 여전히 많다. 그러나 우리에게는 자신감이 있다. 지난 시간 동안 축적된 경험과 노하우, 무엇보다 현지 파트너들과 쌓아온 신뢰가 있기 때문이다.

　심양 프로젝트는 이제 단순한 상업시설을 넘어, 도시의 새로운 랜드마크이자 문화의 중심지로 자리 잡았다. 매일 수만 명의 시민이 쇼핑하고, 여가를 즐기고, 추억을 만들어간다. 이것이야말로 우리가 꿈꾸었던 '도시 속의 도시'가 아닐까.

　더 나아가 롯데그룹의 글로벌 경쟁력을 입증하는 살아있는 증거가 되었다. 현지화와 글로벌 스탠더드의 조화, 전통과 혁신의 융합 그리고 지역사회와의 상생이라는 가치는, 앞으로 우리가 나아갈 글로벌 사업의 나침반이 될 것이다.

　심양의 밤하늘을 수놓는 프로젝트의 웅장한 실루엣을 바라보며 우리는 새로운 꿈을 꾼다. 이곳에서 시작된 도전과 혁신의 이야기가 아시아를 넘어 세계로 이어질 그날을 향해 우리의 여정은 계속될 것이다.

3

서로 다른 언어로 쓰는 하나의 이야기
심양 프로젝트에서 배운 소통의 미학

2009년 심양의 겨울은 유난히 추웠다. 우리는 영하 30도를 오르내리는 혹한 속에서 452,100평 규모의 거대한 꿈을 그리고 있었다. 심양 롯데월드 프로젝트는 단순한 건축물이 아닌, 서로 다른 문화와 언어를 가진 사람들이 하나의 비전을 향해 나아가는 여정이었다.

처음에는 모든 것이 낯설고 어려웠다. 한국과 중국, 일본, 미국의 전문가들이 한자리에 모였지만, 우리는 마치 각기 다른 곡을 연주하는 오케스트라 같았다. 언어의 장벽은 물론이고, 일하는 방식과 사고방식의 차이는 때로는 높은 벽처럼 느껴졌다.

전환점은 한 중국 현장 감독의 말에서 시작되었다. "우리는 지금 같은 그림을 보고 있는 걸까요?" 매일 아침 현장 회의에서 반복되는 소통의 어려움에 지친 그의 질문은 나에게 깊은 울림을 주었다. 그날 이후, 나는 '듣기'의 중요성을 깨닫기 시작했다.

먼저 '번역'이라는 물리적 소통의 한계를 극복하고자 했다. 단순히

말을 옮기는 것이 아니라 서로의 문화와 관점을 이해하려 노력했다. 예를 들어, 일본 오꾸노 설계사무소의 '여백의 미학'을 중국 측 파트너들에게 설명할 때, 중국 전통 산수화의 개념을 빌려왔다. 이러한 문화적 접점을 찾아가는 과정은 단순한 의사소통을 넘어 서로에 대한 이해를 깊게 만들었다.

특히 기억에 남는 것은 '시각화 소통 시스템'의 도입이었다. 복잡한 설계 변경이나 공정 관리를 논의할 때, 우리는 가능한 한 많은 시각자료를 활용했다. 3D 모델링과 도면 심지어 즉석에서 그린 스케치까지. 이러한 노력은 놀라운 효과를 가져왔다. "백 마디 말보다 한 장의 그림이 낫다"라는 중국 속담이 실감나는 순간이었다.

문제 해결 과정에서도 새로운 접근법을 시도했다. '원탁 회의' 시스템을 도입한 것이다. 직급과 국적에 관계없이 모든 참석자가 동등한 발언권을 가지고 문제의 해결책을 모색했다. 처음에는 중국 측 파트너들이 다소 불편해했지만, 점차 이러한 방식이 더 창의적인 해결책을 도출하는 데 효과적이라는 것을 깨닫게 되었다.

가장 인상 깊었던 순간은 2011년 초, 혹독한 한파로 인한 공사 중단 위기를 극복하는 과정이었다. 현장에서는 매일 새로운 문제가 발생했고, 각국 팀들의 의견은 첨예하게 갈렸다. 한국 팀은 공기 준수를 강조했고, 중국 팀은 안전과 품질 관리를 우선시했다.

그때 우리가 찾은 해답은 '함께 걷기'였다. 매일 아침 7시, 영하 30도의 한파 속에서 모든 팀 리더들이 현장을 함께 걸었다. 처음에는 단순한 현장 점검이었지만, 점차 이 시간은 서로를 이해하는 소중한 순간이 되었다. 차가운 공기 속에서 나누는 따뜻한 대화는, 우리가 결국 같은 목표를 향해 가고 있음을 일깨워주었다.

"이 기둥이 어떻게 보이세요?" 중국 현장 소장의 질문에 한국의 CM 감독이 잠시 생각에 잠기더니 자신의 패딩을 벗어 기둥에 둘렀다. "이렇게 보호해야 할 것 같습니다." 언어가 아닌 행동으로 전달된 이 메시지는 모두의 마음을 움직였다. 그날 이후 우리는 '방한 보양 공법'이라는 새로운 기술을 개발하게 되었다.

피드백 문화도 자연스럽게 변화했다. 전통적인 위계질서가 강한 중국에서 상호 피드백은 쉽지 않은 도전이었다. 우리는 '익명 제안 시스템'을 도입했다. 매주 금요일, 모든 직원이 자유롭게 의견을 제시하고 서로의 제안에 댓글을 다는 방식이었다. 처음에는 소극적이던 참여가 점차 활발해지면서, 현장의 작은 문제부터 프로젝트의 큰 방향까지 다양한 의견이 오가기 시작했다.

특히 인상 깊었던 것은 20대 중국 신입 엔지니어의 제안이었다. "실내 정원의 수종을 현지 식물로 바꾸면 어떨까요?" 단순해 보이는 이 제안은, 유지관리 비용 절감과 지역 정체성 강화라는 두 가지 효과를 가져왔다. 그의 제안을 계기로, 우리는 '현지화 TF팀'을 구성하게 되었다.

협업의 방식도 진화했다. 우리는 '멘토-멘티' 시스템을 국적을 뛰어넘어 적용했다. 한국의 베테랑 엔지니어가 중국의 신입 직원을, 일본의 설계사가 한국의 주니어 건축가를 멘토링 하는 방식이었다. 이 과정에서 전문성의 전수뿐만 아니라, 서로의 문화를 이해하는 깊이 있는 교류가 이루어졌다.

"처음에는 서로 다른 점이 문제처럼 보였습니다. 하지만 이제는 그것이 우리의 강점이 되었죠." 미국 RTKL의 수석 건축가의 이 말은 우리 프로젝트의 본질을 정확히 짚어냈다. 우리는 차이를 극복하는 것이 아닌 차이를 통해 더 나은 결과를 만들어내고 있었던 것이다.

2011년 여름, 첫 번째 공구가 계획된 공기에 완성되었을 때의 기쁨은 잊을 수 없다. 우리는 각국의 언어로 "축하합니다"를 외쳤다. 서로 다른 발음이지만, 그 안에 담긴 감동은 하나였다. 그리고 그 순간 나는 깨달았다. 진정한 소통은 말의 완벽한 번역이 아닌 마음과 마음이 만나는 것임을.

지금도 심양의 밤하늘을 수놓는 프로젝트의 웅장한 실루엣을 상상해 보면, 그 속에 깃든 수많은 소통의 순간들이 떠오른다. 서로 말은 통하지 않았지만 눈빛으로 안전을 확인하던 순간. 한국, 일본, 중국의 엔지니어들이 맨땅에 앉아 도면을 펼쳐놓고 몸짓으로 설명하던 모습. 그 모든 순간이 지금의 이 건물 속에 살아 숨 쉬고 있다.

특히 잊을 수 없는 것은 2011년 봄, 프로젝트의 전환점이 된 '소통 혁신 워크숍'이다. 사흘간의 일정 동안 우리는 모든 직급과 국적의 경계를 잠시 내려놓았다. 첫째 날, 서로의 문화를 소개하는 시간에서 시작된 대화는 점차 깊어져 갔다. "우리나라에서는 이렇게 합니다"라는 말 대신, "이렇게 하면 어떨까요?"라는 제안으로 대화가 바뀌어갔다.

"프로젝트는 결국 사람이 하는 것이고, 사람은 마음으로 움직입니다." 중국 측 프로젝트 매니저의 이 말은 우리의 소통 철학이 되었다. '심양 스타일'이라는 독특한 소통 문화를 만들어갔다. 아침 회의는 반드시 차 한잔과 함께 시작하고, 중요한 결정은 모든 이해관계자가 충분히 의견을 나눈 후에 내리는 것. 작은 실천이었지만, 이는 프로젝트의 DNA가 되었다.

기술적 소통에서도 혁신은 계속되었다. BIMBuilding Information Modeling 시스템을 도입할 때, 우리는 단순한 3D 모델링 툴이 아닌 소통의 플랫폼으로 활용했다. 실시간으로 업데이트되는 모델을 통해 서울과 도쿄, 심양의 팀들이 마치 한 사무실에서 일하는 것처럼 긴밀하게 협업할 수 있었다.

위기의 순간도 있었다. 2011년, 예상치 못한 지반 문제가 발생했을 때다. 각국 전문가들의 의견이 첨예하게 갈렸고, 긴장감이 고조되었다. 그때 우리가 택한 것은 집단 지성의 힘이었다. 사흘 동안 마라톤 회의가 이어졌다. 모든 의견을 백지에 적어가며 하나씩 검토하고 토론했다. 결국 우리는 기존의 어떤 방식과도 다른, 새로운 해결책을 찾아낼 수 있었다.

지금 생각해 보면, 이 모든 과정이 하나의 거대한 학습이었다. 우리는 서로의 차이를 통해 성장했고, 각자의 한계를 넘어 새로운 가능성을 발견했다. 때로는 느리게 보이는 소통의 과정이 결국은 가장 빠른 길이었음을, 작은 오해를 풀기 위한 시간이 나중에는 큰 신뢰의 자산이 되었음을 깨달았다.

오늘도 프로젝트 현장에서는 새로운 이야기가 만들어지고 있다. 이제는 2세대 엔지니어들이 주역이 되어, 우리가 만든 소통의 문화를 더욱 발전시켜 나가고 있다. 그들은 우리보다 더 자연스럽게 문화의 경계를 넘나들며, 새로운 형태의 협업을 창조해 내고 있다.

심양 롯데월드는 단순한 건축물이 아닌, 서로 다른 문화와 언어를 가진 사람들이 하나의 꿈을 향해 걸어간 여정의 기록이다. 이 프로젝트가 우리에게 가르쳐준 것은, 진정한 소통이란 결국 서로를 향한 믿음과 존중 그리고 끊임없는 배움의 자세에서 시작된다는 것이다.

밤하늘에 빛나는 우리의 건물을 바라보며, 나는 다시 한번 깨닫는다. 우리는 서로 다른 언어로 이야기하지만, 결국 같은 꿈을 그리고 있다는 것을. 그리고 그 꿈을 현실로 만드는 것은 바로 진심을 담은 소통의 힘이라는 것을 알게 되었다.

이제 심양 롯데월드는 동북아 최대의 복합시설을 넘어 문화와 언어의 경계를 허문 소통의 상징이 되었다. 매일 수만 명의 사람들이 이곳을 오가며 새로운 이야기를 만들어내고 있다. 그들은 우리가 쌓은 건물 속에서 자신들만의 추억을 새기고 있지만, 이 공간이 얼마나 많은 사람들의 진심 어린 소통과 협력으로 만들어졌는지는 알지 못할 것이다.

하지만 안다. 이 거대한 구조물의 每 층마다, 모든 모서리마다 서로를 이해하기 위해 노력했던 순간들이 새겨져 있음을. 한국, 중국, 일본, 미국의 전문가들이 서로의 차이를 뛰어넘어 하나의 비전을 향해 달려왔던 그 열정의 시간들을. 때로는 언어의 장벽에 좌절하고, 문화의 차이에 힘들어했지만, 결국 진정한 소통의 의미를 발견했다.

완벽한 언어의 구사나 세련된 프레젠테이션 기술보다 더 중요한 것은 서로를 이해하고자 하는 진정성이었다. 이 프로젝트를 통해 진정한 소통이란 결국 상대방의 입장에서 생각하고, 그들의 이야기에 귀 기울이며 함께 성장하고자 하는 마음가짐에서 시작된다는 것을 배웠다.

오늘도 심양의 하늘에는 함께 지은 꿈이 우뚝 서 있다. 275m 높이의 이 건물은 단순한 철근과 콘크리트의 집합이 아니다. 이것은 서로 다른 언어를 쓰는 사람들이 하나의 이야기를 써 내려간 위대한 도전의 기록이며, 진정한 소통과 협력이 만들어낼 수 있는 기적의 증거다.

앞으로도 이 건물은 계속해서 새로운 이야기를 만들어낼 것이다. 그 이야기 속에는 언제나 우리가 배운 소중한 교훈이 살아 숨 쉴 것이다. 서로 다른 생각과 문화를 가진 사람들이 만나 더 큰 가치를 창조할 수 있다는 것, 진정성 있는 소통이 불가능을 가능으로 바꿀 수 있다는 것, 그리고 무엇보다 '다름'이 결코 장애가 아닌 새로운 기회가 될 수 있다는 것을.

이것이 바로 심양 롯데월드가 우리에게 가르쳐준 소통의 미학이다.

4

일상의 작은 행동이 관계에 미치는 영향

   인생이라는 여정에서 우리는 수많은 선택과 행동을 하며 살아가고 있다. 오늘 아침, 사무실 창가에 비치는 따스한 햇살처럼 우리의 마음도 서로를 따뜻하게 비출 수 있다면 얼마나 좋을까?

   35년이라는 긴 직장생활을 마무리하며 돌아보니, 가장 크게 가슴에 남는 후회는 의외로 거창한 실수나 판단의 오류가 아닌, 일상의 작은 순간들 속 무심한 말과 행동이었다. 매일매일의 작은 순간들이 모여 우리의 인생을 만들어가고, 그 속에서 우리는 서로에게 깊은 영향을 미치고 있었던 것이다.

   그날의 회의실 장면이 아직도 선명하다. 중요한 프로젝트 진행 상황이 계획대로 되지 않았다는 보고를 받은 후, 나는 공개석상에서 큰 목소리로 담당 직원을 질책했다. "이렇게 일을 하면 어떻게 합니까?"라는 말이 회의실을 가득 채웠을 때, 그 직원의 굳어버린 표정과 떨리는 어깨를 지금도 잊을 수 없었다.

   그때 당시 나는 그것이 업무의 효율성과 책임감을 강조하는 데 필요한 것이라 생각했다. 실수를 지적하고 바로잡는 것이 상사의 당연한 역할이라 여겼다. 하지만 그 순간의 선택이 얼마나 큰 상처를 남겼는지는 한참 후에야 깨달았다. 그 직원은 이후 회의 때마다 긴장하고 위축되었으며, 창의적인 제안을 하는 것을 주저하게 되었다고 한다. 한 순간의 감정적인 반응이 누군가의 자신감과 열정을 꺾어버릴 수 있다는 것을, 나는 뒤늦게 깨달았다.

리더의 말 한마디는 단순한 소리의 진동이 아니다. 그것은 마치 깊은 호수에 던진 돌처럼, 긴 시간 동안 조직 전체에 파문을 일으킨다. 그날 이후 다른 팀원들도 자신의 의견을 자유롭게 개진하는 것을 주저하게 되었고, 회의실의 분위기는 점점 더 경직되어 갔다.

어느 바쁜 오후, 엘리베이터에서 마주친 신입사원과의 순간도 깊은 교훈을 남겼다. 서류에 파묻혀 정신없던 나는 그의 인사를 무시한 채 휴대폰만 들여다보았다. 단 30초의 짧은 엘리베이터 ride였지만, 후에 들은 이야기로는 그 신입사원이 며칠 동안 위축되어 있었다고 한다. '내가 무언가 잘못했나?', '상사가 나를 못마땅해하시나?' 하는 불필요한 걱정을 안고 지냈다는 것이다.

이 일은 내게 큰 깨달음을 주었다. 무심코 지나치는 순간들이 누군가에게는 하루 종일 마음에 남는 순간이 될 수 있다는 것을. 특히 조직의 새로운 구성원들에게 작은 반응 하나하나가 얼마나 큰 의미로 다가가는지를, 바쁘다는 핑계로 스쳐 지나간 그 순간이, 한 젊은이의 자존감과 소속감에 영향을 미쳤다고 생각하니 마음이 무거웠다.

작은 고개 돌림, 짧은 미소 하나가 누군가의 하루를, 어쩌면 일주일을 바꿀 수 있다는 것을 배웠다. 지금도 엘리베이터에서 마주치는 직원들의 얼굴을 하나하나 기억하려 노력한다. 때로는 단순한 "수고하

십니다"라는 인사가 누군가에게는 하루의 힘이 될 수 있으니까.

식사 자리는 편안한 소통의 장이 되어야 했지만, 때로는 상처의 순간이 되기도 했다. 부서 회식 자리에서 한 직원의 업무 스타일을 두고 "너는 왜 이렇게 꼼꼼하지 못해?"라며 던진 말은, 농담처럼 시작되었지만 그의 자존감에 깊은 상처를 남겼다. 다른 동료들의 웃음소리 속에서, 그의 굳어가는 미소를 알아채지 못했던 것이 지금도 마음에 걸렸다.

식사 자리의 위계질서 없는 대화가 얼마나 소중한지, 종종 잊곤 한다. 직급과 나이를 떠나 서로를 인격체로 존중하며 나누는 대화야말로 진정한 소통의 시작점일 것이다. 한 사람의 업무 방식이나 성격을 다른 이들 앞에서 평가하는 것이, 얼마나 큰 상처가 될 수 있는지를 그때는 미처 생각하지 못했다.

지금도 그날의 점심 식사가 떠오를 때면, 말 한마디의 무게를 다시 한번 되새기게 된다. 웃음과 농담 속에 숨어있는 날카로운 비판이, 어떤 이에게는 오랫동안 아물지 않는 상처가 될 수 있다는 것을 알았다.

직장에서의 이러한 태도는 어느새 가정으로까지 이어졌다. 퇴근 후 피곤한 몸을 이끌고 집에 돌아와서도, 업무 처리하듯 가족들과 대화를 했다. "왜 이렇게 정리가 안 되어 있어?"라는 사무적인 질책, "그건 네 생각이고…"라며 일축해 버리는 대화 방식은 가족들의 마음에 보이지 않는 벽을 세워갔다.

특히 자녀들과의 의견 충돌 시 무의식적으로 높아지는 목소리는, 마치 회의실에서의 그 순간을 재현하는 것 같았다. 서로 다른 생각을 가질 수 있다는 당연한 사실을 인정하지 못하고, 내 의견을 관철시키려 했던 순간들이 쌓여 가족 간의 거리도 조금씩 멀어져 갔다.

가정은 우리의 진정한 모습이 드러나는 곳이다. 하루 종일 참았던 피로와 스트레스가 가장 소중한 이들에게 향하는 아이러니. 직장에서의 권위적인 태도가 무의식중에 가정으로 침투하여, 부부간의 대화나 자녀와의 관계에서도 상하관계를 만들어내곤 했다.

매일 저녁 식탁에서 오고 가는 대화들, 주말 아침 늦잠 자는 자녀를 깨우는 목소리, 집안일을 부탁할 때의 어투… 이 모든 순간들이 우리 가족의 정서적 유대를 형성하는 중요한 요소였음을, 이제야 깊이 이해하게 되었다.

엘버트 매라이언 캘리포니아대학교 심리학과 명예교수의 연구는 우리의 소통에서 목소리가 38%, 신체 언어가 55%를 차지한다고 말하고 있다. 이는 우리가 전달하고자 하는 메시지의 대부분이 말의 내용이 아닌, 그것을 전달하는 방식에 있다는 것을 의미한다. 높아진 목소리, 굳어진 표정, 위협적인 자세 — 이러한 요소들이 상대방의 마음에 깊은 상처를 남기는 것이다.

이러한 연구 결과는 우리의 일상적인 소통 방식을 되돌아보게 한다. 하는 말의 내용보다, 그것을 어떤 톤으로, 어떤 표정으로, 어떤 자세로 전달하는지가 더 중요하다는 것이다. 때로는 침묵 속의 차가운 시선이, 때로는 무심한 듯한 어깨의 움직임이 우리의 진심을 더 크게 전달할 수 있다.

직장에서든 가정에서든 마찬가지다. 우리가 의도치 않게 보내는 비언어적 신호들이, 상대방의 마음에 더 깊은 영향을 미칠 수 있다는 것을 항상 기억해야 한다. 긍정적인 메시지도 부정적인 어조나 차가운 표정으로 전달된다면, 그 의미는 완전히 달라질 수 있다.

이제는 알게 되었다. 진정한 리더십과 사랑은 큰 목소리가 아닌, 작은 배려에서 시작된다는 것을. 아침에 건네는 따뜻한 미소, 상대방의 이야기에 귀 기울이는 자세, 실수를 지적할 때도 개인의 존엄성을 지키려 노력하는 마음가짐 ─ 이러한 작은 행동들이 모여 신뢰와 존중의 관계를 만들어 가는 것을.

회사에서는 이제 개인 면담을 통해 피드백을 전달하고, 공개적인 질책 대신 함께 해결책을 모색하는 방식을 선택하고, 때로는 잠시 침묵하며 상대방의 이야기를 끝까지 듣는 것만으로도, 큰 위로와 지지가 될 수 있다는 것을 배웠다.

가정에서도 "식사는 하셨어요?"라는 일상적인 인사부터, "네 생각은 어때?"라며 가족들의 의견을 묻는 습관을 들이려 노력했다. 자녀들의 이야기에 고개를 끄덕이며 경청하고, 배우자의 하루 일과를 궁금해하며 진심 어린 관심을 보이려 했다.

이러한 작은 변화들이 모여 조금씩 관계의 질을 개선해 가고 있었다. 회의실의 분위기는 더욱 자유로워졌고, 가족들과의 대화는 더욱 풍성해졌다. 무엇보다 서로를 이해하려 노력하는 과정 자체가 우리 모두를 성장시키고 있다는 것을 느꼈다.

37년의 시간이 가르쳐준 가장 소중한 교훈은, 우리의 작은 행동 하나하나가 타인의 인생에 예상보다 훨씬 더 큰 영향을 미친다는 것이다. 회의실에서의 한마디, 엘리베이터에서의 짧은 만남, 점심 식사 자리에서의 농담, 그리고 가정에서의 무심한 말들… 이 모든 순간들이 누군가의 마음속에 오랫동안 머무르며 그들의 삶의 방향을 바꾸어 놓을 수 있다.

이제는 매일 아침 거울을 보며 스스로에게 묻는다. "오늘 하루, 내 주변 사람들에게 어떤 영향을 미칠 것인가?" 작은 미소 하나가 누군가에게는 용기가 되고, 따뜻한 한마디가 누군가에게는 희망이 될 수 있다는 것을 알기에, 매 순간 더욱 신중해진다.

직장에서는 권위가 아닌 존중으로, 질책이 아닌 이해로, 명령이 아닌 대화로 관계를 맺으려 노력했다. 가정에서는 피로함을 핑계로 무심했던 그동안의 태도를 반성하며, 더 많이 듣고 더 따뜻하게 반응하려 했다. 때로는 실수하고, 때로는 후회하지만, 그 과정 자체가 우리를 더 나은 사람으로 만들어가고 있다고 믿는다.

우리는 모두 누군가의 상사이자 동료이며, 누군가의 배우자이자 부모이다. 각각의 역할 속에서 뿌리는 작은 씨앗들이 어떤 열매를 맺게 될지, 그 누구도 정확히 알 수 없다. 하지만 한 가지 확실한 것은, 우리가 베푸는 작은 친절과 배려가 더 나은 조직과 가정, 그리고 사회를 만드는 밑거름이 된다는 것이다.

오늘도 나는 작은 행동이 만드는 큰 변화를 믿으며, 한 걸음씩 나아가고 있다. 누군가에게 상처가 되었던 과거의 순간들을 교훈 삼아, 이제는 더 많은 이들에게 힘이 되는 사람이 되고자 한다. 우리 모두가 서로에게 그런 존재가 될 수 있다면, 우리의 일상은 얼마나 더 따뜻해질까?

사소해 보이는 우리의 일상적 행동들이 모여 인생이라는 큰 그림을 그리며, 그림이 따뜻한 색채로 채워질 수 있도록, 오늘도 우리 모두가 서로를 향한 작은 배려와 존중으로 하루를 시작하면 좋겠다. 그것이 바로 37년이라는 긴 시간이 제게 가르쳐준 가장 소중한 지혜이다.

5

중국 비즈니스의 핵심,
관시关系의 실제 경험과 교훈

2008년 심양 프로젝트를 시작하면서 가장 먼저 마주한 것은 중국 특유의 인간관계 문화였다. '관시关系'로 불리는 이 독특한 관계망은 단순한 인맥 관리나 네트워킹을 넘어서 중국 사회의 근간을 이루는 문화적 현상이었다. 우리 팀이 처음 심양에 도착했을 때, 현지 정부 관계자가 건넨 첫 마디는 "우리 먼저 서로를 알아가는 시간을 가집시다"였다. 당시에는 이 말의 진정한 의미를 완전히 이해하지 못했지만, 이것이 향후 프로젝트 성공의 핵심 열쇠가 될 것임을 시간이 지나면서 깨닫게 되었다.

프로젝트 초기 3개월은 실질적인 비즈니스 논의보다는 관계 구축에 집중했다. 시장과의 식사 자리, 주말 행사 모임 심지어 가족 행사에까지 초대받았다.

한 가지 구체적인 사례를 들자면, 2009년 초 직면했던 인허가 문제가 있다. 당시 심양시의 건축 규제가 갑자기 강화되면서, 우리 프로젝트의 고도 제한에 잠재적 문제가 발생했다. 일반적인 절차로는 최소 6개월에서 1년이 소요될 수 있는 상황이었다. 그러나 그동안 구축해 온 관시 네트워크를 통해 관련 부서들과 긴밀한 협의를 진행할 수 있었고, 두 달 만에 대안을 마련할 수 있었다. 이는 단순한 '청탁'이 아닌 상호 신뢰를 바탕으로 한 문제 해결 과정이었다.

프로젝트 부지 주변 지역사회와의 관계 구축도 중요한 과제였다. 우리는 현지 주민위원회와 정기적인 간담회를 가졌고, 지역 행사에 적극적으로 참여했다. 2009년 설립한 '심양롯데장학재단'은 당시에 동북 삼성 심양의 유명 대학인 요녕대학을 롯데장학재단 노신영 이사장님이 참석하여 빛내주셨고, 이는 단순한 사회공헌을 넘어 지역사회와의 진정한 유대 관계를 형성하는 계기가 되었다. 매년 100명의 지역 학생들에게 장학금과 대학 도서관에 상당량의 도서를 지원하는 이 프로그램은 지역사회에서 가장 신뢰받는 기업 이미지를 구축하는 데 기여했다.

현지 건설업체 및 협력사들과의 관계도 프로젝트 성공의 핵심 요소였다. 특히 기억에 남는 것은 2011년 겨울, 극심한 한파로 인한 공사 중단 위기 상황이었다. 당시 주요 협력업체 대표들과 형성해 온 긴밀한 관계 덕분에 추가 비용 없이 24시간 교대 근무 체제를 구축할 수 있었고, 공기 지연을 최소화할 수 있었다. 이들과는 단순한 계약 관계를 넘어 '한 배를 탄 동반자'라는 인식을 공유했기에 가능한 일이었다.

2011년 발생한 예상치 못한 환경 영향 평가 문제는 관시의 중요성을 다시 한번 일깨워 준 사건이었다. 시민단체의 문제 제기로 프로젝트가 일시 중단될 위기에 처했을 때, 그동안 구축해 온 관시 네트워크가 큰 힘을 발휘했다. 지역 언론사, 시민단체 대표들과의 관계를 통해 대화의 장을 마련할 수 있었고, 환경 영향 저감 방안을 함께 모색하여 상생의 해결책을 도출할 수 있었다.

최근에는 관시의 형태도 변화하고 있다. 2011년부터는 위챗WeChat 그룹을 통한 소통이 활발해졌고, 온라인 네트워크의 중요성이 커졌다. 그러나 이는 전통적인 관시를 대체하는 것이 아닌 보완하는 형태로 발전하고 있다. 예를 들어, 우리 프로젝트의 경우 주요 이해관계자들과의 위챗 그룹을 운영하면서도 월 1회 이상의 대면 미팅을 지속적으로 유지하고 있다.

젊은 세대의 부상도 관시 문화에 변화를 가져오고 있다. 2008년부터는 30대 젊은 관리자들이 정부 부처에 진출하기 시작했고, 이들과의 관계 구축에는 새로운 접근이 필요했다. 전통적인 식사 자리나 골프 대신, 스타트업 컨퍼런스 참여나 혁신 기술 세미나 등이 새로운 관계 구축의 장이 되고 있다. 이들은 전통적인 관시의 가치를 인정하면서도, 더욱 투명하고 전문적인 관계를 선호한다.

현대 중국에서 관시를 구축할 때 가장 큰 도전은 컴플라이언스와의 균형이다. 2019년 우리는 '클린 관시Clean Guanxi' 가이드라인을 수립했다. 이는 전통적인 관시의 가치를 존중하면서도, 글로벌 스탠더드와 법적 요구사항을 준수하는 방안을 제시한다. 예를 들어, 모든 비공식 미팅도 내부 시스템에 기록하고, 선물이나 접대는 엄격한 가이드라인 내에서만 진행한다.

십여 년간의 심양 프로젝트 경험을 통해 우리는 관시가 단순한 인맥 관리가 아닌 '관계 자본Relationship Capital'임을 깨달았다. 이는 장기적 관점에서 지속적으로 투자하고 관리해야 하는 무형의 자산이다. 특히 다음 세 가지 교훈이 중요하다.

1. 진정성이 핵심이다. 형식적인 관계는 오래 지속될 수 없으며 위기 상황에서 그 한계가 드러난다.
2. 시간 투자가 필요하다. 관시는 하루아침에 형성되지 않으며 지속적인 관심과 노력이 필요하다.
3. 상호 호혜적이어야 한다. 일방적인 수혜가 아닌 양측 모두에게 가치 있는 관계여야 지속가능하다.

심양 프로젝트의 성공은 기술력이나 자본력만으로는 설명할 수 없다. 그 핵심에는 장시간 공들여 구축한 탄탄한 관시 네트워크가 있었다. 앞으로도 중국 비즈니스에서 관시의 중요성은 계속될 것이다. 다만 그 형태와 방식은 시대의 변화에 맞춰 진화할 것이며, 이에 대한 유연하고도 현명한 대응이 필요할 것이다. 우리의 경험이 향후 중국 시장에 진출하는 기업들에게 의미 있는 참고가 되기를 희망한다.

6

함께 이룬 사업 파트너와 상호 존중

　2008년 9월, 심양 롯데월드 프로젝트의 시작은 거대한 도전이었다. 50,198평의 부지에 452,100평 규모의 복합시설을 개발하는 이 프로젝트는 단순한 건설 사업이 아닌, 다양한 파트너들과의 협력이 성패를 좌우하는 복잡한 과제였다. 특히 심양시 정부, 현지 건설사, 협력업체들과의 관계 구축은 프로젝트의 핵심 성공 요인이었다.

　가장 먼저 주목한 것은 심양시와의 관계였다. 2008년 9월 9일, 첫 공식 미팅에서 시장은 우리에게 의미 있는 제안을 했다. "이 프로젝트를 단순한 상업시설이 아닌 심양의 새로운 랜드마크로 만들어보는 것은 어떨까요?" 이 제안은 우리의 접근 방식을 근본적으로 바꿔 놓았다.

　우리는 즉시 '심양 도시발전 협력 위원회'를 구성했다. 매월 정기적으로 시 정부 관계자들과 만나 프로젝트의 진행 상황을 공유하고, 도시 발전 계획과의 연계성을 논의했다. 특히 2009년 초, 교통 체계 개선안을 논의할 때의 경험은 인상적이었다. 우리의 제안이 단순히 프로젝트를 위한 것이 아닌, 도시 전체의 발전을 고려한 것이라는 점을 시 정부는 높이 평가했다.

현지 건설사들과의 관계 구축도 중요한 과제였다. 우리는 '동반 성장'이라는 원칙을 세웠다. 단순히 하청 관계가 아닌 기술과 경험을 공유하는 파트너십을 추구했다. 예를 들어, 중국 최대 건설사 중 하나인 중국건축과의 협력은 주목할 만한 사례다.

2011년 겨울, 혹한기 공사에서 직면한 기술적 문제를 해결하는 과정에서 우리는 중국건축의 현지 경험을 적극적으로 수용했다. 그들이 제안한 전통 공법과 우리의 최신 기술을 결합한 하이브리드 방식은 놀라운 성과를 가져왔다. 이는 후에 '심양 모델'으로 불리며 업계의 표준이 되었다.

프로젝트의 규모가 커질수록 현지 중소 협력업체들의 역할은 더욱 중요해졌다. 우리는 '상생 협력 시스템'을 구축했다. 이는 단순한 구호가 아닌 구체적인 실천 방안을 담은 프로그램이었다.

가장 성공적인 사례는 2011년 시작된 '기술 공유 플랫폼'이다. 한국의 첨단 시공 기술을 전수하는 한편, 그들의 현지 자재 조달 노하우를 배웠다. 이러한 쌍방향 학습은 공사 기간을 20% 단축하고 비용을 15% 절감하는 성과로 이어졌다.

또한 우리는 '공정 대금 지급 시스템'을 도입했다. 대금 지급 주기를 30일로 단축하고, 자재 가격 변동에 따른 정산 제도를 도입했다. 2012년 철강 가격이 급등했을 때, 이 시스템은 협력업체들의 안정적인 경영을 가능하게 했다. 한 협력사 대표는 "단기적인 이익보다 장기적인 파트너십을 중시하는 롯데의 철학에 감동했다"라고 말했다.

프로젝트 자금 조달에 있어서도 파트너십은 핵심이었다. 특히 중국에 진출한 한국은행과 중국 국유은행들과의 관계 구축은 주목할 만하다. 우리는 분기별로 재무 투명성 보고회를 개최했다. 단순한 재무제표 공유를 넘어 프로젝트의 진행 상황과 리스크 요인을 상세히 설명했다.

프로젝트가 진행되면서, 우리는 지역사회도 중요한 파트너라는 것을 깨달았다. 2014년 시작된 '심양 커뮤니티 파트너십 프로그램'은 이러한 인식의 결과물이었다. 우리는 지역 상인들과의 상생을 위해 전통 시장 현대화 사업을 지원했다.

특히 인상적인 것은 '로컬 브랜드 인큐베이팅 프로그램'이었다. 심양의 유망한 로컬 브랜드들에게 우리 시설 내 입점 기회를 제공하고, 마케팅과 운영 노하우를 전수했다. 이 프로그램을 통해 성장한 브랜드들은 현재 프로젝트의 중요한 테넌트가 되었다.

2010년, 프로젝트는 예상치 못한 위기를 맞았다. 지하수 문제로 인한 공사 중단 위기였다. 이때 파트너십의 진정한 가치를 경험했다. 심양시 수자원국, 현지 건설사, 지질 전문가들이 자발적으로 비상대책위원회를 구성했다. 24시간 비상 체제로 운영된 이 위원회는 2주 만에 혁신적인 해결책을 도출했다.

특히 중국 지질공정공사의 헌신적인 협력이 돋보였다. 그들은 자체 개발한 지하수 처리 기술을 공유했고, 문제 해결의 핵심이 되었다. "위기는 곧 기회입니다. 이번 경험은 우리 모두의 기술력을 한 단계 높이는 계기가 되었죠." 지질공정공사 총괄 책임자의 이 말은 진정한 파트너십의 의미를 잘 보여준다.

프로젝트의 국제적 위상이 높아지면서 글로벌 파트너들과의 협력도 강화되었다. 한국 정림건축, 미국 RTKL, 일본 오꾸노 설계사무소,

테마파크 전문업체 싱크웰 그룹, 현지 업체인 심양 동북 설계사무소 등 세계적인 기업들과의 협력은 프로젝트에 새로운 차원을 더했다. 우리는 매달 'Global Partnership Forum'을 개최하여 최신 트렌드와 기술을 공유했다.

특히 2010년 도입된 '스마트 빌딩 시스템'은 이러한 글로벌 협력의 결실이었다. 미국, 일본, 한국, 중국의 기술이 융합된 이 시스템은 에너지 효율성과 사용자 편의성에서 새로운 기준을 제시했다. "동서양의 지혜가 만나 미래를 만들어냈다"라는 평가를 받았다.

이 비전의 핵심은 '공동 성장 생태계' 구축이다. 예를 들어, 현재 진행 중인 '디지털 전환 파트너십 프로그램'은 협력업체들의 디지털 역량 강화를 지원한다. 또한 '그린 파트너십 이니셔티브'를 통해 환경 친화적 기술과 운영 방식을 공동 개발하고 있다.

심양 롯데월드는 이제 단순한 건물이 아닌 상생과 협력의 상징이 되었다. 매일 이곳에서 일어나는 수많은 거래와 만남은 서로 다른 배경을 가진 파트너들이 어떻게 하나의 비전을 향해 협력할 수 있는지를 보여준다.

특히 고무적인 것은 이러한 파트너십 모델이 다른 프로젝트들의 벤치마킹 대상이 되고 있다는 점이다.

앞으로도 도전은 계속될 것이다. 급변하는 시장 환경, 새로운 기술의 등장, 소비자 needs의 변화 등, 우리는 끊임없이 새로운 과제들을 마주하게 될 것이다. 하지만 우리에게는 자신감이 있다. 지난 수년간 쌓아온 파트너들과의 신뢰 관계야말로 이러한 도전을 극복할 수 있는 가장 큰 자산이기 때문이다.

오늘도 심양의 하늘을 수놓는 우리 프로젝트를 바라보며, 나는 다시 한번 깨닫는다. 진정한 성공이란 결코 혼자 이룰 수 없으며, 서로를 존중하고 배려하는 파트너십이야말로 지속가능한 성장의 토대라는 것을. 심양 롯데월드의 이야기는 여전히 진행 중이며, 우리는 파트너들과 함께 더 큰 미래를 향해 나아갈 것이다.

7

해외 주재원 가족들의 이야기

2009년 1월, 심양의 하늘은 유난히도 낮게 내려앉아 있었다. 영하 30도를 밑도는 한파 속에서 도시는 차가운 겨울바람에 몸을 웅크리고 있었다. 그날의 전화는 지금도 내 가슴 한편에 서늘한 흔적으로 남아있다. 협력 업체의 젊은 직원 부인이 호텔에서 생을 마감했다는 소식이었다.

신혼의 달콤함이 채 가시기도 전에 낯선 땅으로 온 그들, 설렘과 두려움이 교차했을 첫 한 달, 창밖으로 보이는 낯선 도시의 풍경은 그에게 어떤 모습이었으며, 특히 홀로 호텔 방에 머물러야 했던 그녀에게 끝없이 이어지는 시간은 얼마나 버거웠을까.

그 후 알게 된 사실은 나를 더욱 무겁게 했다. 그녀는 한국에서도 우울증 증세로 약을 복용해 왔으며, 다른 가족 없이 부부만이 이 낯선 도시에 부임했다. 그녀를 지켜줄 안전망은 남편뿐이었고, 그마저도 바쁜 업무 일정으로 함께할 시간이 부족했다. 누구도 이런 위험 신호를 읽어내지 못했다. 아니, 어쩌면 보려 하지 않았는지도 모른다.

프로젝트 책임자로서 깊은 자책감에 빠졌다. 우리는 건물을 세우는 데만 집중한 나머지 그 안에서 살아가는 사람들의 마음은 보지 못했던 것이다. 콘크리트 구조물은 차곡차곡 올라가고 있었지만, 그늘 아래에서 일어나는 작은 신음 소리를 우리는 듣지 못했다.

그날 밤, 사무실에 홀로 남아 긴 시간을 보냈다. 책상 위에는 프로젝트 일정표와 도면들이 가득했다. 내 머릿속은 온통 우리 주재원 가족들의 얼굴로 가득 찼다. 그들은 지금 어떤 생각을 하고, 어떤 불안과 외로움을 안고 잠들고 있으며, 특히 기존에 정신 건강 문제가 있던 가족들은 어떤 지원을 받고 있을까. 이런 생각들이 밤새 나를 고민하게 했다.

다음 날 아침, 나는 전체 회의를 소집하고 "우리가 잊고 있던 것이 있습니다. 바로 사람, 그중에서도 우리의 가족들입니다. 건강 문제를 가진 가족들에 대한 특별한 관심이 필요합니다." 회의실은 무거운 침묵에 휩싸였다. 모두가 알고 있었지만 누구도 먼저 꺼내지 못했던 이야기였다.

우리가 처음 시작한 것은 주재원 부부들만의 소통 자리였다. 매주 금요일 저녁, 호텔 라운지에서 '커플 데이트 나잇'이라는 이름으로 모임을 가졌다. 일과 후 남편들은 사무실에서 바로 호텔로 향했고, 부부가 함께 저녁 시간을 보낼 수 있게 했다. 처음에는 어색한 공식 행사 같았지만, 점차 자연스러운 대화의 장이 되어갔다.

중요했던 것은 건강 검진과 심리 상담 프로그램의 도입이었다. 국내에서 지속적인 치료나 관리가 필요했던 가족들을 위한 특별 지원 시스템을 구축했다. 현지 종합병원과 협약을 맺어 한국어 통역 서비스를 제공하고, 정신 건강 관리를 위한 정기 상담 세션은 필수 프로그램으로 자리 잡았다.

"처음으로 아내가 심양에서 어떤 하루를 보내는지 자세히 들었어요." 한 주재원의 고백이었다. "매일 퇴근해서 만나지만, 정작 서로의 일상에 대해 깊이 나누지 못했던 것 같아요." 업무와 적응의 스트레스로 부부간 대화가 단절되거나 피상적인 경우가 많았던 것이다.

모임에서 남편들은 처음으로 아내들의 고충을 구체적으로 들었다. 언어를 모르는 상태에서 시장 보기의 어려움, 택시 기사와의 의사소통 문제, 한국 음식 재료를 구하기 위해 여러 상점을 전전하는 고단함까지. 반대로 아내들은 남편들이 현지 직원들과의 관계에서 겪는 어려움, 본사와의 소통 부담, 성과에 대한 압박감을 이해하게 되었다.

인상적이었던 것은 '역할 바꾸기 데이'였다. 한 달에 한 번, 남편은 아내의 하루를, 아내는 남편의 하루를 경험해 보는 시간이었다. 남편들은 아이들을 학교에 데려다주고, 장을 보고, 현지 상인들과 의사소통하는 과정을 직접 체험했다. 아내들은 회사를 방문해 남편의 업무 공간을 보고, 간단한 회의에 참관하기도 했다.

"아내가 매일 이런 상황을 견디고 있었다니, 정말 대단하다고 생각했어요." 처음으로 혼자 시장을 다녀온 한 남편의 말이었다. "앞으로는 아내의 어려움을 더 이해하고 함께 해결책을 찾아야겠다고 다짐했죠."

주재원 가족들을 위한 '주말 탐험대'를 조직했다. 매주 토요일, 가족들이 함께 심양과 주변 지역의 명소를 방문하는 프로그램이었다. 치판산 등산, 심양 고궁 투어, 북릉 공원 소풍 등 다양한 활동을 통해 낯선 도시를 점차 자신들의 공간으로 받아들이게 되었다.

특히 아이들에게 이러한 경험은 소중한 추억이 되었다. "처음에는 한국으로 돌아가고 싶었어요. 하지만 이제는 심양이 재미있어요. 중국어로 '니하오'도 말할 수 있고, 물만두 만드는 법도 배웠어요!" 초등학교 5학년 서연이의 밝은 미소는 모든 것을 말해주는 듯했다.

생활의 작은 부분부터 변화가 시작되었다. 주재원 가족들은 서로의 집을 방문하여 한국 음식을 함께 만드는 시간을 가졌다. 김장 담그기, 떡국 끓이기 같은 한국의 전통 요리부터 현지 식재료를 활용한 퓨전 요리까지 함께 요리하고 나누는 과정에서 자연스러운 유대감이 형성되었다.

점차 주재원 가족들은 현지 문화에도 관심을 가지기 시작했다. '중국어 스터디 그룹'이 자발적으로 형성되었고, 중국 요리 클래스, 다양한 수업에도 참여하기 시작했다. "처음에는 낯설고 두려웠던 것들이 이제는 새로운 도전이자 배움의 기회로 느껴져요." 한 주재원 부인의 말처럼, 그들의 시선은 점차 확장되고 있었다.

계절의 변화에 따라 활동도 다양해졌다. 봄에는 심양 식물원의 벚꽃 구경, 여름에는 가족 캠핑과 물놀이, 가을에는 단풍 구경과 등산, 겨울에는 설상 스포츠와 실내 활동까지. 일 년의 시간이 지나면서, 심양의 사계절을 자신들의 이야기로 채워나갔다.

물론 여전히 어려움은 있었다. 명절과 가족 행사 때마다 고국에 대한 그리움이 커졌고, 아이들의 교육 문제, 의료 서비스의 차이 등 실질적인 고민도 많았다. 이제 그들은 이러한 어려움을 함께 나누고 해결책을 모색할 수 있는 공동체를 형성하게 되었다.

2년이 지나자, 놀라운 변화가 눈에 띄었다. 초기의 불안과 두려움은 적응과 성장의 이야기로 바뀌고 있었다. 주재원 가족들은 한국과 중국 문화 사이에서 자신만의 독특한 정체성을 형성해 가고 있었다.

"우리는 이제 두 나라의 장점을 모두 누릴 수 있는 특별한 경험을 가졌다고 생각해요."

무엇보다 중요한 변화는 주재원 부부 관계의 강화였다. 낯선 환경에서 서로에게 의지하며 함께 어려움을 극복하는 과정에서, 관계는 더욱 깊고 견고해졌다. "한국에서는 각자 바빠서 미처 보지 못했던 서로의 모습을 여기서 발견했어요. 아내의 강인함과 적응력에 매일 감사하게 됩니다."

오늘도 세계 각지에서 수많은 주재원 가족들이 낯선 환경에서 새로운 삶을 시작하고 있다. 필요한 것은 물질적 지원만이 아닌, 경험을 이해하고 공감하는 진정한 관심이다. 특히 기존에 건강 문제가 있던 가족들에게는 더욱 세심한 관리와 지원이 필요하다. 건물이 아닌 사람을 중심에 두는 프로젝트만이 진정한 성공을 이룰 수 있음을, 우리는 심양에서 너무나 뼈아픈 방법으로 배웠다.

무술년 개띠,
서울 토박이의 추억 여행

김진익

서울, 나의 뿌리이자 삶의 터전

'서울'이라는 이름만 들어도 가슴 한편이 따뜻해진다. 서울은 한국 근현대사를 품고 있는 살아 있는 역사 그 자체다. 조선 시대의 흔적부터 20세기 산업의 변화까지, 서울의 골목길과 거리는 세월의 흐름이 깃든 의미 있는 곳이다.

우리 가문은 김녕 김씨 충의공파로, 선대부터 서울에 터를 잡고 살았다. 조부께서는 자수성가하셔서 대가족 일가를 이끌며 서울에서 삶의 터전을 더욱 넓히셨다. 장손이신 부친에 이어 종손으로 태어난 나는 60년이 훌쩍 넘는 세월 동안 서울과 함께 성장하며 살아왔다. 서울은 나의 뿌리이자 정체성이 시작된 곳으로 삶 속에 깊이 스며들어 있다.

서울은 나를 키워준 따뜻한 품이다. 가족들과 함께 경복궁과 창덕궁을 찾아 나들이하며 외식을 했고, 방산시장과 남대문시장에서는 늘 새로운 것을 구경했다.

어린 시절을 보낸 동네에서의 기억과 가족과 함께 걸었던 거리, 운동장과 공원에서 뛰놀던 순간, 학교 주변의 정겨운 골목길까지, 나의 성장과 함께했다. 서울에서 보낸 학창 시절은 삶의 중요한 토대가 되었고, 자아를 형성하는 뿌리가 되었다.

도로명 주소로 바뀌며 법정동과 지번으로만 남은 동네 이름은 점점 잊혀져 가고, 태어나고 자란 동네의 이름이 바뀌고, 익숙했던 한옥과 골목들이 사라지며 새로운 건물들이 들어섰지만 삶의 흔적과 이야기는 여전히 남아 있다. 동네마다 얽힌 역사가 있고, 지나온 시간 속에서 켜켜이 쌓인 추억이 있다.

남아 있는 가족에게 옛 추억들을 모아 들려주고 싶다. 집안 어른들이 대부분 우리 곁을 떠나시고, 기억해 줄 분도 몇 분 남지 않아 서울에서의 추억을 되짚어 보는 일이 더욱 소중해졌다. 오래된 가족사진을 보며 옛날 풍경과 함께했던 순간들, 학창 시절의 기억들을 떠올리며 정감 어린 과거로의 추억 여행을 떠나보려 한다.

이번 문집에서는 태어나서부터 삶의 기초를 쌓았던 학창 시절까지의 추억을 남겨 보고자 한다. 기억을 기록하고 활자화하면, 함께 나눌 소중한 추억이 될 것이다. 대학 졸업 후 사회생활의 여정은 다음 기회로 남겨둔다.

변해가는 서울의 모습과 남아 있는 추억을 정리하는 것은 회상과 더불어, 서울이라는 공간에서 함께 살았던 이들에게 바치는 작은 헌사이기도 하다.

1

서울의 중심 경복궁과 고향 같은 서촌

경복궁은 조선왕조의 첫 번째 궁궐이다. 1395년, 태조 이성계가 한양으로 천도하면서 종묘와 함께 건립되었다. 정도전이 명명한 '경복景福'이라는 이름에는 태평성대를 기원하는 뜻이 담겨 있다. 역사적 가치와 의미를 담고 있는 경복궁은 서울을 대표하는 문화유산이다.

왕실의 중요한 의식과 행사가 이곳에서 열렸으며, 궁궐과 전각의 이름에도 조선 왕조의 번영과 백성들의 안녕을 바라는 뜻이 스며 있다. 한국 전통 건축미를 간직한 아름다운 전각과 정원은 방문객들에게 깊은 감동을 준다.

서촌(西村), 가족과 함께한 고향 같은 곳

서촌은 경복궁 서쪽에 위치한 전통 한옥마을로, 조선시대부터 학문과 예술이 발전한 지역이다. 도로명 변경 전에는 통의동, 창성동, 효자동, 궁정동, 청운동, 신교동, 옥인동, 누상동, 누하동, 통인동, 체부동, 필운동, 사직동 등의 이름으로 불렸다. 서울 토박이들에게는 이

러한 옛 동명의 유래가 생활 속에 깊이 녹아 있기 때문에 더욱 정겹고 친숙하게 느껴진다.

서촌은 전통 한옥의 정취를 유지하면서도 현대적인 감각이 더해져 예술과 문화가 공존하는 곳으로 자리 잡았다. 좁은 골목길 안에 자리한 아기자기한 카페와 갤러리에서 방문객들은 색다른 경험을 하게 된다.

서촌 중에서도 효자동과 체부동은 나와 깊은 인연이 있는 곳이다.

'효자동'은 경복궁 바로 옆에 자리한 본가가 있던 곳으로, 청운동과 창성동으로 이어지는 골목길이 정겨운 동네다. 지금은 개발되어 예전 모습이 많이 사라졌지만 우리 가족이 함께 살아온 곳으로, 고향 같은 곳이다.

대가족이 함께 살면서 대부분 청운국민학교를 졸업했고, 청운동 도상(경기상고)을 졸업한 삼촌은 연세대에 진학했고 막내 고모는 창성동에 위치한 진명여고를 다녔다. 어린 시절 두 분의 영향을 많이 받으며 자랐다.

진명여고는 대한제국 황실이 세운 최초의 여학교로, 1905년에 설립된 유서 깊은 학교다. 막내 고모를 따라 진명여고 체육대회에 참석하면서 친구분들과도 친분을 쌓았다. 지금도 그때 집에 왕래했던 친구분들의 이름을 또렷이 기억하고 있다.

국민학교 시절, 수학과 음악의 기초를 막내 고모에게 배웠고, 고모가 이화여대를 졸업하고 결혼 후 외국으로 떠나기 전까지 함께 살면서 성장하는 데 많은 도움을 받았다.

'체부동'은 조선시대 관리들이 거주하던 지역으로, 외가가 있던 곳이다. 또한 아내가 태어나기 전 처가가 살던 곳이기도 해서 더욱 인연이 깊은 동네. '구곡동'이라는 이름처럼 구불구불한 서울의 정겨운 골목길이 아직도 남아 있다.

서촌은 우리 가족과 삶의 흔적이 스며있는 곳으로 좁은 골목길을 걸을 때면, 대가족이 함께 살며 보냈던 따뜻한 시간이 떠오른다. 시간이 지나도 변하지 않는 소중한 추억으로, 서촌은 내 마음속에서 고향 같은 곳으로 자리 잡고 있다.

서촌에서 가볼 만한 곳

경복궁과 함께 개방된 청와대는 서울을 방문하는 관광객에게 필수 관광 코스가 되었다. 인왕산 자락길과 재정비된 사직단도 꼭 가볼 만한 곳이다.

'수성동 계곡'은 서울 도심 한복판, 인왕산 자락에 자리한 한적한 계곡으로, 자연 속에서 힐링할 수 있는 공간이다. 조용한 산책로를 따라 걸으며 바쁜 일상 속에서 여유를 찾기에 좋다.

박노수 화백의 기증 작품과 컬렉션을 소장한 '박노수 미술관', 아

트스페이스로 변신한 '보안여관' 등 오래된 한옥을 개조한 갤러리와
공방, 정겨운 다방과 작은 서점들이 서촌 골목에 옹기종기 모여있다.

2

옛날과 오늘이 함께 머무는 북촌

북촌北村은 조선시대 양반들의 주거지로, 경복궁과 창덕궁 사이에 자리 잡고 있다. '북촌'이라는 이름은 서울의 중심인 종로 북쪽에 위치한다는 뜻에서 유래했다.

궁궐과 가까워 정치와 문화의 중심지 역할을 했으며, 오늘날까지도 한옥들이 잘 보존되어 있어 서울에서 전통미를 가장 가까이 느낄 수 있는 곳으로 많은 관광객들이 찾고 있다.

서울의 북촌은 북악산 아래 삼청동에서 시작해 팔판동, 화동, 소격동, 사간동, 송현동, 안국동, 가회동, 재동, 계동, 원서동을 포함한 지역이다. 오래된 한옥의 처마와 돌담길, 세월의 흔적을 머금은 골목길은 과거와 현재가 공존하는 특별한 공간을 만들어낸다. 이곳에서는 조선 시대의 정취뿐만 아니라, 현대적인 감각을 더한 갤러리, 공방, 카페 등을 함께 경험할 수 있다.

북촌의 골목길을 걸을 때 과거로 돌아가는 기분이 든다. 골목길마다 한옥들이 줄지어 서 있고, 정갈한 처마 아래로 부드러운 햇살이 내려앉는다. 비 오는 날, 우산을 쓰고 좁은 돌계단을 걸었던 기억은 아직도 잊혀지지 않는다. 빗소리와 함께 느꼈던 고즈넉한 풍경은 마치 시간이 멈춘 듯했다.

북촌에는 고교 평준화 이전, 명문고들이 있었다. 강남으로 이전한 경기고와 휘문고가 있었고, 중앙고는 아직 계동에 남아 있다. 부친께서는 예전에 원서동에 있던 휘문고등학교를 졸업하셨다. 휘문고 동문들과의 친목이 돈독하셔서 어린 시절 친구분들이 집에 자주 방문했고, 가족 여행도 함께 다니며 자연스럽게 휘문고라는 이름이 익숙해졌다. 둘째 고모는 경기여고를 졸업하셨고. 큰 고모와 셋째 고모 두 분은 안국동에 위치한 덕성여고를 졸업하셨다.

창덕궁 후원인 비원은 예전에는 창덕궁과 분리되어 '창경원'으로 불렸다. 일제강점기부터 동물원과 놀이 시설이 조성되어 있었는데, 소풍을 자주 갔던 기억이 난다. 벚꽃이 만개한 봄이 되면 '夜사쿠라'로 불리는 밤 벚꽃놀이가 데이트 장소로 인기가 많은 곳이었다. 다행히 지금은 일제의 잔재를 모두 없애고, 원래의 모습을 되찾았다.

북촌에서 가볼 만한 곳과 맛집

북촌을 방문한다면 '북촌 8경'을 따라 걸어보는 것도 좋다. 북촌 한옥마을이 한눈에 보이는 전망대에서 시작해, 정독도서관을 거쳐 한옥과 현대적인 감성이 조화를 이루는 곳까지 걸으며 새로운 풍경을 만날 수 있다.

- **북촌한옥마을** – 조선시대 상류층 가옥들이 그대로 보존된 공간으로, 전통 한옥의 구조와 생활상을 직접 경험할 수 있다.

- **가회동 31번지 전망대** – 북촌을 한눈에 내려다볼 수 있는 곳으로, 경복궁과 창덕궁이 어우러지는 풍경이 장관이다.
- **정독도서관** – 화동 옛 경기고등학교 자리에 조성된 도서관으로, 시민들에게 개방되어 있다.
- **삼청공원** – 자연 속에서 산책을 즐길 수 있는 공간으로, 조선시대 왕족과 관리들이 머물던 별장이 있던 곳이다.

북촌에는 오래된 전통을 간직한 맛집들이 많아, 한옥의 정취를 느끼며 음식을 즐길 수 있다.

- **북촌 손만두** – 60년 전통의 만두 전문점으로, 직접 빚은 손만두와 칼국수가 유명하다.
- **삼청동 수제비** – 담백한 국물과 쫄깃한 수제비가 인기 있는 곳으로, 비오는 날 방문하기 좋은 곳이다.
- **서울서 둘째로 잘하는 집** – 서울식 단팥죽을 비롯해 한방차와 다양한 음료를 맛볼 수 있다.
- **스미스가 좋아하는 한옥** – 파스타와 피자를 제공하는 한옥 레스토랑으로 이탈리아 음식을 즐길 수 있다.

3

나의 본적지, 茶洞 6번지

　다동茶洞은 조선시대부터 형성된 유서 깊은 동네다. 과거에는 관청과 한옥들이 밀집한 행정과 상업의 중심지였으며, 한양의 주요 시장이 인근에 있어 번성했던 지역이다.

　일제강점기에는 일본 상인들이 들어오면서 다동의 모습이 변화되었고, 해방 이후에는 다양한 상업시설과 주거지가 어우러진 공간으로 발전했다. 지금은 현대적인 빌딩과 세련된 식당들로 가득한 서울의 중심부이지만, 내 기억 속 다동은 소박한 한옥들이 모여 있는 좁은 골목길, 옆집에서 밥 짓는 냄새가 퍼지던 정겨운 동네였다.

　서울 중구 다동 6번지는 나의 본적지다. 선대부터 서울에서 살며 자수성가하신 조부께서 마련하신 건물로 이사하면서 우리 가족의 본적지로 등재되었다.

　그곳은 3대 가족이 모여 살던 살림집과 임대해 준 상가가 함께 있던 2층 주상복합 건물이었다.

　1960년대 서울시 도시개발 계획이 진행되면서 도로 확장과 청계천

복개 공사가 시작되었고, 결국 우리 건물도 서울시에 수용되었다. 지금은 아쉽게도 흔적은 사라지고, 그 터는 도로로 변해 버렸다.

건물 내에 '미스 살롱'이라는 바가 있었다. 아버지의 손을 잡고 몇 번 가본 그곳은 어른들의 사교 장소로, 집에서는 볼 수 없던 미제 과자와 스낵, 음료 등이 가득해 마치 보물 창고 같은 특별한 곳이었다.

처음으로 콜라를 경험했다. 탄산이 코끝을 톡 쏘는 검은 액체는 어린 마음에 신비로웠다. 나중에 알게 되었지만, 당시 국내에서 콜라가 생산되기 전이라 미군 부대 PX에서 흘러나온 제품을 팔고 있던 것이었다. 훗날 롯데칠성에서 근무하며 서울공장의 탄산 라인을 보았을 때, 어린 시절 처음 마셨던 그 콜라가 떠올랐다.

1970년대 이후 서울의 재개발 바람을 타고 다동의 풍경도 급격히 변했다. 한옥들이 철거되고 새로운 건물과 빌딩이 들어서면서 다동은 더욱 상업화가 되어갔다.

최근에는 한옥의 구조를 현대적으로 재해석한 카페와 음식점이 들어서며, 과거의 정취를 되살리려는 복고풍 움직임이 보인다. 무교동과 함께 전통음식 관광특구로 지정되면서 예전의 맛과 분위기를 간직한 업소들이 운영되고 있다.

학창 시절, 나는 소공동에서 아르바이트를 했다. 반도호텔 3층에 있던 김녕 김씨 종친회 사무실과 한국산업은행 조사부에서 일했는데, 공교롭게도 두 곳 모두 이후 롯데그룹에 인수되어 소공동 롯데타운에 자리한 롯데호텔과 롯데백화점으로 바뀌었다.

소공동 롯데그룹 본부에서 근무하던 시절, 길 건너 다동을 바라보며 어린 시절의 추억을 되새기곤 했다.

다동과 인접한 맛집들

다동과 인접한 무교동, 수하동, 삼각동, 을지로까지 종종 가족 외식을 하러 다녔다. 냉면과 불고기를 맛본 곳이 우래옥이었고, 수하동의 하동관에서 곰탕을 맛보았던 기억이 생생하다.

집안 어른들은 곰탕은 하동관, 설렁탕은 이문설렁탕, 꼬리곰탕은 영춘옥이라며 음식 잘하는 식당을 추천하셨다. 이 식당들은 골목길에 자리 잡고 있었지만, 도시개발과 함께 점차 대형 식당으로 확장 이전했다. 그중 영춘옥은 돈의동 옛 자리에 그대로 남아 있어, 추억을 떠올리며 종종 찾는 단골집이 되었다.

무교동에도 오래된 맛집들이 남아 있어, 서울을 대표하는 전통 음식점으로 자리 잡고 있다.

• 남포면옥 – 평양냉면과 어복쟁반으로 유명한 60년 전통의 노포.
• 용금옥 – 90년 전통의 서울식 얼큰한 추어탕을 맛볼 수 있다.

- **무교동 낙지** – 낙지볶음과 연포탕이 유명한 낙지전문점.

- **무교동 북어국집** – 북엇국으로 유명한 곳으로, 점심시간이면 긴 줄이 늘어선다.

- **부민옥** – 1956년부터 이어온 육개장 맛집으로, 깊고 진한 국물 맛이 일품이다.

4

스포츠의 메카, 동대문운동장과 장충체육관

나에게는 네 분의 고모가 계셨다. 다동에 살 때 큰고모와 둘째 고모는 이미 결혼하여 출가하셨고, 셋째 고모와 막내 고모는 한집에서 살았다. 셋째 고모는 직장에 다니면서도 나를 각별히 아껴 주셨다. 휴일이면 손을 잡고 극장, 시장 등 서울 곳곳을 함께 나들이했었다.

동대문운동장과 장충체육관에서의 스포츠 경기 관람은 잊을 수 없는 신나는 경험이었다. 스포츠를 좋아하셨던 셋째 고모 덕분에 자연스럽게 운동 경기를 가까이에서 접할 수 있었고 '운동장 고모'라고 부르며 따르던 그 시절이 지금도 그립다.

1960년대, 두 곳은 스포츠의 열기로 가득했다. 프로레슬링과 권투, 야구, 축구는 시민들의 열정을 불태우는 축제와 같았다.

장충체육관에서는 프로레슬링 경기와 권투 경기가 열렸고, 동대문운동장에서는 축구와 야구 경기가 펼쳐졌다. 가을이 되면 고연전(고려대-연세대 정기전)과 삼군사관학교 경기가 축제처럼 열렸다. 경기장의 뜨거운 함성과 열띤 분위기, 선수들이 달리는 모습과 링 위에서

섬광처럼 튀는 땀방울은 최선을 다해 끝까지 싸운 자가 승리하게 된다는 강렬한 인상을 남겼다.

동대문운동장은 잠실운동장이 생기기 전까지 '서울운동장'으로 불리며 스포츠의 중심지 역할을 했다. 이곳에서 열린 고연전과 삼군사관학교 경기 참관은 어린 시절 빛나는 추억이었다.

특히 고연전은 당시에도 전통적인 라이벌 대결로 유명했다. 경기가 열리는 날이면 도심 전체가 응원 열기로 들썩였다. 우리 집에서도 고려대 출신 아버지와 연세대 출신 삼촌 사이에 묘한 라이벌 분위기가 있었다. 경기장에서는 양교 학생들이 붉은색과 푸른색 깃발을 흔들며 응원가를 불렀고, 그들이 뿜어내는 활기 넘치는 에너지가 신기하고 놀라웠다.

동대문운동장에서 삼군사관학교 경기도 관람했는데, 고연전과는 사뭇 다른 분위기였다. 경기 전, 사관생도들이 군악대와 함께 절도 있는 행진을 펼치는 모습에 탄성을 질렀었다. 생도들은 카드 섹션을 활용해 조직적인 응원을 펼쳤고, 관중들은 예비 장교로 성장할 그들에게 박수로 응원을 보냈다.

1970~1980년대로 이어진 고교야구 붐으로 동대문운동장 야구장은 전국에서 모인 재학생과 졸업생들의 응원 열기로 뜨거웠다. 자연스럽게 야구 팬들이 늘어나면서 1982년, 각 지역을 기반으로 한국 프로야구가 출범하게 된 계기가 되었다.

1960년대 서울의 스포츠 랜드마크였던 장충체육관은 복싱과 프로레슬링이 열리는 날이면 관중들로 가득 찼다. 경기장 밖 TV중계에서도 흥분과 열기가 그대로 전해질 정도였다. 첫 번째 복싱 세계 챔피언 김기수 선수가 탄생한 곳도 이곳 장충체육관이었다.

고모의 손을 잡고 들어선 장충체육관은 거대한 동굴 같은 신세계였다. 관객들의 함성, 링 위에서 울리는 철제 종소리, 선수들의 거친 숨소리까지 모든 것이 생생하게 다가왔다.

이곳에서 '박치기 왕' 김일 선수의 경기를 직접 보았다. 그는 국민적인 영웅이었고, 링 위에 올라선 모습이 무척 당당했다. 상대 선수는 거구의 외국인이었는데, 당시에는 외국 선수에게 무조건 이겨야 한다는 분위기가 강했다.

김일 선수가 특유의 박치기를 준비할 때마다 관중들은 일제히 환호했고, 상대를 쓰러뜨렸을 때 체육관이 무너질 듯한 엄청난 함성이 터졌다. 경기가 끝난 후, 김일 선수가 관중들을 향해 손을 흔들며 퇴장하는 모습도 큰 감동이었다. 집으로 돌아와서 어른들 앞에서 박치기와 레슬링 동작을 흉내 냈다. 장충체육관에서 관중들이 외쳤던 "박치기! 박치기!"라는 함성이 아직도 귓가에 생생하다.

운동 경기가 끝난 후에 고모와 함께 동대문시장으로 향하곤 했다. 경기장의 열기가 가시지 않은 채, 순대, 떡볶이, 어묵을 먹으며 감동을 나누었다. 따끈한 어묵 국물과 매콤한 떡볶이는 지금도 그때를 추억하게 해준다.

가끔 광장시장과 방산시장에도 들렀다. 빈대떡과 김밥을 즐겨 먹었고, 갓 볶아낸 땅콩도 맛보았다. 좁은 골목에 가득한 사람들과 시끄럽게 호객하는 활기찬 상인들의 모습은 열심히 살아가는 사람들에 대한 깊은 인상을 남겼다.

장충체육관에서의 경기가 끝나면, 종종 태극당과 장충동 족발 골목을 찾았다. 태극당의 모나카는 이제 추억의 맛이 되었고, 장충동 족발집에서 맛본 쫀득한 족발과 새콤한 비빔국수는 그야말로 별미였다.

지금은 DDP(동대문디자인플라자)가 들어서면서 동대문운동장은 사라졌고, 장충체육관도 예전과는 많이 달라졌다.

하지만 그 시절, 장충체육관에서의 프로레슬링 열기와 동대문운동장에서의 뜨거운 응원은 고단한 삶을 잠시 잊게 해준 서민들의 돌파구였다. 스포츠를 즐긴 후 찾았던 동대문시장과 방산시장, 광장시장, 장충동에서의 특별한 음식들도 어린 시절 경험을 더욱 풍성하게 만들어 준, 고모와의 소중한 추억으로 남아 있다.

5

서울을 누비다, 신설동 한옥집과 전차

할아버지가 돌아가신 후, 신설동의 한옥집으로 이사했다. 마당이 넓고 방이 많아 별채와 몇 개의 방을 세를 주고도 대가족이 함께 지내기에 넉넉했다. 넓은 마당과 꽃밭은 집안에서 유일한 어린이였던 나만의 전용 놀이터였다.

그 시절 문간방에 세를 살았던 이화여대 무용과 육완순 교수님이 기억에 남는다. 나를 무척 귀여워해 주셨던 그분의 우아한 자태와 부드러운 말투는 지금도 따뜻한 기억으로 남아 있다. 알고 보니, 육교수님은 가수 이문세의 장모가 되셨다. 몇 년 전 우연히 갑장인 이문세 씨를 만나게 되어 고인이 되신 그분과의 인연을 나누며 추억을 회상하기도 했다.

할머니와 나는 종종 친척집을 방문하곤 했다. 보문동에 있는 할머니 친정집까지는 걸어서 갔고, 조금 먼 친척집에 갈 때는 시발택시를 이용했다. 이화동이나 효창동에 있는 친척집을 방문할 때는 할머니와 함께 전차를 타고 이동했다.

나는 전차 타는 것이 무척 설레고 좋았다. 때때로 혼자 전차를 타고 서울을 여행하기도 했다. 당시 전차 요금은 10환, 어른들이 주시는 용돈을 모아 전차 여비를 마련했다. 청량리에서 출발해 신설동역을 지나 동대문, 종로를 거쳐 마포, 영천까지 이어지는 노선을 주로 이용했다.

전차 내부의 나무로 된 좌석, 쇠로 된 손잡이 등은 정겨웠고 천천히 달리는 차창 너머로 보이는 서울의 거리 풍경은 특별한 설렘을 안겨주었다.

아버지의 휘문고 동창 중에는 당시 유명한 아나운서였던 임택근 씨가 있었다. 그는 고교 시절 전차를 타고 종로를 지날 때 거리의 간판 이름을 읽으며 발성 연습을 했다고 한다. 그 이야기를 듣고 나도 전차를 타고 종로 거리를 왕복하며 거리 양쪽에 있는 간판 이름을 외우는 것을 작은 취미로 삼았다.

집에 돌아와서는 누렇고 뻣뻣했던 두루마리 휴지를 길게 펼쳐 그 위에 종로 거리를 지도처럼 그렸다. 외워둔 간판 이름을 하나씩 적어 넣는 모습을 보신 집안 어른들은 신기해하시며 칭찬해 주셨다.

전차를 타고 서울 곳곳을 누비며, 나이에 비해 조금은 일찍 나름대로 서울이라는 도시의 모습을 이해해 나갔다.

전차는 서울의 주요 교통수단이었다. 서울의 전차 노선은 시내 곳곳을 연결하며 시민들의 발이 되었다. 주요 노선으로는 서대문·마포선, 을지로선, 효자동선, 왕십리선, 신용산·구용산선, 노량진·영등포선 등이 있었다.

1960년대 후반이 되면서 전차는 점차 설 자리를 잃어갔다. 자동차가 대중화되면서 도로는 더욱 복잡해졌고 전차가 차지하는 공간이 점점 부담스럽게 여겨졌다. 1968년 11월 30일, 서울의 전차는 마지막 운행을 끝으로 역사 속으로 사라지게 되었다. 이후 서울의 교통 체계는 빠르게 변화하면서, 전차가 있던 자리는 버스, 택시, 지하철이 대신하게 되었다.

전차는 1960년대 서울에서 살아가던 사람들의 삶과 문화를 담아낸 상징이었다. 전차 안에서는 일상의 다양한 풍경이 펼쳐졌다. 학생들은 친구들과 도란도란 이야기를 나누었고, 직장인들은 신문을 펼쳐 들었으며, 상인들은 물건을 가득 싣고 시장으로 향했다.

지금은 전차가 사라지고 서울의 교통이 현대화되었지만, 서울역사박물관에 전시된 전차 유물을 보면 그 시절의 향수가 되살아난다.

전차의 창문 너머로 바라보았던 서울의 풍경과 느릿느릿 도심을 가로지르던 전차의 모습은 이제 볼 수 없지만 기억 속에는 여전히 생생하게 남아 있다. 전차와 함께했던 소년 시절의 서울 여행은 세상에 대해 시작된 호기심을 도전으로 이끌어준 첫 경험이었다.

6

이대 앞과 대흥동, 중학생 세상에 눈을 뜨다

1970년 6월 4일, 할머니가 돌아가셨다. 그날의 충격과 함께 나의 소년 시절도 끝났다. 할머니가 돌아가시고 나서, 3대가 함께 살던 대가족은 해체되었고 가족들은 뿔뿔이 흩어졌다. 이듬해, 할머니에 대한 그리움과 추억을 안고 국민학교를 졸업했다.

마포구 대흥동에 위치한 숭문중학교에 입학하면서 생활은 급격히 변했다. 머리를 짧게 깎고, 까만 교복에 교모를 쓰고, 매일 도시락을 챙겨 버스를 타고 통학하는 새로운 환경에 적응해야 했다.

이대 앞 버스정류장에서 내려 대흥동 골목길을 지나 학교로 향하는 길은 무척 낯설었지만 점점 익숙해지면서 그 길은 새로운 세상으로 나가는 통로가 되었다.

중학교 입학 후 학교 수업이 끝나면 혼자 지내는 시간이 많아졌다. 자연스럽게 취미생활로 우표 수집을 시작했다. 삼촌이 해외 출장을 다녀오면서 가져다 준 세계 각국의 우표는 나에게 드넓은 세계에 대한 호기심을 불러일으켰다.

광화문과 회현동에는 우표를 전문적으로 취급하는 상점들이 있었는데, 종종 그곳을 찾아 다양한 우표를 구경하며 컬렉션을 늘려갔다. 우표를 통해 세계 여러 나라에 대한 관심과 동경이 커지면서 영어 공부에도 흥미를 갖게 되었다.

매년 한 학기씩 교생 실습을 나오는 대학생 선생님들은 학생들에게 새로운 자극을 주었다. 우리 반에 배정된 교생 선생님은 영어 전공의 이화여대 졸업반이었다.

단아한 모습의 여대생 교생 선생님은 사춘기였던 나의 감성을 자극하는 첫 번째 '여성 어른'이었다. 선생님의 관심을 끌기 위해 영어 공부에 더욱 열심히 매진하였고, 예습과 복습을 철저히 하며 수업에도 적극적으로 참여했다.

영어를 잘하는 방법을 알고 싶어 선생님께 편지를 썼고 직접 답장을 받았다. 선생님은 내 관심을 눈치채셨는지 영어를 재미있게 공부하는 방법으로 펜팔을 추천해 주셨다.

1972년, 서소문에 있는 펜팔 업체에 회원으로 등록한 후, 미국 시카고에 사는 이탈리아계 미국인 'Cathy Bosso'라는 7학년 여학생을 소개받아 영어로 편지를 주고받기 시작했다.

그녀와의 교류는 학창 시절 일상의 한 부분이 되며 지속되었다. 시간이 흐르고 군 입대 후 자연스럽게 연락이 끊겼지만, 40년 가까운 세월이 흐른 후 SNS를 통해 기적처럼 다시 연락이 닿았다. 지금도 종종 소식을 주고받으며 지내고 있다.

서대문구에 위치한 이대 앞 거리는 당시 유행의 최전선이었다. 젊은 여성들이 모여드는 활기찬 공간이었고, 트렌디한 옷가게와 아기자기한 카페가 즐비한 거리였다.

그 거리를 지나다니며 나는 대학생들의 자유로운 분위기를 동경했다. 영어 소설책을 구입해 혼자 해석하며 공부했는데, 단골로 다니던 서점도 그곳에 있었다.

중학교가 위치한 마포구 대흥동은 비교적 조용하고 주택이 많은 동네였다. 학교 교사와 운동장 사이에는 작은 개천이 흐르고, 두 곳을 연결하기 위해 개천을 가로지르는 다리가 있었다.

개천변에는 늘어진 수양버들이 운치를 더해 그 개천을 '세느강'이라 불렀다. 세느강 옆 나무 그늘 아래 놓인 벤치는 책 읽기에 더할 나위 없이 좋은 장소였다. 방과 후, 친구들과 함께 학교 앞 골목길 분식집을 찾아 간식을 먹고 이야기를 나누며 소소한 추억을 쌓기도 했다.

중학교 3학년이었던 1973년 봄, 교육부는 고교 입학을 '추첨제'로 바꾸는 고교평준화 정책을 발표했다. 당시 고교 입시를 준비하던 학생들에게 엄청난 변화였다. 중3 학생들은 비평준화 지역 고등학교 시험을 준비할 것인지, 아니면 다음 해 추첨을 통해 배정받을 것인지 선택해야 했다.

그 후 '58년 개띠'들은 신조어 '뺑뺑이 세대'로 불리게 되고 본인들의 의지와 관계 없는 뜻밖의 경험을 함께 하게 되면서 이후 사회생활에서도 강한 동질감과 유대감으로 각별한 연대의식을 형성하게 되었다.

중학교 시절은 매일 버스를 타고 통학하며 새로운 세상을 접했던 시기였다. 가족의 보호 아래 생활하던 소년이 점점 독립적으로 세상을 바라보기 시작한 시기이기도 했다. 새로운 관심사와 취미를 발견하며 점점 더 넓은 세상에 대한 갈망이 커져갔다. 지금도 이대 앞을 지나거나 냉면 맛집 '을밀대'를 찾아 대흥동에 가면, 중학생 시절의 풋풋했던 감정과 추억이 떠오른다.

매일 버스를 타고 오갔던 이대 앞 정류장과 대흥동 골목길, 화려한 이대 앞 거리, 펜팔을 통해 외국 문화를 접했던 설렘, 교생 선생님을 보며 가졌던 동경 등 이 모든 것들이 청춘이 시작된 첫 번째 페이지로 남아 있다.

7

후암동 용산고, 인생의 전환점

후암동厚岩洞이라는 이름은 마을 뒤편에 위치한 '두텁 바위', 즉 둥글고 두터운 바위에서 유래된 지명이다. 조선시대 한양도성의 서남쪽 끝자락에 자리 잡고 있어 조용한 변두리였지만, 일제강점기 이후 서울역과 미군부대, 남산을 연결하는 중요한 지역으로 성장했다.

오늘날 후암동은 서울의 중심에 위치하면서도 전통적인 주택가의 분위기를 간직한 곳이다. 개발이 이루어지고 있지만, 예전의 정취를 느낄 수 있는 장소들이 아직은 곳곳에 남아 있다.

후암동 용산고등학교 정문 앞에는 '이태원'이라는 표지석이 있고, 길 건너에 미8군 용산 기지가 위치해 있다. 미군부대 담장을 따라 내려가다 오른편에 수도여고(지금은 서울시교육청 신축 중)가 있었고, 남영동 로터리 미군부대 앞 골목에는 미국식 스테이크와 부대찌개를 파는 식당들이 있었다.

1974년 3월, 용산고등학교에 입학했다. 통학 시간을 줄이겠다는 명분이었지만, 사실은 독립적인 생활을 경험해 보고 싶어 후암동에서의 하숙 생활을 자청했다. 남산 자락 아래 고즈넉한 매력을 간직한 골목길 적산가옥 2층에 하숙방을 잡았다.

학교까지 걸어서 5분 거리였던 하숙집은 아침 식사를 하고 학교에 다녀온 후에 책을 보거나 잠을 자는 단순한 생활을 반복한 공간이었다. 수업이 끝나면 운동장에서 농구를 하거나 도서관에 남아 공부하는 것이 일상이었다.

휴일에는 남산을 산책하고 남산 도서관에서 책을 보았다. 때때로 삼광초등학교 뒷골목 분식집이나 후암시장을 찾아 군것질을 했고, 남영동의 금성극장과 성남극장에서 영화를 보며 작은 일탈을 즐기기도 했다. 하숙생활은 집을 떠나 혼자 생활하며 독립한 자신을 돌아보고 스스로 성장하는 계기가 되었다.

고등학교에 입학하면서 자연스럽게 새로운 친구들을 사귀었고, 교내외 다양한 활동에 적극적으로 참여했다. 특히 기독교 신앙에 관심을 가지게 되어 교내 종교 서클인 '용산YFC'에 가입했다.

당시 미국의 빌리 그래함 목사가 설립한 YFCYouth for Christ가 한국에서도 활발히 활동하고 있었으며, 김장환 목사가 한국YFC 이사장이었다. 서울YFC는 여러 명의 대학생 간사들의 지도하에 서울 시내 30개가 넘는 남녀 고등학교가 연합하여 활동했다.

용산YFC는 1, 2학년 학생들이 주축이 되어 매주 집회를 열고, 주말에는 서울YFC 연합 집회에 참석해 서울 시내 여러 학교와 교류했다. 여름 방학 때는 가평 자라섬으로 2박 3일 캠핑을 다녀왔다. 혼자 지내는 것에 익숙했던 내 성격은 점점 더 개방적이고 적극적으로 변해갔다.

용산고 학생들의 큰 관심사 중 하나는 전통적으로 '용수회'로 불리던 수도여고와의 연합집회였다. 집회를 계기로 자연스럽게 두 학교 학생들은 서로에게 관심을 가지게 되었고 어울릴 기회가 생겼다.

연합 집회에서 파트너로 만난 한 여학생에게 특별한 감정을 느꼈다. 이성에게 처음 느낀 첫사랑의 풋풋한 감정이었다. 숙대 앞 파리제과에서 가끔 만났고 편지를 나누며 지냈다.

대학 입시를 준비하던 1976년 8월 18일, 창덕궁에서의 만남을 마지막으로 서로의 입시를 응원하며 고교졸업 후에 만나 우정을 이어가기로 했다.

그녀와의 인연은 대학 시절까지 이어졌지만 군 입대 후 그녀가 미국으로 떠나면서 자연스럽게 연락이 끊겼다. 고교 시절 풋풋했던 첫사랑의 추억과 함께 힘들고 외로웠던 때마다 따뜻한 위로와 힘이 되어준 소중한 추억으로 남아있다.

고등학교 1학년이었던 1974년, 전국체전 매스게임에 참가했다. 용산고 1, 2학년 학생들은 여름방학도 반납한 채 약 5개월 동안 학교 운동장과 여의도 광장을 오가며 훈련에 매진했다.

그해 가을, 김종필 국무총리가 개회 선언을 한 제55회 전국체전에서, 우리는 한양여고 학생들과 함께 연합 매스게임을 선보였다.

어린 시절부터 자주 찾았던 동대문 운동장에서 수만 명의 관중 앞에서 펼친 퍼포먼스는 인생에서 잊을 수 없는 경험이 되었다. 매스게임 장면은 대한뉴스 기록 필름에도 남아 있다.

질풍노도의 시절을 함께 보낸 용고 동기인 '용두팔' 친구들, 용산 YFC 선후배들과의 우정은 지금까지도 지속적으로 이어지고 있다. 서울YFC에서 만난 친구들은 세계 곳곳에 흩어져 살고 있지만, 50년이 지난 지금도 연락을 주고받으며 서로의 삶을 응원하고 있다.

총동창회 사무실이 있는 용산고등학교에 가끔 들려 모교를 돌아보고 후암동 길을 걸을 때면, 남산 아래 자리한 골목길 곳곳에 배어 있는 추억, 함께했던 친구들과의 50년 전 기억이 영화 필름처럼 생생하게 떠오른다.

후암동에서 보낸 고교 시절은 용산고라는 새로운 배를 타고, 더 넓은 바다를 향해 나아가서 세상과 마주할 수 있는 튼튼한 발판을 마련해 준 인생의 중요한 전환점이 되었고. 반짝이는 젊음과 함께 소중한 추억으로 마음속 깊이 남아있다.

8

안암골 호랑이, 고려대학교

1970년대, 청바지와 통기타, 장발로 상징되던 청춘 문화는 낭만적으로 보였지만 당시 대학가는 그리 평온하지 않았다. 유신정권 말기 서울 시내 거리에는 시위대 구호와 최루탄 연기가 가득했다. 시대는 청춘에게 침묵을 강요했고, 정권은 생각하는 젊음을 경계했다. 대학가는 자유로운 학문 탐구와 사회적 갈등이 맞닿아 요동치는 격동의 시기였다.

고등학교 시절 받았던 교련 교육은 대학에서도 이어졌다. 교련 교육을 받으면 33개월이었던 군 복무 기간을 한 학년에 2개월씩 최대 6개월까지 단축해 주는 혜택이 주어졌는데, 이는 학생들의 군사훈련에 대한 불만을 무마하기 위한 제도이기도 했다. 대학 1학년 1학기, 모든 신입생은 성남 문무대에 단체 입영해 10일간의 군사 훈련을 받았다. 입소 전, 경건한 분위기 속에서 삭발식과 성인식 같은 환송 행사를 치르기도 했다.

당시 대학 신입생들은 동대문 경찰서, 종로 경찰서 구치소를 한 번쯤은 '신고식'처럼 경험해야 했다. 시위에 참여하거나 지금은 상상할 수 없겠지만 장발과 짧은 치마 등 사소한 이유로도 경범죄로 경찰에 잡혀가 처벌을 받곤 했다.

안암동 고려대학교 캠퍼스는 고색창연한 석탑 건물들이 웅장하면서도 따뜻한 분위기를 자아냈다. 봄꽃이 한창인 5월 축제가 시작될 즈음에 교정은 붉은 철쭉꽃으로 가득하고 단풍이 곱게 물든 가을 캠퍼스는 더욱 아름다웠다.

정문을 지나 중앙광장과 인촌동상으로 이어지는 교정에는 늘 활기찬 학생들의 웃음소리가 가득했고, 강의실과 서클룸에서는 강의와 끊임없는 토론이 이어졌다. 석탑 담장을 따라 걷던 길, 캠퍼스에서 친구들과 나누던 이야기, 골목 구석구석 막걸리 집들까지 안암골은 청춘과 열정이 함께한 새로운 세계였다.

대학 시절 젊음의 열정을 불태웠던 절정의 순간은 매년 9월 마지막 주에 열렸던 정기 고연전고려대-연세대 스포츠 대항전이었다. 가을 학기가 시작되면 응원연습으로 교정이 들썩였고 경기가 열리는 날이면 경기장은 양교 학생들의 붉고 푸른 물결로 가득 찼다. 친구들과 함께 목이 터져라 응원가를 부르던 기억이 생생하다.

경기 후에는 거리로 나서 밤늦게까지 축제를 즐겼다. 응원가를 부르며 행진하고, 막걸리를 기울이며 승리의 기쁨을 만끽했다. 양교 학생들이 어울려 어깨동무하고 노래를 부르며 행진하던 그 순간만큼은 모든 고민과 걱정을 잊고 오직 청춘을 즐겼다.

평상시 수업이 끝나면 농구장을 찾아 농구를 하거나, 친구들과 함께 안암골 단골 술집인 고모집이나 오리지널을 찾아 막걸리 잔을 기울였다.

배고팠던 시절, 김치찌개를 시켜놓고 김치 리필을 반복하며 배를 채웠던 추억도 있다.

돈이 없으면 시계나 학생증을 맡겨놓고 술을 마셨던 낭만도 있었다. 단골이었던 고모집 외상 술값은 취업 후 월급을 받아 제일 먼저 모두 갚았다. 때로는 DJ가 있는 다방에 앉아, 자욱한 담배 연기 속에서 시국을 논하고 인생에 대한 철학적인 고민을 나누기도 했다.

문과대가 있는 시계탑 건물을 '서관'이라 불렀는데 서관 뒤편에는 농구장이 있었다. 비록 맨흙 코트였지만 농구 동호회 西友會에서 농구 마니아들과 함께 땀 흘리고 자유를 만끽하며 농구를 즐겼다. 대학 시절 농구 열정은 이후 직장인 아마추어 농구 동호회 활동으로 이어져 40대 중반까지 농구경기를 했다.

안암골 대학생활에서 지식을 쌓고 꿈을 키우며 인생을 배워 나갔다. 강의실에서는 학문을, 캠퍼스에서는 우정을, 거리에서는 삶을 배웠다. 이곳에서 보낸 시간들은 알알이 소중한 경험이 되어 인생의 마중물 같은 큰 힘이 되었다.

반백 년 세월이 다 되어가는 지금도 대학 친구들과 연락하며 지내고 종종 만나 안암골 추억을 막걸리 잔에 담아 나누면서 잔잔한 미소로 말한다.

"그 시절, 우리 참 뜨겁게 살았지?"

9

격동의 시대, 백전백승 열쇠부대 5사단

1979년, 서울은 혼란 그 자체였다. 10월 26일 박정희 대통령 시해 사건이 발생했고, 그해 겨울 12월 12일 군사 쿠데타가 일어났다. 대학은 계속된 휴교령으로 정상적인 수업이 어려웠고, 민주화를 요구하는 학생 시위가 전국적으로 퍼져나갔다.

이 암울한 시기에 입대 지원서를 제출하고 신체검사를 받았다. 시력이 좋지 않아 3乙종 판정을 받았다. 징집관은 방위 근무도 가능하다고 했지만, 반드시 현역 복무를 하겠다고 고집했다. 징집관은 이상하다는 눈빛으로 나를 바라보았지만, 군 입대를 결심한 이상 한 치의 망설임도 없었다.

그러나 군에 가는 길도 쉽지 않았다. 1980년 봄, '서울의 봄'으로 불렸던 민주화의 희망도 신군부 세력에 의해 짓밟혔다. 광주에서는 5·18 민주화운동이 비극적으로 진압되었고, 결국 전두환 신군부가 정권을 장악했다.

전국적으로 병역 징집 업무가 지연되면서 몇 개월을 더 기다려야 했다. 마침내 1980년 7월 16일, 친구와 후배들의 환송을 받으며 성북역에서 입영 열차를 타고 논산훈련소로 향했다.

무더운 여름, 논산훈련소에서 두 달간의 신병 훈련을 받았다. 기본 훈련을 마친 후 행정학교 입소, 병과 교육을 받을 예정이었지만 예상치 못한 변수가 생겼다. 당시 전라도 지역의 신병 인력이 부족해지면서 논산훈련소 대학생 출신 훈련병들은 전원 전방으로 배치되었다.

더블백을 메고 연무대역에서 기차를 타고 의정부역으로 이동해 103보충대에 입소했다. 며칠 후 5사단 헌병대로 차출되었다. 훈련소에서 안경이 깨지는 바람에 시력이 나쁘다는 걸 증명할 방법이 없어 키가 크다는 이유만으로 헌병대로 배치된 것이다.

이후 시력 검사를 통해 시력 문제가 확인되면서 헌병 업무 대신 행정병으로 근무하게 되었다. 행정병 근무 중, 그해 겨울 3개월 동안 '빼치카 당번'을 자청했다. 외출·외박은 할 수 없었지만 헌병대 특유의 군기와 긴장감 그리고 고참들의 통제에서 비교적 자유로울 수 있어 새로운 경험을 하며 병영생활에 조금씩 적응해 나갔다.

헌병대생활은 마치 몸에 맞지 않는 옷을 입은 듯 불편했다. 다행히 이듬해 입대 동기들과 함께 병과별 병력 재배치 명령을 받고 사단 보병연대로 전출되어 연천 백의리에서 신망리를 거쳐 대광리까지 북쪽으로 부대 이동했다.

FEBA, GOP와 GP, 민통선을 지나 철책으로

전출 후 내가 배치된 곳은 최전방 FEBAForward Edge of Battle Area에 있는 보병부대였다. 이곳에서의 생활은 1년 내내 실전 전투훈련의 연속이었다.

매일 군장을 메고 연병장을 도는 완전군장 구보, 100km 행군, 화생방 훈련 등 실전에 필요한 강도 높은 훈련이 이어졌다. 혹한기 훈련은 극한의 인내심을 시험하는 과정이었다. 끊임없이 이어지는 훈련 속에서 체력과 정신력이 단련되는 군생활의 본질을 체득하며 단단한 군인이 되어갔다.

힘든 훈련 중에도 〈바위섬〉을 불러 유명 가수가 된 행정병 후임 김원중의 노래와 전남대 노래패의 위문공연은 부대원들에게 가뭄 속의 단비 같은 휴식과 재충전이 되었다.

신군부 정부의 사회정화 차원에서 만든 삼청교육대 교육도 부대의 새로운 임무였다. 문신이 있거나 고성방가, 노상방뇨 등 다양한 이유로 끌려 온 교육생을 8명씩 한 조로 발목을 족쇄로 묶어 연결해서 풀 깎기나 연병장 청소 등 사역을 시켰다. 청송 삼청교육대로 이송할 때까지 기간병으로 그들을 교육하면서 천태만상의 인간군상을 경험했다.

1년간 FEBA에서 근무한 후 대광리에서 '철마는 달리고 싶다' 경원선 종점 신탄리역과 민통선을 지나서 GOP로 배치되었다. 철책선 근무 초소 앞에 존경받는 군인의 표상, 전임 사단장이 큰 바윗돌에 새긴 글이 있었다.

"나는 너를 믿는다. 사단장 김복동"

군인은 사기를 먹고 살고 목숨을 걸고 나라에 충성한다.

GOP General Outpost 생활은 기존 부대와 달리 매우 엄격한 통제 속에 있었다. 6개월 동안 외출과 면회가 금지되었고 소대 단위로 생활하며 북한군과 철책을 마주하며 교대로 경계 근무를 섰다. '분단된 조국'의 현실을 온몸으로 실감했다.

GOP에서는 남과 북이 서로 확성기를 이용한 방송을 하며 심리전을 펼쳤다. 그 당시 남한 측 스피커 성능이 열악해 북한 방송이 훨씬 더 잘 들렸다. 대응책으로 확성기 방향을 남쪽으로 돌려 북한 방송을 아예 듣지 못하도록 방해하는 전략을 사용했다. GOP 상황병으로 근무하며 DJ가 되어 음악을 선곡하여 심야시간에 틀었다. 'Midnight Blue'가 시그널송이었다.

마지막 근무지는 백마고지 GP였다. GP Guard Post는 GOP보다 더 전방에 위치한 철책선 안 초소에 있었고 고참병들은 가장 취약한 시간대인 밤 10시부터 새벽 6시까지 상황병 근무를 했다. 군에서의 마지막 보직이었다.

GP에서 바라본 밤하늘에서 바로 쏟아질 듯한 수많은 별들을 만났다. Starlight Scope 녹색 야간투시경으로 갈대가 무성한 비무장지대에서 발목 지뢰를 밟아 다리가 세 개인 노루가 어색하게 뜀박질하는 것도 보았다. 초긴장의 경계 근무 중에 서울에서 경험하지 못한 초자연을 만날 수 있었다.

전역 얼마 전에 3군 사령관 정호용 장군이 GP를 방문했다. 초소 근무자들에게 위문 회식을 열어 통닭과 막걸리를 배급해서 격려하고 근무자들은 꿈같은 하루 특별휴식을 부여받았다.

정호용 사령관은 입대 전 대학생들이 물러나라고 시위했던 전두환, 노태우와 함께 신군부 육사 11기 3인방 중 1인이었고 50사단장과 특전사령관 시절 당번병이 고교 동창이기도 했다. 그의 장군다운 풍채와 호탕함을 보며 만감이 교체했다.

군생활을 무사히 마치고 1982년 11월 전역했다.

격동의 시대에 입대, 논산훈련소와 헌병대, 보병부대, GOP, GP까지 국가가 부여한 다양한 임무를 수행하며 사나이로 성장하는 경험을 했다. 훈련과 경계 근무 속에서 체력과 정신력을 단련했고 전우애를 통해 협력과 배려를 배웠다. 무엇이든 이겨낼 수 있다는 자신감을 갖고 전역 신고를 마치고 경원선 대광리역에서 서울행 기차에 올랐다.

10

한다발과 대학로, 낭만과 우정의 시절

대학생활의 절반이 안암골이었다면, 나머지 절반은 혜화동 대학로에서 보냈다. 그리고 그 중심에는 '한다발'이 있었다.

한다발은 1970년 창립된 용산고, 수도여고 출신 대학생 연합 서클로, 매주 토요일 혜화동 대학생회관에서 모임을 가졌다. 독서 토론을 중심으로 활동하며, 봄에는 돌담, IFC, 프런티어와 함께 용산고 4대 클럽 체육대회를 했고, 가을에는 연극제와 심포지엄을 개최했다. 100명 이상이 모이면 관할 경찰서에 집회 허가를 받아야 했고, 담당 형사가 집회에 참석해 감시하던 시절이었다.

한다발의 많은 추억이 MT와 함께 있었다. 봄가을뿐만 아니라 여름과 겨울 방학이 되면 MT를 떠나 모닥불을 피워 놓고 함께 노래하며 밤새 이야기를 나누었고 동기들과는 수시로 여행을 다니며 우정을 쌓았다. 선후배 간의 소통을 통해 문학과 철학을 깊이 있게 접하고 사유하는 법을 배웠다. 한다발의 토론은 지식 공유는 물론이고 삶과 가치에 대한 깊이 있는 사고와 대화였다.

집회가 끝난 후에는 자연스럽게 혜화동 동굴집으로 향했다. 튀김과 어묵 국물을 안주 삼아 소주나 막걸리를 마시고, 때로는 삼삼오오 모여 열띤 토론을 이어가거나 함께 노래를 부르기도 했다. 가끔 마로니에 공원에서 기타 소리를 들으며 거리 공연을 감상하고, 소극장에서 연극도 관람했다. 당시 대학로는 군사정권의 암울한 시대 속에서 예술과 낭만이 살아 숨 쉬고 있었던 청춘의 숨통을 틔워주는 공간이었다.

대학로는 학생 시위가 빈번했던 곳이었다. 계엄령과 휴교령이 반복되는 엄혹한 상황 속에서도 우리는 꿈을 잃지 않으려 했다. 그런 시대적 분위기 속에서 대학로는 작은 안식처가 되었다. 이곳에서 문학과 시대를 이야기하며, 한 잔의 커피 속에 깊은 고민을 녹여내고 음악과 함께 낭만을 즐겼다.

한다발은 나와 친구들에게 사유하고 토론하며 문화를 향유하는 삶의 방식을 가르쳐 주었다.

지금도 대학로를 찾을 때면 그 시절이 떠오른다. 아직도 유일하게 남아있는 학림다방에 앉아 비엔나커피를 마시며 마로니에 공원의 벤치와 대학로를 오가는 사람들을 바라볼 때면 여전히 그곳에는 우리가 남겨둔 이야기들이 유유히 흐르고 있는 듯하다.

한다발을 함께했던 동기들과는 환갑이 훌쩍 지난 지금도 연락을 주고받는다. 가끔 만나 차 한잔하거나 술 한잔 나누며 생의 첫눈 같았던 옛날 이야기를 한다. 그리고 살며시 웃으며 말한다.

"그 시절, 우리가 함께 빛났던 순간들! 참 소중했던 추억이지."

1985년 2월 25일, 지금은 아내가 된 한다발 후배와 같은 날 대학을 졸업하며 학창 시절도 막을 내렸지만, 대학로와 한다발은 내 청춘의 가장 아름답고 빛났던 한 페이지로 오롯이 남아 있다.

신의 궁전 앙코르 와트

노일식

1

크메르 제국

무작정 가방을 꾸려 씨엠립행 항공기에 올랐다. 앙코르 와트는 유럽인들에게 많이 알려진 관광지였으나 최근 들어 동양인들도 많이 찾고 있다.

여행을 다니다 보면 자연스레 터득하는 원칙이 있다. 먹을 수 있을 때 먹고 쉴 수 있을 때 쉬고 잘 수 있을 때 자자. 스스로 정한 원칙에 따라 좁은 기내에서 잠깐 눈을 붙이자, 도착을 알리는 멘트가 흘러나왔다.

공항에 도착하자 크메르, 앙코르 톰, 앙코르 와트 같은 용어들이 낯선 반가움으로 다가왔다. 수박 겉핥기식 여행을 한 결과였다. 캄보디아의 역사와 문화에 다가가리라 다짐했다.

12월에서 2월을 제외하면 무더위와 한바탕 전쟁을 치를 각오를 해야 한다. 덥고 무더운 나라, 캄보디아는 두 개의 계절이 있다. 더운 계절 그리고 아주 더운 계절. 건기에서 우기로 변경되는 4월과 5월은 아주 더운 계절에 해당한다. 한국에서 오는 대부분 여행자는 이 계절에 들어왔다. 굳이 고생을 사서 하는 것 같아 의아했다. 유적지는 대부분 걸어서 이동한다.

크메르 제국은 802년부터 1431년까지 존속했던 동남아시아 대제국이다. 태국, 캄보디아와 라오스, 베트남 일부를 포함한 인도차이나 반도 대부분을 지배했으며 앙코르 왕조를 포함한다. 기록의 대부분이 유적의 벽이나 석판 등에서 발견되고 있다. 새로운 유적이 발견되면 기록이 변경되기도 하고 아직 해석되지 않는 것도 많다고 한다.

크메르 제국은 힌두교와 불교를 신봉했으며, 이를 바탕으로 건축과 예술 분야에서 뛰어난 발전을 이루었다. 대표적인 유적으로는 앙코르 와트Angkor Wat, 앙코르 톰Angkor Thom, 바이욘 사원Bayon Temple, 타프롬 사원Ta Prohm Temple 등이 있으며, 유네스코 세계문화유산으로 지정되어 있다.

크메르 제국은 13세기 이후 외부 침입과 내부 분열로 쇠퇴하기 시작했으며 1431년 시암족이 세운 아유타야 왕조에 의해 멸망했다.

앙코르 톰은 9세기에서 15세기에 걸쳐 번성한 앙코르 왕조의 수도로 1천 2백여 개의 석조 건축물과 70만 명 이상이 거주했을 것으로 추정된다. 앙코르 톰이 위치한 씨엠립은 광대한 평원에 위치한 도시였다. 쁘레아 칸 사원 비문에 의하면 앙코르 톰에는 9.7만의 무희와 승려가 있으며 10만 명의 농민과 노예가 사원 유지에 동원되었다고 기록되어 있다. 이를 근거로 프랑스 학자 조르주 그로슬리에는 70만 명 이상이 거주했을 것으로 추정한다. 당시 런던 인구가 7만 명, 파리 인구가 10만 명이었다고 한다.

앙코르 톰은 가로세로 3.2km이며 120m의 해자로 둘러싸여 있다. 해자 안쪽으로 9m 높이 성벽이 12km에 걸쳐 도시를 보호한다. 중앙의 바이욘 사원을 중심으로 사방 네 개의 탑문이 연결되며 동쪽에 승리의 문이 하나 더 있어 총 5개의 탑문이 있다.

남문은 앙코르 톰의 입구 역할을 하며 많은 차량과 여행객이 모이는 곳이다. 남문에는 뱀신 나가의 왕 바수키와 각각 27명의 악신 아수라, 선신 데바의 동상이 세워져 있다. 다리 중앙에서 동상을 전경에 두고 해자를 바라보는 풍경이 사뭇 고혹적이다.

대부분 유적지는 바이욘 사원 북쪽에 위치하며, 일몰 유적지인 쁘롬바껭과 바이욘 사원, 바푸욘 사원 등이 방문객들에게 깊은 인상을 주는 장소들이다. 문둥이왕 테라스를 지나 코끼리 테라스 벽면에 전설속의 새 가루다와 코끼리 부조가 매우 사실적으로 조각되어 있다. 이 유적지들은 단순한 관광 명소를 넘어, 고대 크메르 왕국의 역사와 문화를 이해하는 창구 역할을 한다.

바이욘 사원의 미소는 특히나 인상적이다. 49개의 거대한 얼굴 조각들이 사원 전역에 새겨져 있으며, 미소는 일체의 중립적 지혜와 자비를 나타내고 있다. 사원의 독특한 구조와 복잡한 조각들은 방문객들의 감탄을 자아낸다.

바푸욘 사원은 앙코르 와트 다음으로 큰 규모의 사원으로 왕국의 규모와 영광을 상징하는 중요한 유물이다. 오랜 기간에 걸쳐 복구 중이나 작업은 매우 느리게 진행되고 있다.

코끼리 테라스는 출정식이나 왕실의 접견 장소로 사용되었으며, 거대한 코끼리와 가루다 부조는 왕의 위엄과 힘을 상징한다.

앙코르 톰은 당시 세계 최대의 계획도시였다. 주택들은 잘 짜인 블록을 형성하고 있었으며 블록과 블록은 방사형의 인공수로와 도로망으로 연결되어 있었다. 사모작이 가능했던 비옥한 토지는 연간

126,000톤의 쌀을 생산해 냈고, 도심 외곽까지 백만 명이 넘었던 사람들을 먹여 살리는 데 충분한 양이었다.

도시와 멀지 않은 곳에 생활을 풍요롭게 해주는 또 하나의 곳간이 있었다. 톤레삽, 13세기 말 이곳을 방문했던 중국 사진 주달관은 이렇게 말하였다. '이곳은 물고기가 많아 노를 젓기조차 힘들다.'

앙코르 톰은 규모와 인구뿐만 아니라, 당시의 건축 기술과 예술성, 문화적 중요성으로 오늘날까지도 많은 사람들의 관심을 끌고 있다. 석조 건축물과 사원의 섬세한 조각들은 당시 왕조의 위엄과 권위를 보여주며, 앙코르 톰을 찾는 이들에게 깊은 인상을 남긴다. 또한 힌두교와 불교가 함께 공존했던 장소로, 다양한 신앙과 문화가 융합된 독특한 역사를 내포하고 있다.

2

수리야바르만 2세

크메르 왕조는 북부 롭부리Lopburi 지역에서 성장한 왕족 세력인 수리야 가문과 기존 왕족 세력 간의 치열한 왕권 다툼 속에서 형성되었다.

왕위 계승 문제로 국내 정세가 크게 혼란스러워지자 왕위 계승 결정권을 가진 승려 집단 브라만은 수리야바르만 2세를 주목한다. 크메르 왕국은 군주국가였지만, 개인의 힘보다 종교적 관습과 제도를 기반으로 통치되었기에 종교 지도자들은 큰 영향력을 행사하고 있었다.

왕이 될 수 없었지만, 야망이 강했던 수리야바르만 2세에게 정치 혼란은 오히려 기회였다. 브라만에 의해 왕으로 추대되었으나 심성이 약해 혼란 사태를 수습할 능력이 없던 백부를 제거하고 쿠데타에 성공한다. 이후 여세를 몰아 남쪽의 왕족 세력마저 평정하여 크메르 제국 통일 군주가 되었다.

지혜와 용기를 겸비한 수리야바르만 2세는 6년 뒤 크메르 왕국의 18대 왕으로 등극한다. 병사와 신하들로부터 충성 서약을 받아 태양의 숭배자란 칭호를 얻고 제국은 번영의 길로 접어들기 시작한다.

그는 왕권 강화와 국가 안정을 위해 여러 정책을 추진했다. 중앙 집권 체제를 강화하기 위해 수도를 앙코르 톰으로 옮기고, 왕궁과 사원을 건설했으며 군사력을 강화하기 위해 군대를 조직하고, 주변 국가들과의 전쟁을 통해 영토를 확장했다.

수리야바르만 2세는 힌두교를 신봉했으며 자신을 태양신 수리야의 아들로 여겨 앙코르 와트를 비롯한 여러 사원을 건설했다. 이 사원들은 힌두교의 신화와 전설을 담고 있으며, 당시의 건축 기술과 예술적 감각을 보여주는 걸작으로 평가받고 있다.

당시 크메르는 왕의 재임 기간에 한두 개의 사원을 건립하는 것이 전통이었다. 왕은 시바신의 권위로 국가를 다스렸으며 사후 그가 믿던 신과 합일하는 풍습이 있었다.

수리야바르만 2세는 왕에 오르자, 주신이었던 시바 대신 힌두의 다른 신 비슈누를 선택한다. 그리고 3만여 명의 장인을 동원하여 왕궁 가까운 곳에 가장 크고 아름다운 앙코르 와트 건축을 시작한다. 거대한 사암 블록을 사용해 세워진 이 사원은 정교한 조각과 건축 기술로 당시 건축의 정점을 이루었다.

수리야바르만 2세는 앙코르 와트를 통해 자신이 신과 같은 존재임을 과시하며 제국의 결속력을 다지고자 했다. 앙코르 와트 건설은 크메르 제국의 문화적, 종교적 정체성을 확립하는 역할을 했다.

37년에 걸쳐 완성된 크메르 제국의 최대 걸작, 앙코르Angkor는 왕도를 와트Wat는 사원을 뜻한다. 세계에서 가장 큰 종교적 건축물, 이 거대한 유적을 건설하기 위한 크메르인들의 노력과 작업 과정은 어떠했을까?

원시적인 장비와 노동력을 활용해 정글과 늪지에 사원을 세우는 과정이 80년 뒤에 세워진 바이욘 사원 부조에 기록되어 있다. 땅을 파낸 후 모래를 깔고 자갈을 채운다. 그 위에 진흙을 채우고 작대기로 두들겨 지반을 다진다. 작업이 끝나자 남북으로 1.3km 동서로 1.5km에 이르는 피라미드 구조의 사원 설계도가 그려졌다.

사원에 사용된 질 좋은 사암은 북동쪽으로 40km 떨어진 쿨렌산에서 가져왔다. 주변에서는 인력으로 운반할 수 있는 거리 내에서 사원 건축에 사용한 사암과 동일한 사암지대가 발견되지 않았다. 쿨렌산은 35km에 이르는 사암지대로 이루어진 크메르인들의 영산이다.

채석 과정은 매우 느리게 진행되었다. 끝이 뾰족한 길고 둥근 쇠봉을 사용해 돌에 홈을 내고, 홈에 돌이나 나무쐐기를 박아 분리해 냈다. 채취한 석재는 구멍을 뚫어 나무 막대기를 끼운 후, 끈을 연결하고 지렛대를 사용해 큰 돌 위로 들어 올린다. 윗돌을 인부들이 앞뒤로 밀고 당기며 갈아내어 마치 칼로 잘라낸 듯 반듯하게 다듬었다.

사원 건축에는 수백 킬로에서 수 톤에 이르는 사암 60만 개 정도가 사용되었다. 채석장에서는 지금도 전통적인 방식으로 작업이 이루어진다. 쇠꼬챙이를 이용해 한 명이 열흘 이상 작업해야 1톤짜리 돌 한 개를 캐낼 수 있다.

운반수단이 없던 열악한 환경에서 무거운 석재를 이동하는 것 또한 난제였다. 주로 코끼리와 인력을 이용해 석재를 밀고 끄는 방식을 사용했다. 수로에 이르자 뗏목을 만들어 석재를 실었다. 작은 수로를 통과한 뗏목은 강물에 의존해 톤레삽 호수로 이동했다. 그 후 앙코르 톰으로 연결된 인공 수로를 따라 이동하는 긴 여정을 거쳤다. 40km에 이르는 장정이었다. 앙코르 와트 건설은 수많은 사람들의 노력과 희생이 만들어낸 결과였다.

3

춤추는 무희, 천상의 압수라

대부분 국가에 건국 설화가 있듯 앙코르도 창조 신화가 있다. 여러 갈래 이야기가 있는데 그중 하나는 다음과 같다. 인도 브라만 계급의 청년 카운디냐가 꿈에서 창조의 신 브라만의 계시를 받는다. '동쪽으로 가서 새로운 땅을 찾아라. 가는 길에 큰 나무 아래 있는 활과 화살을 가지고 가라.'

카운디냐를 태운 배가 동쪽으로 가는데 나체의 여자들로 구성된 배가 앞을 막아섰다. 카운디냐가 신에게 받은 활과 화살로 여자 군대를 제압했다. 군대의 대장은 소마라는 공주였는데 소마 공주는 나가라자, 용왕의 딸이었다. 벌거벗은 채 무릎을 꿇은 공주를 본 카운디냐는 자신의 옷을 벗어 공주의 아랫도리를 가려주었다.

감탄한 공주는 카운디냐에게 청혼하고 결혼하게 된다. 둘의 결혼을 축하한 용왕 나가라자는, 대지를 숨기고 있던 물을 마셔 땅이 모습을 드러내자 카운디냐에게 주었다. 그 땅을 캄퓨차라고 불렀는데 영어식 표현이 캄보디아다.

앙코르는 힌두와 나가니즘이 만나 만들어진 문화로 물의 정령인 나가뱀를 생명의 수호신으로 여긴다. 그들은 뱀의 왕을 용이라 생각해 왕이 거주하거나 왕을 기리는 사원의 수호에는 반드시 용을 수호신으로 세웠다. 인도에서도 보기 힘든 나가가 수호신이 되어 사원을 휘감으며 사원을 보호하고 왕권을 보호한다.

인도로부터 힌두교를 받아들인 크메르는 자신들의 토착 신앙인 물의 정령과 결합했다. 대표적인 것이 압사라 춤이다. '물 위에서 태어나다'는 의미를 가진 압사라는 천상의 무희, 춤추는 선녀로 불린다. 힌두 성전엔 태초에 신들이 천지를 창조하면서 6억 명의 압사라들이 탄생했다고 한다. 크메르인들은 이 압사라를 자신들이 숭배했던 물의 정령인 뱀과 결합, 느리지만 독특한 춤사위를 만들어냈다. 그 때문에 신을 보좌하고 즐거움을 줘야 할 압사라들을 신전에 새기는 것은 너무나 당연했다. 앙코르 와트 벽면에는 각기 다른 표정을 하고 있는 압사라 부조 1,850개가 새겨져 있다. 이는 앙코르 와트가 지상에 건설된 신의 궁전이라는 의미이다.

캄보디아는 메콩강의 범람과 퇴적물로 육지화가 진행되었다. 대부분 지역이 비옥한 평야 지대로 지평선을 볼 수 있다. 씨엠립에서 일몰 명소로 유명한 쁘롬바껭도 해발 67m에 불과하다. 그들은 왕과 지도층 일부를 제외하고 대부분 나체로 생활했던 부족이었다. 모계 중심 사회로 가정을 지키거나 일을 하는 것은 여자들의 몫이었으며 유산도 큰딸에게 돌아가는 사회구조였다.

4

사원의 건축

수리야바르만 2세는 무력으로 왕위를 차지한 권력가답게 국토 확장에 대한 야망도 컸다. 그는 등극한 지 10년 뒤 이웃 나라 참파에 대한 대대적인 정복 전쟁을 일으킨다.

그가 이끈 군사력의 규모는 700척이 넘는 함대와 2만 명이 넘는 정예 병사들이었다. 베트남 남부에 살았던 참파족들은 오랫동안 크메르의 영향권 아래 있었다. 하지만 참파 세력이 급성장하며 크메르를 위협하자 결국 정복 전쟁을 일으킨 것이다.

베트남 냐짱에 있는 포나가르 신전, 탑바라는 지명은 포나가르 신전으로 인해 생기게 되었는데 탑바는 비엣족들이 부르는 이름이고 참족들은 포이누나가르 사원이라 불렀다. 참파 왕국의 국모신을 모신 사원으로 비문을 통해 보면 당시 국모신에 대한 숭배가 널리 퍼져 있었고 장기간 계승되었다. 주변국들과 마찬가지로 참족 역시 전통적인 모계사회였던 것으로 보인다.

참파 왕국은 2세기에서 15세기까지 번성하였으며 베트남 중남부

미손 주변에서 시작해 중부 냐짱, 판랑까지 세력을 뻗어 나갔다. 참족은 힌두교를 신봉하고 인도 언어인 산스크리트어를 신성한 언어로 채택하여 건축과 미술 양식을 받아들였다. 이들은 산악에 접한 해안지대에 거주하여 농사지을 땅이 부족하였다. 해양 무역을 통해 번성하였으며 때로는 지나는 상선을 공격하는 해적이 되기도 했다.

참족은 중요한 날이나 축제 때 사원을 찾아 벼농사의 풍년과 자손의 번성, 불행과 재난으로부터 보호를 빌고 기도했는데 일설에 의하면 여신은 97명의 남편과 38명의 딸을 두었다고 전해진다.

참족이 한창 번영을 구가하던 시기에 베트남 중부 지역에서 캄보디아에 이를 정도로 방대한 제국이었으나 크메르의 공격을 받아 국력이 약해졌으며 17세기 북쪽으로부터 비엣족의 침략을 받아 베트남에 흡수된 것으로 역사는 기록하고 있다. 씨엠립의 앙코르 와트 부조에는 배를 타고 톤레삽 호수로 침공한 참족 함선을 크메르 용사들이 배에 구멍을 뚫어 물리치는 모습이 조각되어 있다.

무기는 창과 활, 화살 그리고 방패가 전부였지만 갈고리로 배를 결박한 채 육박전 형태로 이루어진 전투는 처참했다. 이에 대해 크메르의 역사는 기록한다. 크메르의 군주는 정복의 야망을 참파로 돌리게 되었다. 그는 참파를 공격하여 수도 비자야베트남 퀴논를 함락시키고 이 왕국의 주인이 되었다.

크메르의 영토는 오늘날 인도차이나반도 대부분을 차지했다. 전쟁을 통해 수많은 포로가 압송되었다. 이들 중 많은 수의 포로가 앙코르 와트 건축에 투입되었을 것이다.

앙코르 와트 건축은 뜻밖의 난관에 부딪힌다. 어렵게 쌓아 올린 석재가 자꾸 무너져 내렸기 때문이었다. 늪지에 무거운 석재를 쌓은 것이 원인이었다. 비가 와서 습지에 물이 차면 지면을 밀어 올린다. 반면 건기가 되어 비가 오지 않으면 지면이 내려가면서 탑이 붕괴된다.

여러 차례 붕괴에 큰 피해를 본 기술자들은 고민 끝에 해결책을 마련한다. 앙코르 와트 주변에 해자를 설치해 수위를 안정시키는 방안이었다. 늪지를 물먹은 스펀지처럼 만들어 사원을 떠 있는 상태로 유지하자는 것이었다.

사원을 둘러싸고 있는 해자를 두고 그동안 다양한 연구가 이루어져 왔다. 종교적, 군사적 목적으로 만든 시설물일 것으로 알려졌으나 현실적으로 수위를 일정하게 유지함으로써 사원의 안정화에 기여하는 기능을 했던 것이다.

그럼에도 거대한 건축물을 어떻게 늪지에 건축하였을까 하는 의문이 남는다. 고고학자 한스 라이센은 이렇게 설명한다. 지금 우리가 있는 장소에 인공산을 쌓는다. 다음 돌로 테두리를 쌓고 모래로 속을 채운다. 그런 다음 단단하게 다진다. 그다음 층도 마찬가지다. 이렇게 단계적으로 산을 쌓아 올리는 것이다. 안에는 모래를 넣고 둘레에 라테라이트라고 부르는 열대지방에서 나는 갈색 돌을 쌓고 바깥쪽에 사암을 둘렀다. 시설물을 건축하기에 앞서 기초를 다지는 공사를 하는 셈이다.

고대의 건축가들은 수백 킬로에서 수 톤 무게의 석재를 어떻게 쌓아 올릴지 알고 있었다. 놀랍게도 앙코르 와트는 위로부터 아래로 쌓아 내려왔다. 먼저 중앙탑을 세운 후 주변 탑을 세우고 이어서 회랑과 벽을 완성했다. 1,532개의 회랑벽기둥은 무게가 7톤 내외에 이르는데 이런 기둥을 세우는 데도 그들만의 기술이 적용되었다.

크고 무거운 돌을 쌓기 위해서는 흙을 쌓아 경사면을 만든 후 돌이 세워지면 흙을 파내는 식으로 작업이 이루어졌다. 크고 복잡한 건축물을 다른 도구 없이 흙을 이용해 만들어낸 크메르인은 지상 최고의 건축가였다.

앙코르 와트를 장식하는 데는 많은 예술가들이 동원되었다. 이들은 외벽과 기둥, 창문에 매우 정교한 그림을 조각해 놓았다. 시간이 흐르며 대부분 사라졌지만, 견고하게 세워진 돌벽과 기둥에 있는 문을 설치한 흔적, 석재를 보조하는 천정 목조 구조물은 그 존재를 증명한다. 목재와 석재의 조화는 앙코르 와트의 독특한 건축 방식에 더해 기능적인 아름다움을 만들어냈을 것이다.

앙코르 와트 사원의 대미는 804m에 달하는 회랑으로, 힌두 신화의 대서사시를 새긴 것이다. 석공들은 사암 석벽을 일렬로 세운 뒤, 뛰어난 기술로 사실적인 인물상과 풍경, 원근감까지 표현했다. 각 조각상은 생생한 표정과 동작을 하고 있어, 보는 이로 하여금 마치 이야기에 직접 참여하는 듯한 느낌을 준다.

5

신의 궁전 앙코르 와트

수리야바르만 2세가 힌두교의 비슈누팔이 네 개인 신으로 인간을 구원하고 우주 질서를 유지한다 신에게 봉헌한 사원으로 폭 190m 둘레 5.6km의 해자로 둘러싸여 있다. 모든 신의 지위가 평등한 힌두교에서 비슈누가 훌륭한 신이기는 하나 수리야바르만 2세가 사원에 평생을 바칠 정도로 비슈누에 대한 존경심이 깊었던 것일까?

사원으로 들어가기 전 입구에서 머리가 아홉 개 달린 뱀신 나가를 만났다. 나가는 창조의 신인 브라만의 손녀 카드루가 낳은 영물로 얼굴은 인간의 형상을 하고 있으나 타원형의 몸체에 뱀의 꼬리를 가지고 있다. 난 뱀을 싫어하지만, 이 뱀은 친근하게 느껴졌다.

폭 12m 길이 210m 돌다리로 해자를 건너면 3개의 탑과 익랑이 있는 곳에서 중앙사원으로 연결되는 참배로가 이어진다. 햇살에 달구어진 참배로를 걸으며 사람들은 무슨 생각을 하고 있을까? 나는 왜 이곳을 찾는 것일까? 선과 악, 삶과 죽음, 순간적인 것과 영원한 것에 대한 답을 얻기 위해서인가?

참배로를 따라 사원 내부로 들어가면 앙코르 와트의 사면을 둘러싼 부조와 마주친다. 부조는 왼쪽에서 오른쪽으로 이어지며 각 면에 2개씩 8개의 신화를 새겨놓았다. 기둥에는 조각을 위해 기초만 그려 놓은 채 미완성인 것도 있다.

거대한 돌무더기로 만들어진 이 유적은 사원인지 무덤인지도 분명하지 않다. 다만 힌두교의 장례법상 무덤에 새기는 부조는 왼편에서 오른편으로 한다고 한다.

1층은 미물계, 2층은 인간계, 3층은 천상계를 의미한다.

사원의 출입구인 서쪽 회랑엔 힌두 신화에 나오는 신들의 전투 장면을 새겼다. 랑카국 아수라들의 왕 라바나가 비슈누의 7번째 화신 라마의 부인 시타를 납치하면서 시작한다. 라마는 부인을 구출하기 위해 원숭이 장군 하누만과 원숭이들의 왕 수그리바의 도움을 얻어 랑카국을 침공, 3일간의 전투 끝에 승리하고 부인 시타를 구출한다는 내용이다.

다음은 쿠루 평원의 전투인데 쿠루 족의 왕위 계승권을 둘러싼 치열했던 쿠루 평원의 전투를 요약해서 보여준다. 앙코르 예술의 중심은 세밀하게 묘사된 부조로 주로 힌두교 신화에 관한 이야기들인데 수리야바르만 2세는 인간이면서 신으로 남고자 했던 자신의 열망을 부조에 남겼다.

첫 번째 패널은 전투가 일어나기 전의 상황을, 두 번째 패널은 전투가 진행되는 모습을, 세 번째 패널은 전투가 끝난 후의 상황을 묘사하고 있다.

각 패널에는 다양한 인물들이 등장하며, 그들의 표정과 자세는 전투의 긴장감과 역동성을 전달한다. 특히, 두 번째 패널에서는 전투의 격렬함이 잘 표현되어 있다. 병사들은 무기를 들고 서로를 공격하고 있으며, 말과 코끼리 등의 동물들도 전투에 참여하고 있다. 이 패널에서 수리야바르만 2세가 코끼리를 타고 전투를 지휘하는 모습이 눈에 띈다.

세 번째 패널에서는 전투가 끝난 후 승리한 쪽의 병사들이 패배한 쪽의 병사들을 포로로 끌고 가는 모습이 새겨져 있다. 이 부조는 당시의 역사적 상황과 수리야바르만 2세의 정치적 의도를 이해하는 데 중요한 자료로 평가받는다.

남쪽 회랑은 번개로 회랑 기둥이 무너져 시멘트로 보수를 해 놓았다. 초기 복원 시 시멘트로 응급 복구를 했는데 사암으로 된 사원에 다소 생뚱맞게 보였다. 회랑에서는 수리야바르만 2세 왕의 행렬이 맞이한다. 주변을 평정하고 힘과 지위에 맞게 질서를 만들어 가는 과정을 설명한다.

이어서 천국과 지옥이 묘사되어 있다. 인간 세상을 중심으로 상단에는 천국을 하단은 지옥을 새겨 놓았다. 야마 신이 죄의 경중을 판결하고 지옥으로 떨어지면 고통스러운 형벌이 기다린다. 각자 지은 죄의 종류에 합당한 형벌을 받는다. 지옥에서의 마지막 단계는 불에 타는 형벌이다. 자세히 보면 몸은 불에 타는데 얼굴은 웃고 있다. 너무 고통스럽지만, 이 단계가 지나면 새로운 생이 시작된다는 생각에 미소 지을 수 있는 것이다. 지옥과 인간 세상 사이를 전설의 새 가루다가 받치고 있다.

동쪽 회랑은 우유바다 젖기를 통해 세상을 창조한다는 신화를 새겼다. 불로장생약 '암리타'를 얻기 위해 천 년 동안 선신과 악신이 협력한다. 거대한 뱀과 산을 이용하여 우유의 바다를 젖고 그 과정에서 수많은 압사라와 신, 동식물이 탄생한다. 회랑에는 뱀의 몸통을 잡고 선신과 악신 108명이 줄다리기를 하고 있다.

비슈누는 선신과 악신 사이에서 큰 거북이를 밟고 있다. 비슈누가 거북이로 변신해서 우유 바다를 휘저을 만다라산을 떠받친다. 이는 비슈누가 세상의 창조와 유지를 담당하고 우주의 질서를 유지하는 역할을 하고 있음을 의미한다.

북쪽벽에 새겨진 것은 선신과 악신들의 전투 장면이다. 이 전투에서 선신인 비슈누가 악신 아수라들을 물리치고 승리하게 되는데 이는 내정을 확립한 다음 주변국을 물리쳐 질서를 세우겠다는 수리야바르만 2세의 신념과 일치한다.

수리야바르만 2세의 부조는 금빛 채색의 흔적들이 남아 있다. 외벽을 장식한 압사라에서도 붉은색을 덧칠한 흔적이 있다. 시간이 지나며 목재는 사라지고 색은 바래 사원이 완성되었을 당시 모습이 어떠했을지 상상해 보는 즐거움은 여행자의 몫으로 남았다.

2층 중앙 십자 회랑을 지나면 왕이나 브라만이 신에게 제사를 지내기 전 몸을 정화하던 우물터가 나온다. 이 우물터는 신성한 의식의 준비 공간으로 사용되었다. 회랑 돌기둥은 흰색과 붉은색을 여러 번 덧칠하고 흰색으로 마무리했다. 천정 역시 전통적인 채색으로 장식하여 제사를 지내기 전 정화 의식을 더욱 의미 있게 했다.

3층 천상계로 오르는 12계단 가운데, 중앙 계단의 경사는 62도이다. 그나마 중앙 계단을 제외한 나머지 계단들은 경사가 너무 심해 이용하기에 적합해 보이지 않았다. 이 구조물은 사원의 안정을 고려하여 설치한 것으로, 각 면에 두 개씩 총 8개의 계단이 배치되어 있다.

천상계로 오르기 위해서 짐승이 되어야 했다. 까마득히 보이는 계단은 반듯이 서서 오르기에 너무 가팔랐다. 경사도에 맞춰 폭은 좁고 높게 만들었으며 오랜 세월에 깨지고 패여 있었다. 뭉개진 곳을 피해 최대한 몸을 낮추고 발을 옆으로 디뎌 기어 올라갔다. 성소 앞에서 인간은 겸손해질 수밖에 없는 것이다.

앞서 오르던 여행자가 잠시 멈추자 무심히 지나쳐온 계단 입구의 팻말이 떠올랐다. "계단을 오르기 전 다시 생각하시오", "뒤돌아보지 마시오"라고 손으로 쓴 경고성 문구와 함께 추락사고 희생자를 기리는 조촐한 추모 사당…. 계단을 마저 오르자, 뒤따르던 여행자도 거미처럼 기어서 올라왔다. 아래를 내려다보니 다리가 후들거리고 현기증이 밀려왔다.

천상의 궁전, 육신의 제약을 받지 않는 영혼들이나 자유롭게 드나들 수 있도록 만들어진 천상의 세계, 멀리서 찾아온 여행자를 반기듯 어둠 속에서 한 줄기 바람이 불어왔다. 부조에 새긴 요염한 모습의 압수라무희들이 아스라한 미소와 함께 맞아 주었다. 흐르는 듯 정지한, 시간의 적막함이 함께하는 신들을 위한 공간….

앙코르 와트의 중앙에 있는 성소 탑은 높이가 65m로 우주의 중심인 메루산을 상징한다. 힌두교에서 메루산은 신들이 거주하는 지상 낙원이자 죽은 자의 영혼이 가기를 소망하는 곳이다. 절대적인 선도 절대적인 악도 존재하지 않는 곳, 몸과 마음이 정화되는 느낌이 들었다.

대양을 뜻하는 해자와 산맥을 의미하는 주변 탑, 신이 거주하는 메루산을 상징하는 중앙탑, 이를 통해 백성과 신하 모두를 아우르는 정치적 만다라를 실천하고 싶었던 수리야바르만 2세, 그는 앙코르 와트 가장 높은 곳에 자신이 신봉했던 비슈누 신을 안치했다. 중앙탑이 완성되고 수리야바르만 2세가 찾았을 때 이곳에는 금빛 비슈누 상이 있었을 것이다. 이는 모두 신권으로 나라를 다스리고자 했던 열망으로 이루어진 일이었다.

영원할 것 같았던 그의 제국이었지만 흥한 자는 반드시 망한다는 말을 증명이라도 하듯 수리야바르만 2세 사후 왕조는 분열되었다. 북부에서는 시암족이 세운 왕국이 반도의 터줏대감 역할을 자처했으며 동쪽에서는 북부의 대월이 남부의 참파를 멸망시키고 베트남에 대한 종주권을 굳건히 했다. 크메르는 더 이상 예전의 영향력을 행사하지 못하고 쇠퇴의 길로 접어들었으며 수 세기 동안 사람들의 기억에서 잊혀 갔다.

신권정치를 갈구했던 역대 왕들의 염원은 힌두교에서 불교로, 다시 힌두교로 국교가 변경되며 수많은 선대 왕의 유물이 파괴되고 방치되어 사라졌다.

19세기에 이르러 프랑스 신부 앙리무오에 의해 존재가 발견되면서 거대한 위상을 드러내게 되었다. 해자에 둘러싸인 바티칸 제국의 수십 배 규모 고대도시를 발견한 앙리무오는 감격하여 그리스나 로마의 위대한 예술가가 남긴 건축물보다 더욱 장엄하다며 감탄했다.

6

애환의 톤레삽

한쪽으로는 태양의 일몰이, 반대쪽에서는 달이 뜨는 호수 톤레삽은
오랜 시간 호수에 사는 사람들의 애환을 묵묵히 담아내고 있다.

거대한 호수라는 어원을 지닌 톤레삽, 동양 최대이자 세계에서 세
번째로 큰 호수이다. 톤레삽은 그 넓이와 경관 외에도, 사람들에게 삶
의 터전을 제공하며 생계의 중심이 되어왔다. 호수의 물은 농사를 짓
기에 적합하며 풍부한 어족 자원은 주민들의 주요 식량 공급원이기
도 하다.

톤레삽은 면적이 2,700㎢에 달해 제주도의 1.5배 정도 크기에 해
당한다. 우기가 되면 메콩강 수위가 높아지고 호수의 면적은 열두 배
이상 늘어난다. 여러 마을이 물에 잠기지만 그만큼 더 많은 물고기를
잡을 기회가 된다. 건기 때는 호수의 물이 줄어들어 땅이 드러나고 그
곳에서 농작물을 키울 수 있다.

톤레삽은 인간과 자연이 조화롭게 살아가는 복합적인 생태계를 형
성하고 삶의 이야기가 얽힌 곳이기도 하다. 호수는 그저 물이 머무는

곳이 아닌 인간의 역사가 켜켜이 쌓여 있는 삶의 터전이다.

호수 주변으로는 맹그로브 숲이 우거져 있다. 맹그로브 숲은 열대 및 아열대 지역에서 자라는 나무로 물속에서 자라며 뿌리가 물속에 잠겨 있는 것이 특징이다. 우기에는 맹그로브 숲에 물이 차면서 쪽배를 타고 숲 사이를 탐험할 수 있다. 쪽배는 작은 배로 이 배를 타고 맹그로브 나무 사이를 지나다닌다. 호기심과 걱정 어린 표정으로 숲의 아름다움과 신비로움을 느낄 수 있다.

1973년 1월 평화협정이 체결되면서 베트남에서 미군이 모두 철수하게 된다. 그 후 2년이 지난 1975년 4월 사이공은 지도상에서 완전히 사라져 버렸다. 자유를 갈망하던 사람들은 조그만 뗏목에 의지해 기약 없이 바다로의 긴 항해를 시작했다. 보트피플의 출현이었다. 일부는 다른 나라 선박들의 외면으로 바다에서 사라지고 일부는 해적에게 귀중품을 빼앗긴 뒤 수장당하기도 하며 보트 피플은 세계 각지로 흩어져 갔다.

그중 일부가 메콩강을 거슬러 올라 톤레삽 호수에 도착했으나 사회 불안을 우려한 캄보디아 당국이 상륙을 불허했다. 정착할 곳을 찾지 못한 베트남인들은 호수 위에서 원주민과의 불편한 동거를 시작했다. 고대 왕국으로부터 이어져 내려오는 앙금은 묻은 채, 서로 다른 전통과 문화를 지닌 두 집단이 각자의 삶을 이어가고 있다. 호수는 두 집단의 역사와 문화가 교차하며 어우러지는 과정을 보여준다.

30년의 세월이 지나, 베트남의 후광을 얻은 훈센 총리가 시민권과 함께 육지에서 살 수 있게 허락했으나 수상생활에 익숙해져 버린 이들은 계속 호수에 남아 수상생활을 영위하고 있다.

이들 수상 가옥은 우기에는 호수 깊숙이 이동해 각자 생활하다가 건기가 되면 연안으로 나와 하나의 집단을 형성해서 살아간다. 수상가옥의 사람들은 단순히 전통을 고수하는 것뿐만 아니라 관광객과의 상호작용을 통해 현대적인 요소와도 조화를 이루고 있다.

일부 수상 주택에서는 관광객을 위한 상업 활동도 활발하게 이루어진다. 전통음식을 먹을 수 있으며 온순해 보이는 구렁이를 목에 걸고 사진을 찍을 수 있다. 길거리 음식인 털이 많고 커다란 거미와 귀뚜라미, 낯선 곤충 튀김을 판매하는 곳도 있다. 현지 음식에 흥미가 없으면 수상주택만 돌아봐도 된다.

호수 어귀 수상마을에 구축된 접안시설에 관광객을 실은 배들이 도착하자 양은 광주리를 탄 아이들과 소형 보트들이 달라붙었다. 모두 크고 작은 구렁이를 한두 마리씩 목에 감거나 배에 싣고 있었다. 이곳에 사는 아이들의 장난감은 살아 있는 파충류였다. 주머니에서 1달러짜리 지폐를 꺼내 광주리를 부지런히 저어온 것에 대한 대가를 지불하자 하얀 이를 드러내 웃으며 다른 배들을 향해 빠르게 노를 저어갔다.

한때 노를 저을 수 없을 정도로 많은 물고기가 살았던 톤레삽이지만 폴포트의 크메르루주 정권을 북부 산악지대로 몰아낸 베트남이 호수의 어업권을 가져갔다. 이후 쌍끌이 조업으로 몇몇 종은 멸종되었고, 어획량 또한 빠르게 줄어들었다.

수상가옥은 두어 평 남짓한 공간에 대여섯 많게는 열 명 이상이 기거하며 온종일 호수에 그물을 내리는 노동을 해야 하루치 양식을 구할 수 있다. 교육이나 의료혜택도 없는, 현대문명의 사각지대를 살아가는 톤레삽 사람들이지만 그들은 해맑은 미소로 이야기한다.

삶의 질과 깊이는 풍요와 편리함에 있지 않다고, 행복과 평화는 내

안에 있는 욕심을 걷어내는 데서 시작된다고, 물질이나 풍요는 편리와 불편의 문제일 뿐이라고…. 따라서 톤레삽에 사는 사람들이 불행하리라는 생각은 여행자의 관점이며 억지일 뿐이다.

수평선이 보이는 호수로 나왔다. 호수에 담긴 사연을 아는지 모르는지 수평선 너머 떨어지는 일몰은 장관이었다. 여행을 하며 보이는 것은 대화가 되고 회화가 되어 가슴에 들어오지만, 표현할 재능이 없어 그저 바라보기만 했다.

날이 어두워져 선착장으로 돌아오는 머리 위로 커다란 둥근달이 떠올라 있었다. 언제나 새로운 것을 발견할 수는 없지만 항상 새로운 시선으로 바라볼 수 있기에 기대를 모아 떠나는 여행은 희망이자 축복인 것이다.

히말라야 설산을 바라본다

박동기

1일차

카트만두로

　9개월 전부터 예약해 놓았던 EBC에베레스트 베이스캠프 트레킹을 떠나는 날이다. 여러 우여곡절을 겪었지만 계획대로 16일간의 장정에 오르게 되었는데, 5일 전부터 갑자기 오른쪽 무릎에 통증이 왔다. 무리한 산행을 한 것도 아닌데 자고 일어나 보니 통증이 시작된 것이다. 당장 코앞이라 취소할 수도 없는데, 13일간의 트레킹에 5,500m를 오르는 난코스를 무릎통증을 갖고 갈 수도 없는 난감한 상황이 발생해버렸다. 과거 젊었을 때 객기로 무리한 산행을 하다 산꼭대기에서 아픈 무릎을 가지고 기어 내려온 고통스러웠던 기억들이 스쳐 지나간다. 자꾸만 히말라야 산속에서 혼자 고립되는 공포감이 밀려왔다. 하루가 지나도 통증이 가라앉질 않아 속만 타들어 가는데 해결책은 엉뚱한 곳에서 나왔다. 반신반의하며 국가대표 스키선수 주치의에게 3일 동안 약침을 세 번 맞았는데, 통증이 가라앉아 버린 것이다. 무릎 속에 작은 염증이 생긴 것인데 구조적인 부상이 아니니 걱정 말고 다녀오라고 한다. 정형외과에서는 트레킹을 포기하라 했었는데…. 걸을 때 일말의 경미한 느낌은 남아있지만 그래도 산뜻한 마음으로 인천공항행 리무진에 올랐다.

네팔에서도 문제가 생겼다. 20년 만의 기록적인 홍수로 2백여 명이 사망하는 재해가 발생한 것이다. 카트만두 시내가 물바다가 되고 국내선 항공 운항이 불확실해져 트레킹 일정이 꼬여버린 것이다. 고민 끝에 스케줄을 일부 변경하며 트레킹이 결정되었으니, 개인적으로는 천신만고 끝에 성사된 셈이다. 6시간의 비행 끝에 또다시 카트만두를 찾게 되었다. 작년 요맘때 ABC를 갔다 왔으니 딱 1년 만이다.

작년에 와서 다소 당황해했던 어수선한 공항의 입국시스템이 눈앞에 그대로 전개되고 있다. 바뀐 것은 하나도 없었다. 긴 줄을 따라 30불을 주고받는 현지 비자발급, 입국 시 일어나는 이해 못 할 보안점검비행기를 타는 것도 아닌데, 신발도 벗고 허리벨트도 풀고 세밀하게 검사를 받는다, 좁은 공간에서 지루하게 기다리는 짐 찾기 등을 포함해 1시간 반 만에 입국수속을 마치고 공항을 빠져나오니 작년에 같이했던 네팔인 가이드가 마중을 나왔다. 반가운 마음에 인사를 하는데 가이드는 어정쩡한 자세로 반겨준다. 수많은 손님이 오가니 나를 특별히 알아볼 리가 없을 것이다. 그래도 지내다 보면 기억이 날 수도 있겠지. 노련한 산행 리드에 모두가 만족하던 가이드였다. 한결 마음이 편안해진다. 가이드는 우리에게 꽃목걸이를 하나씩 걸어준다. 최상의 환영인사이다.

광장 앞에는 캄캄한 어둠 속에 수많은 사람들이 서성이고 있는데, 상당수가 등산 가이드와 택시기사 등 호객꾼들이다. 무거운 캐리어를 끌고 사이를 비집고 나와 버스에 올랐다. 번잡한 입국수속에 피곤한 몸이지만 작년에 와서 좋은 기억으로 남아있던 하얏트호텔에 여장을 푸니 한순간에 피로가 풀린 듯 포근한 마음이 된다. 달콤한 웰컴티와 전통 음악연주가 이방인을 반겨준다. 따뜻한 샤워 후 전통음식과 시원한 맥주 한잔으로 네팔의 첫날 밤을 맞는다. 부디 안전하게 트레킹이 성공하기를 간절히 기도해 본다.

2일차

네팔의 신전 앞에서

홍수로 인한 혼선으로 일정이 조정되었다. 당초 계획과는 달리 직접 항공편으로 루크라에 가는 코스로 변경이 되었는데 탑승시간이 내일 새벽이란다. 오늘은 달리 일정이 없어 하루 종일 카트만두 관광을 하기로 했다. 트레킹 후의 마지막 관광일정이 앞당겨진 것이다. 버스로 30여 분 이동하여 네팔의 3대 고도인 파탄을 찾았다. 작년에 왔던 곳이지만, 다시 봐도 경이로운 느낌이 변하질 않는다. 도시 전체가 고대 사원으로 둘러싸여 있는데, 힌두교 사원과 불교 절이 뒤섞여 있는 모습이다. 그 어느 나라에서도 볼 수 없는 독특한 분위기에 감탄이 절로 나온다.

그동안 인도, 파키스탄과 가까워 힌두교의 나라로 인식하고 있었는데 사실 불교와도 밀접한 관계가 있다고 한다. 바로 불교의 발생지인 룸비니가 이곳에서 겨우 300km 떨어져 있는 가까운 곳에 위치해 있기 때문이다. 국경이 애매했던 옛날을 생각하면 이곳도 불교의 성지인 셈이다. 실제로 룸비니가 이슬람의 침략을 받아 당시 석가모니의

종족들이 이곳으로 피난을 나와 정착하게 되었다며 불교와의 인연을 강조한다. 현재도 이곳 주민들은 자기들이 석가모니의 후손이라고 소개하고 있단다. 석가모니가 출가 전 자식이 있었다는데 수천 년 전의 계보를 어떻게 인정해야 할지 그저 헛웃음이 나온다. 족보가 있나? 다시금 살펴보니 의외로 불교식 사원들이 많이 퍼져있고 박물관에도 불상들이 상당 부분을 차지하고 있었다.

힌두교 사원을 올려다보면 성적 표현들이 난무하는 복잡한 문양과 다양한 신들의 형상이 펼쳐져 있는데 두 종교의 이질적이면서도 묘한 조화가 그저 신기할 따름이다. 종교 구분 없이 대부분 석재 기단 위에 정교한 목재조각들로 구성되어 있는데, 서로 섞이다 보니 절인지 힌두교 사원인지 구분도 안 간다. 그냥 네팔식 사원이라는 표현이 적절하지 않나 싶기도 하다. 한 사원으로 들어가 보니 살아있는 신이라 하여 어린 소녀를 사원 중앙 의자에 앉혀놓고 관광객들을 맞이하고 있었다. 생리가 시작되면 다시 어린아이를 물색하여 교체한다 하는데, 아무리 뜯어봐도 그냥 평범한 어린아이의 표정이다. 알현한다 하며 팁도 받는 걸 보니 어색하기 짝이 없는 모습이다. 그렇다고 상업 적으로 크게 돈벌이를 하는 것도 아닌데 아무 짓도 못하고 있는 어린 소녀가 안쓰러울 뿐이다.

다신교인 힌두교답게 여러 마리의 뱀을 신격화해 놓은 조각상도 눈 길을 끈다. 이곳에서는 뱀이 상서로운 동물로 인식되고 있단다. 뱀은 더울 때 땅 위로 올라오는데, 땅이 더워지면 하늘에 구름이 생기고 비 가 쏟아져 풍작이 이루어지기 때문에 유익한 동물로 보고 있다는 것 이다. 서양에서는 선악과를 따 먹도록 이브를 유혹한 나쁜 동물로 인 식하는데 이토록 인식의 차이가 크다니 아이러니다. 우리나라에서 불 길한 징조로 인식하는 까마귀가 이웃 일본에서는 친근한 새로 여긴다 니 비슷한 상황이지 싶기도 한데….

어쨌든 여행을 하면 행복해진다. 일상에서 벗어나 새로운 역사와 낯선 환경들을 접하다 보면 짜릿한 호기심에 온 맘을 빼앗기며 세상 을 즐기는 것이다. 인도식 탄두리 닭고기와 난으로 점심을 때우고 호 텔로 돌아와 망중한의 오침에 빠져들었다.

오후 5시에 호텔에서 걸어서 10분 거리에 있는 보드나트 불탑을 찾 았다. 네팔에서 가장 큰 불탑으로 유네스코 세계문화유산으로 지정되 어있는 카트만두 최고의 관광명소란다. 기단 높이 36m에 탑 높이가 38m이고 지름이 100m에 이르는 거대한 원형 불탑이었다. 오전에 들렀던 파탄과는 달리 이곳은 라마불교 유적으로 수많은 마니차가 불 탑을 둘러싸고 있었다. 탑 상층부에 위치한 거대한 두 눈동자가 아래 를 내려다보고 있는데, 부처의 "지혜의 눈"이라는 기이할 정도로 직 설적인 모습이다. 단순 유치해 보이는데도, 강렬한 이미지로 세상을 굽어보고 있어 보고 있는 사람 모두가 위축이 되는 듯하다. 파란 하늘과 주황색 노을이 교차되는 석양노을 속에서 하얀 기단과 선명한 부처님의 눈동자가 설명하기 어려운 몽환적인 분위기를 자아내고 있다.

불탑이 정면으로 보이는 4층 테라스 식당에서 시시각각으로 변하는 노을을 바라보며 맥주잔을 기울인다. 곁들이는 만두가 감칠맛이 난다. 이곳도 몽고에 침략당했었나 보다. 만두는 몽고의 전통음식인데…. 살랑거리는 밤바람 속에 거대한 부처님 눈빛 아래서 내일의 고된 일정도 내려놓고 맥주 한잔에 기분 좋게 이국의 정취에 빠져든다. 그래도 처음 도전하는 5,000m급 등산을 앞두고 자꾸 술잔을 기울이면 안 되는데….

3일차

경비행기로 루크라에

    오늘은 히말라야 산속으로 들어가는 날이다. 새벽 4시부터 일어나 짐을 꾸린다. 여행사에서 나누어준 카고백에, 트레킹에 필요한 물품들을 집어넣고 기타 물품들은 캐리어에 담아서 호텔에 보관하는 시스템이다. 오늘 타고 갈 비행기가 18인승 초미니 경비행기여서 특히 중량 준수를 강조하고 있다. 카고백과 배낭을 합쳐 15kg를 넘으면 안 된다고 가이드가 신신당부를 하는데 중량이 초과되니 그저 난감한 상황이다. 상대적으로 중요도가 떨어지는 물품들을 하나씩 제외하는데도 중량 초과가 변하질 않는다. 국내라면 억지도 부려보고 다른 방법을 찾겠지만 이번에는 상황이 다르다. 자칫 비행기를 놓치게 되면 달리 대안이 없어 모든 일정이 무너져버리는 위험이 도사리고 있기 때문이다.

    지난달 들어갔던 팀이 기상악화로 비행기가 뜨지 않아 며칠간 산속에서 발이 묶였다는 소식도 들려온다. 고민 끝에 무거운 겨울옷을 전부 껴입고 카메라도 어깨에 메었다. 그래도 중량이 초과되어 마지막으로 초콜릿과 세면도구 등 다소 무거운 물품들을 파카 주머니에 욱여넣고 나서야 겨우 중량이 맞아진다. 사람 몸은 무게를 체크하지 않는다 하니 시스템이 어설프기만 하지만 이곳 룰이 그렇다 하니 맞추는 수밖에…. 우스꽝스러운 복장으로 공항에서 부담스러운 수속을 밟는데 비행기에 오르고 나서야 비로소 긴장이 풀렸다. 가이드는 루크라행 비행기를 타는 것만으로도 트레킹의 70%가 완성되는 것이라고 너스레를 떤다. 그만큼 변수가 많다는 얘기다.

비행기가 이륙하면서 카트만두 전경이 보이는가 했는데, 순식간에 차창 너머로 히말라야 설산들이 나타난다. 기다랗게 띠를 두른 하얀 구름 위 설봉들이 파란 하늘을 배경으로 펼쳐지는데 예상치 못한 선경이 눈앞에 펼쳐지고 있는 것이다. 30여 분의 짧은 비행 끝에 히말라야 깊은 산속 2,800m 고지대에 위치해 있는 루크라공항에 도착하였다. 공항 밖을 나오니 시원한 바람과 깨끗한 시야가 상큼하게 다가온다.

오늘 산행은 이곳 루크라에서 2,600m 팍딩까지 8km의 완만한 하강코스를 걷는 것이다. 트레킹 적응을 위한 준비운동쯤으로 생각하며 가벼운 마음으로 산행을 시작한다. 그래도 1년 만에 다시 마주하는 히말라야 트레킹이 아닌가. 설레는 마음에 발걸음이 빨라진다. 군데군데 피어있는 코스모스, 야생화들도 반갑고 무거운 짐을 잔뜩 지고 가는 야크, 당나귀들도 그저 반가운 마음이다. 좁은 등산로에 모두들 일렬로 줄지어 걷는데, 야크 당나귀 행렬이나 포터들을 만나면 모두들 멈추고 기꺼이 길을 비켜준다. 동물이든 사람이든 짐을 지고 가는 자가 우선인 게 히말라야 산길의 불문율인 것이다.

이번 트레킹에 참여하는 일행은 총 18명인데 8명의 조리팀과 등

반대장을 포함한 4명의 가이드, 그리고 12마리 당나귀와 3명의 몰이꾼이 스태프로 참여하였다. 인건비가 저렴한 네팔의 특혜인데, 너무 편리하다 보니 황제트레킹이라는 평판도 들리고 있단다. 그래도 5,500m를 오르는 난코스인데 방심은 금물이다.

다소 들뜬 마음으로 2시간쯤 걷다 보니 점심을 예약한 식당이 나타난다. 첫 번째 점심 요리로 비빔밥이 나왔다. 아침을 부실한 도시락으로 때운 탓인지, 며칠 만에 먹어보는 한식 탓인지 모두들 꿀맛이라고 칭찬하며 허겁지겁 먹는다. 나도 두 그릇을 순식간에 해치웠다. 별도의 조리팀이 트레킹 기간 내내 한식을 제공한다.

식사 후 다시 산행을 시작했다. 군데군데 홍수의 흔적들이 나타난다. 나이를 가늠할 수 없는 커다란 나무들이 넘어져 있는가 하면, 출렁다리 밑으로는 거대한 산사태로 산기슭이 휩쓸려간 흔적들이 드러나 있다. 엄청난 속도로 주변 토사를 깎아내리며 거칠게 흘러가는 잿빛 강물은 바라보기가 부담스러울 정도이다. 그래도 등산로는 잘 다져져 편안한 걸음걸이를 도와주니 그저 고마울 따름이다.

2시간여를 더 걸은 후 오늘의 종착지 팍딩에 있는 롯지에 도착하였다. 딱히 오후 일정이 없어서 여유롭기만 하다. 모두 야외 테라스에서 세상 편한 자세로 달콤한 웰컴티를 앞에 두고 따사로운 햇볕을 즐긴다. 이곳은 해발 2,600m 고지대로 롯지의 불편함을 감수해야 한다고 마음을 다졌는데, 외관이 생각보다 준수한 모습이어서 모두들 만족해한다.

특히 방마다 샤워실이 갖추어져 있다니 환호성이 나온다. 그렇지만 부실한 모습들도 눈에 띈다. 방 안에 거울이 안 보이고, 온수도 나오질 않는다. 전기 충전은 개당 2천 원, 와이파이는 기기당 5천 원이란다. 야속하지만 독점인데 어찌하랴. 모두 감내해야 할 사안들이다.

오늘 저녁 메뉴는 히말라야 돼지고기 수육과 된장국이란다. 당연히 소주 한잔이 곁들여지는 분위기이지만, 자제하기로 했다. 오늘부터 EBC에 오를 때까지는 금주를 할 작정이다. 처음 맞이하는 5,000m급 등반인데 컨디션 유지를 위해 최선을 다해야 하지 않겠는가. 안이한 자세로 이뤄어질 목표 수준이 아니다.

식사 후 테라스에 나오니 한기가 온몸을 파고든다. 밤하늘에 별이 반짝이는 듯한데 롯지의 불빛 때문에 시야가 흐려진다. 불빛이 사라지는 새벽에 나와 볼까? 히말라야의 첫날 밤이 그렇게 흘러간다.

4일차

에베레스트 전초기지 남체로

이른 아침 테라스에 나오니 롯지 지붕 너머로 하얀 설봉이 아침햇살에 노랗게 반짝이고 있다. 바로 이 지역의 상징인 6,093m 콩대산이다. 환상적인 모습에 입이 벌어지지만 앞으로도 수없이 만나게 될 히말라야 설봉들의 모습일 것이다. 아니 이보다도 훨씬 더 화려한 파노라마들이 펼쳐지지 않겠는가. 힘든 일정이면서도 모든 것을 감내하는 이유이다.

테라스 뒤편으로 돌아가니 우리 짐을 끌고 갈 동물들이 모여 있다. 가까이 다가가 살펴보니 나귀가 아닌 야크들의 모습이다. 마침 옆에 있는 현지 가이드가 정정을 해주는데 야크처럼 보이지만 야크와 암소의 교배종인 좁대라는 동물이란다. 좁대는 야크처럼 고지대에서도 운반이 가능한 우성동물이라고 귀띔을 한다. 소들은 고지대의 활동이 불가능하다.

오늘은 이곳 팍딩2,610m에서부터 시작하여 몬조2,835m~남체3,440m에 이르는 11km, 7시간 코스이다. 800m의 고도차이지만 up-down

이 심하여 실제로는 1,000m 이상의 고도를 올려야 하는 쉽지 않은 난코스라는 게 기 경험자들의 이야기이다. 게다가 3,000m를 처음 넘어가는 코스이기 때문에 더욱더 긴장감을 갖게 된다. 모두 거리보다 고산증세에 대하여 더 염려하고 준비하는 게 현실이니 긴장할 수밖에 없는 것이다.

파란 하늘이 돋보이는 청명한 아침, 조심스러운 마음으로 트레킹을 시작한다. 아침인데도 햇살은 따가운데 산들거리는 시원한 바람이 발걸음을 가볍게 해주며 걱정하는 마음들을 달래준다. 어제와는 달리 깊은 산속 히말라야 대자연의 웅장한 모습들이 초입부터 화려하게 전개되고 있다. 오른쪽으로 높이를 가늠할 수 없는 직벽의 산이 둘러져 있는데 왼쪽 낭떠러지 밑으로는 거대한 잿빛 강물들이 무서운 굉음을 내지르며 폭포처럼 내려가고 있다. 강 건너 멀리 새하얀 설봉이 머리를 내미는데, 바로 6,608m 탐세르쿠산이란다. 기다랗게 S자로 굽어 흐르는 강 위로 짓푸른 나무들이 빼곡한 산들이 있고 그 뒤로 탐세르쿠 설봉이 파란 하늘과 더불어 그림 같은 선경을 보여주고 있다. 모두들 가다 서다를 반복하며 사진 찍기에 여념이 없다.

오전 길은 걷기 좋은 완만한 형태로 계속 이어진다. 길옆으로는 수많은 들꽃이 펼쳐져 있는데, 군데군데 마주치는 롯지, 레스토랑 앞에도 화려한 꽃들을 정성껏 가꾸어놓아 지나가는 이들의 발걸음을 멈추게 한다. 모두 이쁘고 사랑스러운 모습이다. 완만한 경사 길을 3시간여 걸은 후 점심 식사 장소에 도착하였다.

감칠맛 나는 카레밥을 두 그릇이나 비우니 잠이 쏟아진다. 신발도 벗고 양말도 벗고 의자를 붙여놓고 편한 자세로 오침에 빠져든다. 따사로운 햇볕이 단잠을 도와주는데, 세상 부러울 게 없는 꿀맛 같은 순간들이다. 1시간여의 오침 후 다시 트레킹에 나섰다.

오전과는 달리 오후 코스는 급경사로 이루어져 단시간 내에 600m 고도를 올려야 한단다. 초입부터 무서운 기세로 흐르는 급류의 강을 따라가면서 급경사 고갯길을 오른다. 헐떡이며 한참을 올라가는데, 멀리 기다란 출렁다리가 눈앞에 나타난다. 위아래 2중의 다리가 있어 의아했는데 가까이 다가가 보니 아랫다리는 폐쇄된 상태이고 윗다리로만 통행이 되고 있었다. 그냥 폐쇄하기가 아까웠는지 번지점프대로 활용을 하고 있었다. 히말라야 번지점프라니…. 글쎄 뜬금없다는 생각이 든다. 히말라야 트레킹 자체가 흉내 낼 수 없는 독보적인 익스트림일진대, 굳이 인위적인 놀이가 이 깊은 산속에서 호응을 얻을까 싶다.

윗길 출렁다리는 족히 100m는 넘어 보이는 높이에 위치해 있었다. 흔들거리는 다리 위에서 굉음을 내지르며 무서운 속도로 흘러가는 강물을 바라보고 있노라니 자칫 강물 속으로 빠져들 듯한 충동감에 사로잡힌다. 급한 마음에 뛰다시피 다리를 건너서 한숨을 돌린다. 다리를 지나 한참을 올라가는데 이번에는 중간에 도로가 없어져 버려 모두를 당황시킨다. 여름 홍수 때의 산사태로 도로가 유실되어 버렸단다. 급한 대로 위쪽으로 임시길을 내어 디근자로 우회 길을 만들어 놓았다. 그러고도 끝이 없이 산길을 오르고 또 오른다. 결국 한 분이 낙오하여 뒤처지고 말았다.

3시간여 동안 고도를 올리며 씨름한 끝에 마침내 오늘의 종착지 남체에 도착하였다. 바로 히말라야를 접한 산악인들 사이에서는 모르는 이가 없다는 그 유명한 에베레스트 전초기지 마을이다. 마을 입구에 들어서는 순간 반복해서 '꼬끼오' 하는 웰컴사운드가 들려온다. 모두에게 웃음을 선사하는 정겨운 울음소리이다. 입구에서 보이는 마을의 전경은 예상외로 거대했다. 비록 평지는 거의 보이지 않지만 산 꼭대기에서부터 깊숙한 계곡 아래쪽까지 수많은 건물로 가득 차 있었다. 3,440m 산속 고지대에 인구가 5만 명쯤 살고 있다니 입이 벌어진다. 마을이라기보다는 도시라는 게 더 어울리는 표현 같았다. 거리에는 사람들이 북적이고 있었고, 중앙운동장에서는 청년들의 배구 시합이 한창이었다.

특이하게도 중앙 도로 옆에 6~7개의 사람보다도 큰 마니차가 줄지어 있다. 건들지도 않는데 힘차게 돌아가고 있어 의아했는데, 자세히 보니 마니차 밑으로 계곡물을 끌어들여 수력의 힘으로 돌리고 있었다. 깜찍한 아이디어가 멋져 보인다. 한편으로는 풍부한 수량이 있고 번득이는 아이디어들도 있는데 왜 수력발전소를 건설하지 않는지 의아한 심정이다. 인근 대부분의 시설들은 전기 부족으로 활동에 제약을 받고 있는 게 현실인데…. 대도시?답게 숙박할 호텔의 시설이 화려하기 그지없다. 글자 그대로 호텔 수준이다. 온수가 나오고 호텔식 침구가 제공된다. 배터리 충전도 방에서 무료로 가능하니 진짜 호텔 맞는 것 같다. 그래도 와이파이는 5천 원을 내라고 하네….

마을 전경이 내려다보이는 전망 좋은 방에서 마지막 샤워를 했다. 내일부터는 고산병 예방차원에서 샤워금지란다. 기분 좋게 뿌듯한 마음으로 잠자리에 든다. 내일 아침 호텔방 창문으로 바라볼 마을 전경을 기대하면서….

5일차

본격적인 트레킹의 시작 캉주마로

    이른 아침 창문을 여니 어제 구름 때문에 보이지 않았던 설산이 바로 눈앞에서 찬란하게 빛나고 있다. 남채 마을을 배경으로 햇빛을 받아 콩대산 꼭대기부터 노란 황금빛이 산자락을 타고 내려오고 있는 것이다. 햇빛이 올라오면서 황금빛 산은 하얀 설산으로 변하는데 하늘 색깔도 짙푸른 파란색으로 변한다. 다채로운 색상의 건물들이 반짝이는 마을 위로 파란 하늘과 하얀 설산이 멋진 하모니를 이루고 있다.

    오늘은 고소적응을 위해 하루 쉬어가는 날이란다. 어제 다소 힘든 산행으로 3,500m까지 올라왔기 때문에, 오늘은 에베레스트 뷰 호텔3,880m까지 올랐다가 캉주마3,550m까지 내려가는 비교적 짧은 코스란다. 약 6km 4~5시간의 코스이다. 산행은 호텔 바로 뒤 언덕길에서 가파르게 시작된다. 계속 이어지는 가파른 언덕길에 일부 사람들이 쉽지 않은 코스라고 혀를 내두르지만, 청량한 날씨 덕에 오르는 분위기가 나빠 보이지는 않는다. 햇살은 따사롭지만 시원한 바람이 불어주어 모두 경쾌하게 걷고 있는 것이다. 능선을 따라 올라가기 때문에 시야는 확 트여있는데 왼쪽으로 호텔방에서 보았던 콩대산이 손에 잡힐 듯 가깝게 올라서 있다. 콩대산과 오른쪽의 탐세르쿠산 사이로 가파른 언덕길을 오르는데 또 한 명이 뒤로 쳐지기 시작한다. 약한 고산증세가 나타난다고 한다. 일단은 쉬엄쉬엄 걷는 수밖에 달리 방법이 없다. 선두와 후미그룹이 이원화되면서 속도를 조절하여 2시간쯤 걷다보니 드디어 고갯마루가 나타난다. 한숨을 돌리며 방향을 틀고 마루를 넘어서는데, 갑자기 새로운 세상이 펼쳐진다. 전혀 예기치 못한 전경에 모두 입을 다물지 못하고 탄성을 내지른다.

가운데 에베레스트산을 중심으로 왼쪽으로는 쿰부율라산과 오른쪽으로는 로체봉, 세계 3대미봉이라는 아마다블람, 탐세르쿠까지 180도 설산의 파노라마가 장엄하게 펼쳐져 있는 것이다. 구름 걷힌 파란 하늘을 배경으로 펼쳐지는 하얀 설산의 모습은 과연 군더더기 없는 최고의 경관이었다. 숨 막히는 그림에 그저 할 말을 잃는데, 가이드는 조금만 더 올라가면 이보다 더한 최고의 뷰포인트가 나온다고 길을 재촉한다. 10여 분을 더 걸어 마지막 산정에 오르니 일본인이 건설했다는 에베레스트 뷰 호텔이 나왔다.

세계에서 가장 높은 곳에 위치해서 기네스북에 오른 호텔이라고 알려져 있는 유명호텔이었다. 호텔 안을 지나면 외부 테라스로 연결되는데, 이미 많은 사람들로 북적이고 있었다. 가이드의 말대로 테라스 앞 풍광은 말로 표현하기 힘든 장관이었다. 조금 전 산마루에서 보았던 파노라마의 클로즈업판이 전개되고 있는데, 구름이 사라진 파란 하늘 아래 새하얀 히말라야 연봉들의 모습이 그저 할 말을 잃게 만든다. 운이 좋은 건지 늘상 보이는 모습인지는 모르겠지만 그저 행복할 따름이다. 최종목적지 EBC를 가지 않아도 충분히 만족할 것만 같은 행복감이 몰려온다. 자꾸만 셔터를 눌러대도 풍광이 아까워 찍고 또 찍는다. 야외 테라스에서 가장 전망 좋은 좌석을 확보하여 환타 한잔으로 목을 축인다. 시간 여유가 많으니 충분히 즐기라는 가이드의 말소리가 반갑기 그지없다. 환타 한잔으로 1시간여를 앉아서 하염없이 바라보다 아쉬움을 간직한 채 자리를 떴다.

하산길은 완만한 내리막길로 길지도 않았다. 급할 것도 없어 천천히 여유를 갖고 내려간다. 마을 어귀에서 아이들을 만났다. 순박한 어린아이들이 수줍은 웃음으로 나마스테라고 인사를 한다. 그저 예쁘고 사랑스러운 모습들이다. 내려다보이는 마을은 결코 작지 않은 규모인데 건물들의 모습이 모두 획일적이었다. 지진이 발생하여 일괄적으로 복구하다 보니 비슷한 모양이 되었다는 설명이다. 이 순박하고 평화스러운 마을에 지진이라니, 너무 세상이 불공평하다는 생각이다.

오후 1시에 오늘의 숙소 캉주마에 도착하여 여장을 풀었다. 맛있는 점심으로 김치볶음밥을 두 그릇이나 비우고 나니 졸음이 온다. 안타깝게도 가이드가 고산증세의 위험이 있다고 낮잠을 자지 말고 움직이라고 당부한다. 모두 안전 차원에서 산소포화도를 체크해 보았다. 75%를 기준으로 구분하는데 나는 다행히도 80%를 넘겨 베리굿이라고 엄지를 치켜세워준다. 무릎도 해결되고 컨디션도 굿이라니 이 시점에서 더 이상 바랄 것이 있을까? 베리굿 하느님 만세다! 65%에서 70%대 초반이 나온 분들이 있는데 실망하는 표정들이 눈에 읽힌다. 별것 아닌 참고 수준이라 하는데도 은근히 부담을 갖는 분위기이다. 여타 증상도 없고 밥도 잘 먹는데, 사서 마음고생을 하는 것 아닌가 싶기도 한데…. 오늘부터는 샤워 금지이고 술도 금지란다. 어차피 온수가 나오지 않아 샤워는 포기한 상태이다.

롯지 앞 테라스의 전경이 오전에 보았던 에베레스트 산맥군일 것 같은데 지금은 온통 구름으로 뒤덮여있다. 아마 내일 새벽에는 구름이 다 걷히고 또 화려한 설산의 풍광이 나타날지도 모른다. 운 좋게도 롯지 뒤가 동쪽이라면 순광 속에 황금색 설산의 파노라마를 볼 수도 있을텐데…. 깨끗한 샤워는 못했지만 그 어느 때보다도 포근한 잠자리에서 꿈속으로 들어간다.

6일차

아마다블람 밑 팡보체로

　새벽에 테라스에 나가니 정면으로 쿰부율라, 아마다블람, 탐세르쿠 산이 눈에 잡힐 듯 다가와 있다. 아쉽게도 해 뜨는 방향이 거의 역광 이어서 기대했던 황금색 일출잔치가 사라져 버렸지만 6,000m가 넘 는 고봉들의 파노라마에 새벽부터 탄성이 터져 나온다. 세계 3대 미 봉이라는 아마다블람이 측광의 아침 햇빛을 받아 신비스럽게 빛나고 있다. 오늘 트래킹 내내 아마다블람을 따라 걷는다 하니 벌써부터 설 레는 가슴이다.

　오늘의 코스는 이곳 캉주마3,550m에서 시작하여 탱보체3,880m~디 보채3,820m~팡보채3,930m에 이르는 9km 6~7시간의 코스이다. 고도 차는 400m로 표시되지만 계곡 밑 다리까지 300m 정도를 내려가므 로 약 700m의 고도를 올려야 하는 쉽지 않은 코스이다.

　본격적으로 고산 등반이 시작되므로 모두 긴장된 마음으로 조심스 레 첫발을 내딛는다. 멀리 맞은편 높다란 산마루 언덕 위에 오늘의 점 심 장소가 선명하게 눈에 들어온다. 청명한 날씨 탓에 가까워 보이지만 깊은 계곡 밑에까지 내려갔다가 또다시 가파르게 올라가야 하는 4시간짜리 난코스이다.

처음부터 까마득한 계곡 밑을 향하여 가파르게 내리막길이 이어진다. 계곡의 입구에서 출렁다리를 건너면서 본격적으로 오르막길이 시작되는데, 3,000m 후반의 고지대이므로 선두 리더가 천천히 걸으면서 속도를 제어해 준다. 어제까지 2명이 뒤처졌는데 자칫 리듬을 놓쳐버리면 바로 고산증세가 나타난다고 급히 움직이지 말 것을 신신당부한다. 다행히 시원한 바람, 따사로운 햇볕이 긴장된 마음을 풀어준다. 중간중간 야크 무리와 포터들이 지나가고 그때마다 가던 길을 멈추고 길을 양보하는 상황이 반복된다.

일반적으로 포터들은 짐을 카고백에 싣거나 커다란 바구니에 담는데 특이하게 무거운 건축자재를 메고 가는 포터가 지나가고 있다. 족히 3m는 되어 보이는 철관 묶음을 등에 지고 올라가고 있었다. 너무 길어 야크로는 운반이 불가능해 보이는데, 등을 바짝 구부리고 가는 모습이 안쓰럽기 그지없다. 땅에 끌리지 않기 위해 등을 펼 수가 없는 것이다. 쉬고 있는 포터에게 넌지시 물어보니 84kg이란다. 오마이갓! 상상할 수 없는 황당한 무게이다. 다른 수단이 강구되기를 진심으로 빌어본다. 쉽지 않은 길로 오전 내내 걸어 3,880m 탕보채 식당에 도착하였다.

식당은 사방이 트여있는 산마루 정상에 위치해 있었다. 햇빛이 구름에 가리고 제법 차가운 바람이 불어와 모두들 보온 재킷을 꺼내 입는다. 식당 옆 드넓은 곳에 600년 된 라마 절이 있어 3,000원의 입장료를 내고 들어가 보았다. 절 안은 쥐 죽은 듯 조용한데 법당 입구에 오체투지의 흔적으로 깊게 홈이 패인 바위가 눈길을 끈다. 법당 안 중앙에는 부처님 상이 모셔져 있고 양 밑으로 스님들이 자리가 줄지어 있는데, 다큐에서 많이 보았던 오체투지의 복장이 기다랗게 진열되어 있었다. 자리를 지키고 있던 스님이 축원의 의미로 목에 빨간 띠를 목 걸이처럼 매어준다.

점심 메뉴는 반가운 음식 수제비이다. 히말라야 산속에서 토속 한 국 음식인 수제비를 먹는다. 그것도 곱빼기로…. 오후 코스는 오전과 는 달리 경사가 급하지 않는 평이한 길이다. 까마득한 절벽 밑으로 거 대한 강물이 거칠게 흘러가고 있는데, 군데군데 높이를 가늠하기 어 려운 폭포수들이 굉음을 내며 떨어지고 있다. 맞은편 산 계곡에서도 수백 미터의 거대한 물줄기가 흘러 내려오는데 낙차가 커서 계곡인지 폭포인지 구분이 애매한 모습이다. 강물을 거스르고 출렁다리를 건너 며 2시간여를 걷고 나서야 오늘의 숙소 팡보채에 도착하였다.

롯지 앞 비탈길을 내려가면은 깊숙한 낭떠러지로 거대한 강이 거칠 게 흐르고 있는데 위쪽으로는 트레킹 내내 따라붙었던 아미다블람이 구름 속에서 얼굴을 내밀며 손에 잡힐 듯 다가와 있다. 거울도 없고 샤워실도 없는 2층 방이 정해졌는데도 불만은 없다. 창문 밖에 거대 한 아마다블람 봉우리가 손에 잡힐 듯 다가와 있는데 불만이라니…. 시시각각으로 변하는 구름 속에서 순간 봉우리가 얼굴을 내민다. 찰 칵! 사진 한 컷이다. 어쩌면 내일 아침에는 황금빛으로 빛나는 아마다 블람을 침낭 속에서 볼 수 있을지도 모른다. 벌써부터 설레는 맘이다.

7일차

4,000m를 넘어서며 딩보체로

아침 6시에 창문을 여니 아마다블람과 탐세르쿠 고봉이 역광으로 햇빛을 받지 못해 어두운 모습이다. 그래도 아쉬운 마음으로 테라스로 나갔는데 의외의 반전이 기다리고 있었다. 반대편 콩대산 봉우리가 햇빛으로 노랗게 불타오르고 있었으니, 전혀 예상치 못한 선물이었다. 잿빛 하늘을 배경으로 샛노란 황금색 봉우리가 서서히 내려오는데, 드러내고 있다. 좀처럼 볼 수 없는 상상할 수도 없는 비경 앞에 할 말을 잃는다. 두고두고 생각날 아침 일출의 절경이었다.

오늘은 이곳 팡보체3,930m에서 출발하여 소마레4,010m~딩보체4,410m에 이르는 9km 6~7시간의 비교적 짧은 코스이다. 고도 4,000m 이상을 처음 걷기 때문에 고소적응을 위해 코스를 짧게 설정하였다고 한다. 모두들 어제 이상으로 긴장감을 갖고 출발한다. 타보체 산허리를 감아돌며 산행이 시작되는데 20여 분 거리에 엄홍길 휴먼재단 학교가 있어 잠깐 들렀다. 에베레스트와 아마다블람 고봉이 바라다 보이는 높은 언덕에 위치해 있는데, 지금은 방학 중이라 학교는 비어 있단다. 이런 학교가 20여 개가 설치되어 있다니 성공한 사람의 멋진 보답이라는 생각이다.

　가는 길은 어제처럼 up-down이 있지는 않지만 아무래도 고소증
세가 문제가 되나 보다. 일행 중 몇몇이 두통과 소화불량의 고통을 호
소한다. 첩첩산중이라 달리 처방은 없고 갖고 온 약 몇 알과 쉬었다
걷다를 반복하는 수밖에 없다. 결국 라인을 이원화하고 후미 팀은 최
대한 템포를 늦추어 걷기로 했다. 걷는 고통을 아는지 모르는지 주변
경관은 화려하기만 하다. 파란 하늘 아래 아침햇살을 받아 모든 봉우
리가 보석처럼 빛나고 있다. EBC가 가까워지는지 줄곧 정면으로 에
베레스트를 보며 걷는다.

　전면에는 에베레스트, 로체가 보이는데, 오른쪽으로는 타보채, 왼
쪽으로는 아마다블람, 뒤쪽으로는 콩데가 있어 시시각각으로 변하는
햇빛과 구름으로 히말라야 고봉들의 천변만화를 360도로 바라보며
걸어간다. 사진 찍기로 가다서기를 반복하니 걸음걸이도 늦어진다.
어차피 오후 일정이 비어있기도 하고….

　타보채 고봉 산허리를 돌아가고 있는데 군데군데 산사태로 무너진

길이 보인다. 좁은 길은 폭이 1m도 채 되지 않아 조심조심 걸어야 한다. 왼쪽은 천 길 낭떠러지인데 그 끝은 거센 강물이 거칠게 흘러가고 있는 위험하기 짝이 없는 급류 계곡이다. 쳐다보는 것만으로도 식은땀이 날 정도로 부담스러운 능선길이 드문드문 이어진다. 그 좁은 통로로 야크 떼도 지나가니 너무 엄살인지는 모르겠지만 부담스러운 걸 어찌하랴. 야크 떼가 지나갈 때면 산 쪽으로 누울 듯이 바짝 붙어야 한다. 간혹 야크들도 주저주저하는 모습을 보이는데 동물들도 두려운 건 두려운가보다. 완만한 능선 길로 5시간을 걸어서 오후 1시에 딩보채 숙소에 도착하였다.

지금까지의 주로 비탈진 언덕 위 롯지들과는 달리 산들로 둘러싸인 널다란 분지에 숙소가 자리하고 있어 편안함을 느끼는 마을이었다. 내일은 이곳에서 2단계 고소적응 훈련을 하기 때문에 2연박을 하게 된단다. 이틀 연속 같은 숙소라니 마음이 느긋해진다. 내일 아침 짐을 쌀 일이 없으니 순간 작은 행복감이 찾아든다. 그렇지만 오지 속으로 들어갈수록 불편함은 더해진다. 전기도 태양광으로 제한적이고 와이파이도 비싸고 잘 터지지도 않는다. 오던 길에 보니 커다란 반사판을 이용하여 물을 끓이는 원시적인 모습도 보인다. 와이파이는 이틀에 만 오천 원, 배터리 충전은 만 원이란다. 비싸지만 달리 방법이 없다.

트레킹 중반부로 넘어가니 낙오자가 생긴다. 세 분이 고산증으로 점심을 걸렀고, 두 분은 체력 저하로 자꾸만 뒤처지고 있다. 커다란 마을로 마침 병원이 있다고 해서 탈진 상태인 일행 한 분은 수액주사를 맞을 수 있었다. 모두 어렵게 잡은 기회일 텐데 부디 잘 회복되어 모두 함께 EBC에 도착하기를 간절히 기원해 본다.

8일차

고산적응훈련

새벽에 창문 커튼을 여니 타부체 봉우리가 한눈에 들어온다. 밖에 나와 보니 밤새 구름이 전부 사라지고 깨끗한 히말라야 고봉들이 아침햇살에 모습을 드러내고 있다. 앞산인 아마드블람은 역광으로 실루엣만 보여주는데, 창문 너머로 보였던 타보체는 꼭대기부터 노란 황금색으로 변하면서 점점 밑으로 내려간다. 규모를 가늠할 수 없는 거대한 설산이 샛노랗게 물드는 장관을 바로 눈앞에서 목도하고 있는 것이다. 가슴이 뛰고 흥분되지만 달리 표현할 방법은 없다. 그냥 볼 수 있어서 행복한 느낌이다. 해가 올라오면서 황금색은 새하얀 설산의 모습으로 돌아가고 하늘은 짙푸른 파란색으로 더욱 짙어져 화보에 나오는 듯한 선명한 히말라야 본연의 모습을 보여준다.

고도가 4,000m를 넘어가니 날씨가 확연하게 추워진다. 영하의 아침 날씨에 방한 옷을 단단히 차려입고 산행을 나섰다. 오늘은 고소적응 2일차로 짧은 산행 후 하산하는 일정으로 왕복 4km, 3시간의 코스이다. 한 타임 쉬어가는 일정이라 생각된다. 이곳 딩보채4,410m에서 낭가르상 중턱4,800m까지만 올랐다가 내려오는데, 내일부터의 본격 트레킹을 위한 준비 운동 격인 셈이다.

다행스럽게도 고산증세가 있던 세 분이 어느 정도 회복이 되었는지 준비 산행에 동참하겠다고 한다. 너무나도 어렵게 잡은 기회이기 때문에 욕심이 앞설 수도 있어 모두 조심스러운 마음이다. 오늘 지켜보고 컨디션을 봐서 동참 여부를 판단하겠다고 한다.

오늘은 시간 여유가 있는 만큼 최대한 자제하여 천천히 걷기로 한다. 어제와는 다르게 조금만 빨리 움직여도 숨 가쁜 반응이 와서 모두들 신중히 걷는다. 길은 생각보다 가파르게 이어져 또다시 대열이 벌어지고 만다. 시야가 넓고 다 보이는 능선길이기 때문에 사고의 위험은 없어 보여 그냥 느슨한 통제하에 걸어 올라간다. 첫 번째 고갯마루에 올라서니 6,000m 이상의 거대한 설산 파노라마가 270도로 펼쳐지고 있다. 좌로부터 강레무, 아마다블람, 캉테가, 탐세르쿠, 콩데, 타보체, 촐라체, 로부체까지 어느 것 하나 뒤처지지 않는 설산들의 한가운데 내가 서있다.

햇빛의 각도에 따라 깨끗한 순광의 모습이 있지만, 측광으로 한쪽 면만 빛나는 신비스런 모습도 있고, 역광을 받아 빛이 산란된 뿌연 모습도 보인다. 하지만 하나같이 세상 어디에서도 없을 것 같은 독특한 풍광을 보여주고 있다. 그것도 270도 파노라마로…. 고생한 보람이 있었나? 뭉클한 감동이 밀려온다.

등산로에는 수많은 전 세계 사람이 몰려와 혼잡을 이루고 있다. 한쪽 언덕에서는 7~8명 되는 청년들이 음악에 맞춰 집단 댄스를 추고 있다. 인도풍 노래로 보아 인도 청년들인 것 같은데 계속 동영상을 촬영하고 있었다. 오가는 사람들도 천태만상이다. 아시아 쪽은 주로 우리나라 사람들이지만, 서양인들은 다양한 나라 사람인 것 같다. 다만 특이하게도 흑인들은 거의 보이지 않는다. 이유는 잘 모르겠지만…. 인종에 관계없이 모두 밝고 상기된 표정으로 즐겁게 인사를 나눈다.

다소 쌀쌀한 바람이지만 따사로운 햇볕이 보완을 해주는 날씨 속에 무난하게 4,800m 중간 언덕에 도착하였다. 단순 트레이닝 코스이기 때문에 특별한 의미는 없나보다. 각자 기념사진을 찍고 간단한 휴식 후에 하산하였다. 오늘 점심은 한국 라면이다. 에피타이저로 나오는 토종 감자 맛이 비할 데가 없다. 알싸한 맛에 뒷맛이 달콤하여 자꾸만 손이 간다. 라면 곱빼기로 배를 채우니 세상 부러울 게 없다.

오후 시간이 비어 일부 사람들은 마을 카페에 마실을 나가고, 일부 는 인근 지역으로 산책을 나갔다. 절대 샤워를 해서는 안 된다는 가이 드의 당부가 있었지만 도저히 꿉꿉한 몸을 견딜 수가 없어 몰래 샤워 를 했다. 온수 제공 샤워가 8천 원이다. 밤에 탈이 나면 안 되는데….

9일차

해발 4,910m 로부제로

아침 식사 자리에 뜬금없이 생일송이 울려 퍼진다. 중학생쯤 되어 보이는 여자아이가 있는 7명의 가족 중에 생일이 있나 보다. 노래가 끝나자 모두 아낌없는 박수를 보내준다. 서양인 가족인데 이 험한 코스를 가족이 모두 참석하여 진행하니 그 가족애가 얼마나 돈독할지 상상이 안 간다. 평생토록 가족을 지켜주는 든든한 버팀목이 되지 않을까? 오늘은 이곳 딩보체4,410m에서 두클라4,620m~로부제4,910m로 이어지는 9km, 8시간의 코스이다. 500m 고도이지만 지나온 곳과는 차원이 다른 점이 이곳은 4,000m 후반에 이르는 고지대이므로 정말 천천히 걸어야 한다는 점이다.

3일 동안 보아왔던 아마다블람을 뒤로하고 널다란 페리체평원을 가로질러 간다. 왼쪽으로 타보체와 촐라체 봉우리가 햇빛을 정면으로 받아 눈부시게 빛나고 있다. 널다란 평원이 가슴을 탁 트이게 한다. 정면으로 우뚝 솟아있는 푸모리7,165m 옆으로 랑탕, 쿵푸체, 창체 등 거대한 설산의 파노라마가 펼쳐지는데 밑으로는 하얀 자갈밭 사이로 빙하수가 가다랗게 S자를 그리며 흘러간다. 짙푸른 하늘 아래 다시 보기 힘든 절경을 이루고 있다.

고도 4,600m가 넘어가면서 주변에 나무들은 사라지고 땅에 붙은 이끼류만이 널따랗게 흩어져 있고 군데군데 잔설이 남아있어 추운 고원지대임을 실감케 한다. 길은 완만하게 평탄한 길로 이어지지만 몇몇 일행이 호흡곤란으로 걸음이 늦어진다. 가이드들이 천천히 리드하며 안전산행을 유도하는데 절대로 조급해서는 안 될 느낌이다. 두통이 왔던 분들도 완전 회복이 되지 않아 조심조심 걷고 있다.

3시간여를 걸어 점심 장소인 두클라에 도착하였다. 이곳부터는 오지여서 롯지 외에는 마을이 보이지 않는다. 식당 안에는 발 디딜 틈도 없이 혼잡한 모습이다. EBC로 가는 길이 이곳 하나이고 식당도 하나밖에 없기 때문에 사람들이 밀리는 것이다. 네팔 볶음밥과 생강차 한 잔으로 점심을 때우고 오후 트레킹에 나섰다.

이곳부터 급한 경사로 300m 고도를 올려야 한단다. 느긋한 마음으로 한 걸음 한 걸음 올라간다. 가는 길에 적지 않은 돌탑들이 보여 물어보니 전부 등산 도중 사망한 자들을 기리는 추모비라고 한다. 한국인 추모비도 있다고 하는데 멀리 떨어져 있어 그냥 지나치기로 했다. 1시간여를 지나 언덕에 올라서니 비로소 평지 길이 나타난다.

오후가 되면 구름이 많아져 설산들은 항상 구름 속에 파묻힌다. 풍경 사진을 반드시 오전에 찍어야 하는 이유이다. 빙하수가 흐르는 냇가를 따라 1시간여를 더 걸어서 오늘의 숙소 로부제에 도착하였다.

주최 측에서 준비한 따뜻한 마늘 스프가 온몸을 녹여준다. 여러 어려움에도 불구하고 18명 전원이 4,910m 롯지에 도착한 것이다. 일주일이 지나면서 서로를 체크하고 걱정하는 팀워크가 만들어졌다. 무

사히 도착한 것에 대해 서로 격려하는 분위기가 훈훈하다. 가이드가 반가운 소식을 전해준다. 단체팀이 취소되어 룸이 당초 4인실에서 2인실로 바뀌었단다. 모두 환호성을 지른다. 화장실도 공동이고 씻을 곳도 없지만 모두 행복한 표정들이다.

세면장이 없어 씻지도 못하고 식당으로 모였다. 저녁 메뉴로 맛있는 부대찌개가 나왔는데도 많은 사람이 제대로 먹지를 못한다. 고산증세로 두통도 오지만 식욕이 없어지는 거다. 다행스럽게도 나는 여전히 곱빼기를 소화하는데 식사를 힘들어하는 옆에서 조금 민망한 마음이다. 식사 대신 작은 과일과 생강꿀차로 대신하니 안쓰러운 마음인데도 도와줄 방법은 없다. 본인이 극복할 문제이고, 컨디션이 회복되지 않으면 등정을 포기해야 한다. 어쨌든 시간은 흘러가고 내일은 드디어 EBC에 도전하는 날이다. 최고의 컨디션을 위해 만반의 준비를 해야겠다.

10일차

드디어 EBC 등정을

　D데이 날이 밝았다. 오늘은 이곳 로부제4,910m에서 출발하여 고라 셉5,140m에서 점심을 하고 하이라이트 EBC를 등정한 뒤 다시 고라셉 으로 돌아오는 11km 8시간의 코스이다. 본격적으로 5,000m를 걷 는 코스인 것도 부담스럽고 서서히 피로도가 밀려오는 시점도 부담스 럽다. 마지막 등정일을 앞두고 그동안 고산증으로 고생했던 일행 중 2명이 결국 등정을 포기하고 헬기로 돌아가는 것으로 결정했단다. 아 쉬운 마음이다.

　18명 중 16명이 출발하는데 다행히 날씨가 쾌청하여 복잡한 마음 을 달래주는 듯하다. 아직 에베레스트가 보이지는 않지만 에베레스트 정방향으로 걸어간다. 빙하가 많이 사라진 빙하길 옆으로 끝없이 돌 길이 이어지는데 주변은 온통 설산으로 둘러져 마치 히말라야 한가운 데 서 있는 듯한 주인공의 느낌을 갖는다. 아침햇살을 받아 빛나는 설 산들의 모습은 가히 비교 대상이 없어 보이는 절경이다. 왼쪽부터 상 그리, 푸모리, 랑탕, 콤부체, 롤랑, 눕체의 그림 같은 봉우리들이 화려하기 그지없다. 7,000m가 넘는 푸모리의 위압감도 눈길을 끌지만, 랑탕은 거의 1km쯤 되어 보이는 천연 슬로프처럼 흠집 하나 없이 거대하게 펼쳐져 있는 설사면의 모습이 정말 신기하다. 마치 스키 점프대와 같은 모습이다. 걷는 길은 힘들지만 화려한 고봉들을 바라보는 즐거움으로 3시간여를 걸어 고라셉 롯지에 도착하였다.

롯지는 온갖 사람들로 만원을 이루고 있었다. 에베레스트를 가는 모든 사람들은 이 롯지를 거쳐야 하기 때문에 항상 혼잡하다는 설명이다. 틈새를 비집고 어렵게 자리를 잡아 카레라이스로 점심을 한 후 곧바로 출발한다. 왕복 4km로 짧은 거리이지만 너덜길에 up-down이 심하여 시간이 만만찮게 걸릴 수 있단다. 자칫 돌아오는 길에 랜턴을 써야 할지도 모르기 때문에 시간을 아끼는 것이다. 또 1명이 고산증으로 걷기를 포기하고 말을 타고 가기로 한단다. 왕복 350달러이니 적은 돈은 아니지만 탈진 상태인데 욕심은 생기고 궁여지책으로 보인다.

이곳 5,140m부터 걷는 것은 나도 생애 처음이다. 여간 조심스러운 게 아니다. 고산증 증세가 나타나지 않기를 간절히 바라는 마음이다. 밑으로는 빙하지대가 이어지는데 거의 눈이 사라지고 맨땅이 드러나 있다. 걷는 길 주변으로는 잔설이 남아있어 미끄러지지 않도록 조심조심 걷는데, 의외로 말을 타는 손님이 많아 길을 비껴주기 위해 가다 서다를 반복한다. 눕체고봉 너머로 살짝 에베레스트 정상부가 보여 모두들 환호성을 지르지만 가는 길은 up-down이 심한 자갈길이어서 힘들어하는 표정들이다. 고산증과 피로도가 쌓이면서 후미팀이 자꾸만 쳐진다. 가능한 차이를 줄이고자 기다림이 이어지다 보니 결국 예정보다 1시간이나 늦게 EBC에 도착하였다.

　EBC는 빙하 한가운데 위치해 있었다. 실제 베이스캠프는 별도의 장소에 있고 이곳은 상징적인 의미에서 만들어 놓은 곳이란다. 어쨌든 뭉클한 감동과 환희가 몰려온다. 5,364m 이곳에 오기 위하여 9개월 전부터 결정하고 전지훈련?까지 소화하며 네팔로 날라 왔고 10일간의 긴 여정을 히말라야와 부딪치며 나 자신과 씨름을 해 왔던 것이다. 누군가 태극기를 가져와 모두 돌아가며 사진을 찍었다. 우리 뒤로 이스라엘팀도 국기를 가져와 사진을 찍는다. 누구나 꿈꿀 수 있지만 누구도 쉽게 와볼 수 없는 이 멋진 곳의 도전에 성공한 내가 스스로 대견하고 뿌듯한 마음이다. 당분간 두고두고 머릿속을 맴돌 것이다.

　돌아오는 길은 시간이 모자라고 역시 길이 험해 체력이 달리는 4명은 말을 타기로 했다. 다행스럽게도 랜턴을 켜지 않고 해가 지기 전에 숙소에 도착하였다. 숙소 앞 눕체봉우리가 석양빛을 받아 황금색으로 변하고 그 위로 반달이 걸린다. 다시 못 볼 히말라야의 꿈결 같은 장면에 추위도 잊은 채 넋을 놓는다. 내일은 마지막 하이라이트 도전 목표, 갈라파타르가 기다리고 있다.

11일차

마지막 목표 갈라파타르 등정

　마지막 하이라이트 갈라파타르5,550m를 등정하는 날이다. EBC보다 고도도 높고 등정의 난이도도 무척 까다로워 일반인들이 쉽게 오르지 못하는 곳이라 한다. EBC에서 에베레스트를 볼 수 없다는 점을 보완하기 위하여 개발되었다는 곳으로 정상에 오르면 에베레스트 정상부와 로체봉까지 손에 잡힐 듯 선명하게 바라볼 수 있다고 한다.

　오늘의 코스는 새벽 4시에 시작한다. 왕복 4km의 갈라파타르 등정 후 페리체까지 하산하는 일정으로 17km, 10시간의 긴 코스이기 때문에 트레킹 시간을 늘리기 위해 새벽에 출발하는 것이다. 안타깝게도 어제에 이어 또다시 3명이 탈진하여 헬기로 내려간다고 한다. 갈라파타르의 난이도 때문인지 남은 13명 중에서도 2명이 포기하여 최종 11명이 등반에 참여하기로 했다.

　새벽 3시 반에 주최 측에서 제공해 준 마늘 수프와 생강꿀차로 뱃속을 채운 뒤 밖을 나선다. 영하의 차가운 기온 속에 방한 옷깃을 단단히 여미고 산 쪽으로 향하는데, 밤하늘에는 수많은 별들이 산자락과 맞닿을 듯 가깝게 쏟아지고 있다. 캄캄한 산 능선 위에는 벌써부터 기다랗게 랜턴 불빛 행렬이 이어지고 있다. 길은 초입부터 가파르게 이어지는데, 고도가 5,000m가 넘는 만큼 조심스럽게 한 발 한 발 내디딘다.

30여 분을 지나 언덕에 올라서니 바로 눈앞에서 눕체의 커다란 산봉우리 실루엣이 나타난다. 그 너머로 애타게 찾아 헤매던 에베레스트 꼭대기도 슬그머니 올라와 있어 모두들 환호성을 지른다. 랜턴에 의지한 채 계속 능선 길을 따라 조심조심 올라간다. 다행히 고산증세는 없지만 오르막길이 끝이 없이 이어져 숨이 가빠 온다. 이미 대열은 흩어졌고 수많은 등산객과 뒤섞여져 각자 올라가는 모양이 되었다.

종반부쯤에 마의 너덜길이 나온다. 커다란 암석들로 이루어진 바윗길로 300~400m쯤 이어지는데 무척 위험해 보였다. 자칫 미끄러지면 골절이나 삘 가능성이 높은 위험한 지대인데 바위들이 날카로워 스틱도 사용이 마땅치 않은 길이다. 해 뜨기 전 도착해야 한다고 마음은 급해지는데 길은 갈수록 험해져 부담을 주는 것이다. 신경 써서 걷다 보니 숨은 턱까지 차오르고 심장도 터질 것 같은 고통이 밀려오지만, 멈출 수는 없다. 시간과 너덜길과 싸우면서 가까스로 일출시간과 비슷하게 정상에 올라섰다.

사방은 트여있고 햇빛을 받은 설산들은 빛의 각도에 따라 현란하게 빛의 파노라마를 펼치고 있다. 정면으로 에베레스트의 삼각형 정상부가 황금빛 구름을 배경으로 신비한 모습으로 다가오고 있고, 주변을 둘러싸고 있는 6,000m가 넘는 고봉들도 모두 햇빛을 받아 찬란한 황금색으로 변색이 되는데, 또 한쪽에서는 눈이 부실 정도로 새하얀 설산의 본색을 드러내고 있다. 갈라파타르 바로 밑에 있는 에메

랄드빛 작은 호수에는 고봉들의 잔영이 살짝 내비치고 있다. 깊은 산
속 최고의 전망대에서 히말라야 최고의 광경 중 한 장면이 펼쳐지고
있는 것이다. 또 하나의 인생 이정표를 찍는 감동에 휩싸인다. 두 팔
을 벌려 히말라야 고봉들을 감싸안아 본다. 세상 모든 것이 내 품 안
에 들어오는 듯한 충만함을 느낀다. 행복하다. 그리고 황홀하다. 11
명 중에서도 정상에 오른 사람은 5명에 불과했다. 모두 암벽 너덜길
에서 하산해 버린 것이다.

내려오는 길도 부담스럽기는 마찬가지였다. 너덜바위 길을 피하
기 위해 부담스럽지만 길 바깥쪽 눈 위를 미끄러지듯 내려와서 롯지
로 돌아왔다. 늦은 아침 식사와 커피 한잔으로 몸을 녹인 뒤 하산 길
에 나선다.

흥분의 여운을 간직한 채 13km 하산 길에 나섰다. 고도도 이곳
5,140m에서 4,240m까지 900m를 끌어내린다. 길은 길고 지루하지
만 모두들 홀가분하고 즐거운 표정들이다. 기다란 능선길을 지난 후
널따란 냇가 옆길을 걷고 걸어서 오후 4시 반 페리체에 도착하였다.
만보계를 보니 34,000보를 가리킨다.

길고 긴 하루의 여정이 끝났다. 저지대 롯지 탓인지 어제보다도 훨
씬 깨끗하고 아늑한 숙소가 나를 반긴다. 오늘 밤은 정말 편한 꿀잠을
잘 것 같다. 모든 것이 홀가분한 밤이다.

12~14일차

하산 & Finale

    EBC와 갈라파타르 등정을 마치고 하산 길에 나섰다. 고라셉5,140m에서 루크라2,840m까지 50여 km를 3일간에 걸쳐 하루 10시간을 걸어서 마무리하였다. 9일간의 강행군으로 몸은 파김치가 되었지만 하산 길의 표정들은 밝기만 하였다. EBC 등정에 성공하고 고향으로 향하는데 더 이상 기쁠 게 있을까!

    더 이상의 변수가 없고 무사히 끝나가나 했는데, 마지막에 커다란 암초가 기다리고 있었다. 14일차 새벽 5시에 일어나 밖을 나가보니 사방이 구름 천지로 한치 앞이 안 보인다. 경비행기가 뜰 수 없는 상황에 부딪친 거였다. 모두들 샌드위치로 아침을 때우고 촉각을 곤두서고 기다리는데 공식적으로 비행기가 결항되고 있다는 소식이 들려온다. 오늘 루크라를 떠나지 못하면 내일 인천행 비행기를 탈 수 없는 심각한 상황인데, 대안은 헬기밖에 없었다. 헬기는 반경 2km의 시야만 확보하면 뜰 수 있기 때문에 급하게 헬리콥터를 수배하기로 했다.

1시간여를 수배하다가 겨우 잡았는데 행선지가 카트만두가 아니고 라메찹이란다. 거기서 다시 버스를 타고 7시간을 또 달려야 하는데 달리 방법은 없다. 가격도 인당 400달러인데 이 상황에서 가격을 고민하는 것은 사치일 뿐이다. 우리뿐만 아니라 수백 명 아니 몇 명인지도 모르는 수많은 등산객이 히말라야 산속에서 발이 묶여 있는 상황인데 유불리를 따질 입장이 아닌 게 확실해진 거다.

　헬리콥터를 타는 절차가 너저분하다. 1시간을 넘게 헬기장에서 기다리고 있었는데 40여 분을 걸어 임시 헬기장으로 걸어오라고 한다. 추측건대, 정식 헬기장헬리 헬기장에서 내야 하는 비행장 사용료를 아끼려고 하는 것은 아닌지 싶다. 따질 상황이 아니기 때문에 헉헉거리며 뛰다시피 하면서 산속 허허벌판 임시 헬기장에 도착하니 또다시 기다리란다. 영문도 모른 채 애타게 30여 분을 기다린 뒤에서야 헬기를 타고 라메찹에 도착할 수 있었다. 루크라를 벗어나는 것이 이렇게 힘들 줄이야. 그야말로 히말라야의 엑소더스였다. 라메찹에서 오후 3시에 버스를 타고 출발하여 캄캄해진 밤 10시 반에 카트만두에 도착하였다. 파란만장한 2주간의 EBC 트레킹 대장정이 마무리된 것이다.

　EBC 트레킹은 결코 일반인이 가볍게 접근할 수 있는 곳이 아니었다. 고도 4,000m가 넘는 롯지에는 세면장도 없고 푸세식 공동 화장실만이 있는데, 샤워는 커녕 세안도 물티슈로 가볍게 얼굴만 닦으면서 며칠간을 견뎌야 한다. 태양열을 사용하는 전기도 부족해 늦은 밤에만 어두침침한 불이 들어오고 배터리 충전도 제한적이고 와이파이도 잘 터지지 않는다.

　진정 힘든 부분은 고산증세와 힘겨운 산행이었다. 고도 3,000m가 넘어서면서부터 두통과 소화불량이 나타났다. 5,100m 롯지 앞에서

EBC 등정을 앞두고 두통을 극복하지 못한 2명이 헬기로 철수를 했다. EBC 등정 후에도 장염과 탈진으로 3명이 역시 헬기로 철수하였으니 상황의 고통이 어떠했는지 충분히 미루어 짐작할 수가 있을 것이다. 일행 중 한 분은 누우면 두통이 와 하룻밤을 앉아서 세운 분이 있는가 하면 피로가 쌓여 입술이 시커멓게 부르튼 분도 나왔다. 여러 명이 감기에 걸렸는데, 끝날 때까지 기침이 계속되었던 분도 있었고 목감기로 말을 못한 분도 나왔다. 나도 하산 시점에서 아랫배에 통증이 와 신경이 쓰였는데 역시 고산증세의 일부라 한다. 입술도 말라버려 아무리 립밤을 발라도 회복이 안 되어 고통스러웠다.

천하의 네팔 가이드도 무거운 배낭 탓인지 다리에 부상이 생겨서 절뚝거렸다. 그것도 모르고 어두워지기 전에 도착해야 된다고 몰아세웠었는데 이제서야 후회가 밀려온다. 수줍은 웃음에 오히려 미안해하는 가이드의 모습이 자꾸만 떠오른다. 왜 다그쳤을까 아린 아픔이 자꾸만 가슴을 파고든다.

무거운 등짐 속의 동물들도 바라보기가 민망하였다. 오다가다 바위에 부딪쳤는지 한쪽 뿔이 없는 소들도 많았고, 위험한 낭떠러지 길에서 주저하는 야크들을 매서운 회초리로 몰아세우는 잔인함에 전율이 돌기도 하였다. 컨디션이 안 좋은지 무거운 등짐을 진 말이 굵은 눈물을 펑펑 흘리며 지나가는 걸 보고 있으려니 트레킹이 동물을 학대하는 건 아닌지 부담감에 회의가 들기도 하였다.

그러나 긴 여정 끝에 히말라야의 진면목인 설산의 파노라마를 마주한 순간, 그동안의 불편하고 힘들었던 모든 감정이 눈 녹듯이 사라져버렸다. 자연은 거대하고 화려했다. 다양한 햇빛의 각도와 시시각각 변화하는 구름 속에 히말라야 고봉들은 천변만화의 변화를 보여주고 있었다. 살아생전에 처음 접하는 천상의 모습에 말문이 막히고 넋을 놓았다. 마치 화이트아웃처럼 모든 것이 사라지고 화려한 대자연의 변화만이 영화처럼 전개되고 있는 듯했다.

내일이면 비행기를 타고 일상의 서울로 돌아간다. 짧은 2주간이었지만 시대를 거스르는 듯한 불편함과 고통도 겪었고, 다시 보기 힘든 대자연의 화려함도 목도했으니 생활의 변화가 생기지 않겠는가?

그저 생각 없이 누렸던 일상생활의 패턴들이 얼마나 감사하고 축복받은 일이었는지…. 매사가 겸손해지고 감사하는 마음속에 살아갈 것 같은 느낌인데, 부디 이런 느낌이 오래오래 지속되기를 바라는 마음이다. 화려한 대자연의 풍광을 바라보면서 풍성해진 감성은 매 순간 나의 마음을 윤택하고 풍요롭게 해 줄 것이다. 부디 오래오래 간직되기를 바라고 또 바란다. 트레킹 기간 중에도 SNS를 통해 지인들에게 자랑을 늘어놓았다. 아마 귀국 후에도 만나는 술자리마다 무용담을 폭포수처럼 꺼내 놓으며 자랑을 할 것이다. 부디 적당한 시기에는 어린 마음이 그쳐지기를 바랄 뿐이다. 어쩌면 어려운 도전을 성공한 후의 허전함으로 심적 공허감이 생길지도 모른다. 그때는 다시 사진을 꺼내들 것이고, 유튜브에서 EBC를 찾아다니며 허전함을 달래지 않겠나 싶다. 이 모든 것이 시들해질 때쯤이면 또다시 새로운 코스를 찾겠지….

그러나 지금은 당장 눈앞에서 아른거리는 설산의 파노라마에 마음이 복받칠 뿐이다.

황금색 구름 위로 떠있는 하얀 에베레스트 고봉이 영화처럼 다가오는데….

짙푸른 하늘 아래 눈이 부실 정도로 빛나는 설산의 파노라마가 머릿속에 각인되어 사라지질 않는다.

　순박한 모습에 수줍은 미소가 매력적인 네팔 청년 바도르는 왜 자꾸만 떠오르는지…. 두고두고 내 마음을 따뜻하게 적셔 줄 잊혀질 수 없는 히말라야의 잔상들이다.

　I love Himalaya!

　Goodbye Nepal!

삶은 새로워요

.

안주석

1

대중교통 적응하기

    도시의 동맥을 따라 흐르는 인생의 여정에서, 교통수단은 단순한 이동 방식이 아닌 우리 존재의 은유가 되어간다. 계절이 바뀌듯 우리 삶의 장도 끊임없이 넘겨진다. 과거의 지위와 편안함은 서서히 내려놓게 되고, 겨울 첫눈처럼 새로운 일상이 조용히 쌓여간다.

    퇴직 후 2주 차, 전날 밤에 눈이 조금 휘날렸고 쌀쌀한 날씨다. 퇴직 초년생 갈 곳이 없어 방콕하던 중 대선배님 세 분께서 저녁 식사에 초대해 주셨다. 본사 근무는 1990년대 몇 년 외에는 모두 지방에서 근무했다. 그뿐만 아니라, 시내 이동은 대체로 승용차로 다녔기에 대중교통 이용이 서툴다.

    들뜬 마음으로 모임 장소에 어떻게 갈까 이리저리 궁리한다. 자가용으로 갈까 대중교통을 이용할까 즐거운 고민을 한참 한다. 자가용으로 가면 시청 근처니까 주차가 다소 불편할 것 같다. 귀가 때는 음주 후이기에 대리운전을 이용해야 하는 등 일이 커진다.

    대리 부르는 것은 꽤나 복잡하다. 보통 30분 이상 걸린다. 먼저 콜

센터에서 적정가격을 대리기사 호출 시스템에 띄운다. 등록된 대리기사들은 모바일폰으로 확인한다. 행선지와 가격 그리고 출발지점을. 특별한 기사가 아니면 적정가격에 5천 원 더 올리기를 기다린다.

약속장소까지 대중교통을 이용하려면 조금 일찍 나가서 아파트 앞 대로를 건너 작은 길가에서 마을버스를 타고 개봉역으로 가거나, 아파트 앞에서 버스를 타고 신도림역에서 환승한 후 2호선을 타고 을지로 입구역에서 내린다.

머릿속으로 시뮬레이션을 해본다. 이렇게 하나 저렇게 하나 대략 1시간 반은 걸릴 것 같다. 어물어물하다가 보니 시간이 흘러 서민들 3대 교통수단인 BMWBus Metro Walk로 가기는 벅찬 듯하다. 모처럼 만나는 기회인데 까마득한 후배가 선배님들을 기다리게 해서는 절대로 안 된다.

바쁜 마음에 택시를 타기로 한다. 아파트 앞 큰 네거리에서 택시를 잡아야 하는데 어디쯤이 택시를 잡을 수 있는 포인트인지 모르겠다. 일단 아파트 옆 큰 도로가에서 시도했지만 택시는 오지 않았다. 신호등을 건너고 조금 걸어서 작은 골목과 연결되는 곳까지 가서야 간신히 택시를 탈 수 있었다. 택시 기사가 그렇게 반가울 때가 없었다.

모임이 파한 후 귀가할 때는 대중교통을 택했다. 지하철 2호선을 타고 신도림에서 버스로 환승하기로 마음먹었다. 오랜만에 교통카드를 이용하여 지하철 2호선에 몸을 싣고 출입구 한쪽에 몸을 기대어 핸드폰을 열어 이것저것 보면서 갔다.

늘 그렇듯이 전철에는 사람들이 많았다. 대부분이 핸드폰에 집중을 하고 있었다. 오래전에는 복잡한 전철에서 신문을 보는 이들이 간혹 있었는데 이제는 핸드폰 덕분에 다들 어색하지 않고 편리해졌다.

지하철 안의 풍경을 관찰하는 것은 새로운 경험이었다. 학생과 직장인, 노인들이 각자의 목적지를 향해 가는 모습이 새삼 흥미롭게 다가왔다.

한참 후 어디쯤인가를 확인하려 했으나 얼른 파악이 되지 않아 불안했다. 잠시 후 대림역이라는 것은 알았지만 대림역이 어디쯤에 있는 역인지 인식하지 못한 상태에서 일단 내렸다. 대림역에서 집에 가려면 어떤 방법으로 가야 할지 그림이 그려지지 않았다. 대림역에서 버스로 집에 가기는 너무 어렵겠고, 택시를 타면 될 것 같았다.

정신을 차리고 보니 신도림을 지나쳐서 대림역에 내렸다는 것을 알게 되었다. 그러면 반대편으로 2호선을 타고 가서 신도림역에 내려서 버스로 환승하면 되겠다는 생각이 들었다. 간단한 방법이 있었는데 이걸 생각해 내는데 한참이 걸렸다.

평소 알고 지내던 H 정유회사 K 부사장은 수년 전에 생산본부장을 마지막으로 퇴임을 하였다. 오랜 기간 동안 임원으로 근무하다 보니, 이동수단은 항상 승용차를 이용하였다. 본인은 회사차 운전을 거의 하지 않고 대부분 기사가 운전했다. 더구나 대중교통은 거의 이용하지 않았다.

퇴임한 K 부사장은 서울에서 시내버스를 탔다. 목적지에 도착하여 내릴 때 버스 기사와 대판 싸웠다고 했다. 내용인즉, 승차할 때는 운전기사석 쪽으로 탄 후 교통카드 단말기를 찍고 가까운 곳에 앉았다고 한다. 그런데 목적지에 도착해서 문제가 생겼다. 내리면서 다시 교통카드를 단말기에 찍어야 하는지 그냥 내리면 되는지 종잡을 수가 없었다. 앞문 쪽 가까이에서 내리지 않고 어물쩡거리며 서 있는데 사람들은 오르내리고 있었다.

그래서 운전기사에게 물어보았는데 얼른 대답을 해주지 않았다. 성질이 급한 편인 K 부사장은 짜증이 확 올라 있는 상태였다. 갓끈 떨어졌다고 버스 기사까지 무시한다는 생각이 들었던 것이다.

"기사 아~씨! 이거 우째 해야 돼요?"

"에이…! 바쁜데 빨리 내리지…. ㅉ." 기사는 돌아보지도 않고 "aaa bb cc…"라고 중얼거렸다.

"기사 양반! 방금 뭐라 켔능교!!"

기사는 딴청을 피우며 "ccc 버스 첨 타나~"라며 혼잣말을 했다.

"그래! 버스 첨 탄다. 이 양반아! 몰라서 묻는데 그 태도가 뭐꼬?"

막말이 오가다가 막판에는 둘이 버스에서 내려 핏대를 세우고 삿대질까지 했단다.

K 부사장의 버스 탑승 일화는 단순한 해프닝이 아니다. 우리 퇴직자들이 겪는 지위와 정체성의 변화를 상징적으로 보여주는 사건이다. 수년간 임원으로서 존경과 예우를 받던 사람이, 이제는 평범한 시민으로서 가장 기본적인 일상의 규칙을 배워야 하는 상황에 직면한 것이다.

특히 K 부사장이 보인 감정의 폭발은 단순히 버스 기사의 불친절한 응대 때문만은 아니었을 것이다. 갑작스러운 환경 변화와 사회적 지위 상실에 대한 내면의 불안과 분노가 복합적으로 표출된 것이리라. 나 역시 언제든 비슷한 상황에 처할 수 있다는 생각에 K 부사장의 일화는 타산지석으로 마음에 새겨두었다.

대중교통 이용은 인내심이 요구된다. 많은 사람들 사이에서 부대껴야 한다. 가끔은 그리 아름답지 않은 모습들도 목격된다. 택시는 편하다. 대중교통보다는 빠르다. 문제는 비싸다는 것이다. 택시와는 확연하게 다른 점, 승용차는 나홀로 공간에서 편안하다. 주차가 가장 큰 문제다. 또 한잔 후에는 대리기사가 필요하는 점이다.

대도시에서 살려면 대중교통에 익숙해져야 한다. 조금 더 일찍 움직여야 하고 불편함을 참아야 한다. 다소 불편함은 건강에는 이점이 있다는 긍정심이 필요하다. 가끔 외국인들이 눈에 띈다. 그들의 너무도 태연스러운 대중교통 이용에는 궁금증이 남는다. 매번 다니는 곳으로만 다니는 것은 아닐 텐데 말이다.

편리함의 껍질을 벗고 맞이하는 이 낯선 시간들이, 어쩌면 가장 진실된 나와 마주하는 소중한 순간이 되리라. 결국 인생이란 버스처럼, 누구나 각자의 정류장에서 내리게 마련이지만, 그 여정에서 함께 나눈 풍경과 온기가 진정한 의미로 남는 것은 아닐까.

2

동네 이발소 적응하기

같은 일을 반복하는 것이 단조롭고 하찮아 보이지만 중요하다. 같은 아침, 같은 봄이 찾아와도 어둠을 지나 온 아침이 빛나고, 봄날의 꽃이 새롭듯 머리 깎을 때마다 인생의 하루가 꽃이 피듯 행복하다.

이발은 한 달에 한 번 정도 하는데 이발소 가는 것이 너무 귀찮고 싫다. 때가 되어도 차일피일 미루며 며칠을 더 견뎌본다. 직장생활 하면서 근무지가 바뀔 때마다 적당하고 편안한 이발소 찾는 것이 큰일이었다. 누군가 머리 자른 것이 보기 좋을 때는 어디서 했는지 물어보고 한번 가보기도 했다.

나는 어릴 때부터 이발소에 대한 특별한 기억이 많다. 초등학교 시절에는 아버지와 함께 동네 이발소를 다녔다. 이발사님이 "학생, 어떻게 해줄까?"라고 물으시면 아버지께서 대신 답하셨다."빡빡 밀지 뭐…." 그때부터 이발소 특유의 향수 냄새와 면도크림 냄새는 내 기억 속에 깊이 박혀 있다.

미용실은 가고 싶지 않다. 파마 캡을 쓴 아주머니들 사이에서 요구

르트를 빨면서 여성지를 들고 순서를 기다리는 건 어색하다. 미용실에서는 면도를 해주지 않는다. 옆이나 뒷부분 면도를 해주는 경우는 보기만 해도 아찔하게 면도날을 그냥 맨손으로 잡고 한다. 머리도 감아주지 않거나 감아도 개운치가 않다.

이발의 역사는 꽤나 깊다. 네이버 지식 백과에 따르면 이발소란 남자의 머리털을 깎아 다듬거나 모발염색, 얼굴면도를 업으로 하는 장소다. 1895년 11월 단발령이 내려지면서부터 서구식 이발이 시작되었다. 그전까지 조선의 남성들은 상투를 틀고 다녔으니, 이발문화의 도입은 사회문화의 큰 변화를 의미했다.

광복 이후 1960년대 초까지 남자 머리모양은 가르마를 타거나 올백형 두 가지이며, 가르마는 왼쪽, 오른쪽 혹은 중간 가르마 세 가지가 있었다. 1960년대 중반 이후 머리를 깎고 다듬는 일은 남자 이발사가 하고, 면도는 면도사라 하여 여자가 담당하는 곳이 많아졌다. 이런 변화는 현대 이발소의 모습을 만드는 데 큰 영향을 미쳤다.

이발소에서의 추억은 직장생활을 시작하면서 더욱 다채로워졌다. 막 입사했을 때의 일이다. 회사 사택 근처 아파트 상가 2층에 있던 이발소에서 있었던 일은 지금도 생생하다. 그날 이발소용 의자에 누군가가 누워서 안마 과정을 진행하고 있었다.

놀랍게도 그분은 나의 상관 L 계장님이셨다. 당황스러웠지만, 나도 일반 이발소의 정해진 절차에 따라 이발을 했다. 면도사가 면도를 하고 다음으로는 팔다리 마사지까지 간단하게 해준다.

마사지는 뭉친 근육을 풀어주고 혈액순환을 도와주는 등 건강에 좋은 것이다. 하지만 나 같은 경우는 뭉칠 근육도 없고, 몸이 그리 피곤한 것도 아니다. 뼈밖에 없는 몸은 마사지를 하면 시원한 것이 아니라 아프다. 온몸이 긴장이 되고 아픔을 참느라 오히려 더 피곤해진다.

면도 과정은 더욱 특별하다. 면도를 할 때는 이해가 가지 않는다. 조금만 지나면 금방 다시 나올 수염인데 면도칼로 뭘 그리 박박 긁어 대는지 도무지 알 수가 없다. 일단 눈과 콧구멍만 빼고 비누 거품을 묻힌 솔로 얼굴 전체를 바른다. 예리하게 날을 세운 면도칼로 왼쪽 오른쪽 볼을 면도한다. 이발사님들의 손놀림은 마치 예술가의 손끝처럼 섬세하고 정교하다.

면도 과정의 절차는 마치 의식과도 같다. 다음은 크림을 살짝 발라준다. 이어 준비된 뜨거운 수건으로 얼굴을 덮는다. 잠시 후 면도기로 긁기 시작한다. 턱수염은 한 손으로 면도할 부위를 엄지와 검지 혹은 중지로 꾹 눌러 양쪽으로 손가락을 밀어서 피부를 팽팽하게 한 다음 면도기로 박박 긁는다. 이 과정에서 면도사의 손끝 감각은 수년간의 경험이 만들어낸 장인정신을 보여준다.

특히 까다로운 부위의 면도는 더욱 신중하게 진행된다. 윗입술과 코 사이는 엄지와 검지로 잡아서 볼록하게 한 다음 긁고 윗입술 끝은 손가락으로 윗입술을 잡고 구석진 부분까지 긁어댄다. 수염뿌리 직전까지 깎고야 말겠다는 일념으로 정성을 다 쏟아 긁고 또 긁는다. 이런 꼼꼼함이 이발소만의 특징이자 장점이다.

꼼꼼한 면도가 때로는 문제가 되기도 한다. 면도칼 독이 올라서 한참 동안 고생한 적이 있었다. 그 이후부터는 이발소의 정해진 절차를 무시하기로 했다. 앞면 면도와 안마는 생략하는 것으로 결정했다.

현직일 때는 회사 근처에서 이발을 했다. 주로 공중목욕탕, 헬스장 내부에 있는 이발소를 이용했다. 이런 곳은 나름의 장점이 있다. 이발부터 하고 샤워하면서 머리를 쉽게 감을 수 있다. 시간 활용이 좋았고, 주변 시설을 함께 이용할 수 있어 편리했다.

지금은 퇴사한 몸이라 집 근처에 새로운 이발소가 필요하다. 최근 며칠간 집 근처 동네에 이발소를 유심히 찾아보았으나 잘 보이지 않았다. 예전처럼 빨간색 흰색 줄무늬 회전 간판이 있는 전통적인 이발소는 찾기 어려워졌다. 시대의 변화와 함께 이발소도 변하고 있는 것이다. 이날은 이발소 찾기를 포기했다.

다음 날의 우연한 발견은 새로운 변화의 시작이었다. 이웃 아파트 단지 근처 길가에 이발소 간판이 돌아가는 걸 본 적이 있었다. 그러나 찾지 못하고 포기하고 차를 유턴하여 돌아가는데 한 미용실이 있었다.

오늘은 꼭 이발을 해야 하기 때문에 급한 대로 해결하기로 했다. 미용실에는 주인 같은 나이가 지긋한 아줌마와 젊은 남자 직원 두 명이 있었다. 여자 손님은 보이지 않았고 중년 남자와 남자 학생 몇 명이 대기하고 있었다.

이 미용실은 예상 밖의 즐거운 발견이었다. 커트 비용이 무지하게 싸다. 일반적인 이발소의 커트 비용의 70% 이하 정도로 가성비가 좋다. 카드도 만들었다, 일곱 번 가면 한번 무료다. 대박이다! 품질도 좋고 서비스도 좋다. 연중무휴다. 좋아! 단골로 결정이다.

처음에는 미용실을 피하려 했지만, 이제는 생각이 바뀌었다. 파마캡을 쓴 아주머니들 사이에서 여성지를 보며 순서를 기다리는 것도 이제는 그리 나쁘지 않을 것 같다. 오히려 새로운 경험이 될 수도 있겠다. 시대가 변하면서 나의 선입견도 바뀌어야 한다는 걸 깨닫게 되었다.

이발소든 미용실이든, 결국 중요한 것은 편안함과 만족도다. 전통적인 이발소만을 고집하다가 오히려 좋은 기회를 놓칠 수도 있다는 걸 이번 경험을 통해 배웠다. 퇴직 후의 삶은 이렇게 작은 변화들을 받아들이고, 새로운 것을 시도해 보는 과정인 것 같다.

매달 정기적으로 이 미용실을 찾게 될 것 같다. 새로운 환경에 적응하는 것이 처음에는 어색하고 불편할 수 있지만, 때로는 그런 변화가 예상치 못한 즐거움을 가져다준다는 것을 깨달았다. 이것이 바로 퇴직 후의 소소한 일상이 주는 작은 기쁨이 아닐까. 머리를 손질하는 날은 내 인생도 손질해서 새로워지는 듯하다.

3

신용카드

궤도를 벗어난 별은 새로운 공전 경로를 찾기 전까지 부유하는 존재로 분류된다.

직장인이었을 때는 미처 알지 못했던 것들이 참 많다. 신용카드도 그중 하나다. 회사 책상에 앉아있을 때는 카드사들이 앞다투어 발급해 주던 그 플라스틱 카드가, 퇴직과 동시에 까다로운 존재가 될 줄이야. 직장생활 하는 동안에는 신용카드 하나 만드는 것이 이토록 복잡하리라고는 상상도 못했다.

퇴직을 준비하면서 이런저런 이야기를 듣다 보니, 직장 없는 사람에게 신용카드란 하늘의 별 따기나 다름없다는 것을 알게 되었다. 아이러니하게도 얼마 전까지만 해도 거리 곳곳에서 수시로 권유받던 그 카드가 말이다. 백화점 입구나 지하철역에서 마주치는 카드 모집인들의 열정적인 권유가 아직도 귓가에 생생한데 말이다.

직장생활을 돌이켜보면, 신용카드는 단순한 결제수단 이상의 의미를 가졌다. 일종의 사회적 신분증이자 경제활동의 필수품이었다. 매달 정기적으로 입금되는 급여와 함께 신용카드는 우리가 정상적인 사회구성원이라는 것을 증명하는 도구였던 셈이다. 하지만 퇴직과 함께 모든 것이 변화하리라는 것을 누가 예상했을까?

그래서 퇴직 전에 필요한 카드들을 준비했다. 사실 여러 장의 카드를 가지고 있었지만, 정리도 하고 용도별로 새로 카드를 만들었다. 생각해 보니 각각의 용도에 맞는 카드가 필요했다. 일상적인 생활비 카드와 경조비 카드 그리고 특히 신경 써서 준비한 여행과 레저용 카드까지.

카드 정리 작업은 단순한 정리 이상의 의미가 있었다. 앞으로의 생활을 계획하고 준비하는 과정이었다. 퇴직 후의 삶에서는 수입이 제한적일 수밖에 없기에 지출 관리가 더욱 중요해진다. 각각의 카드는 특정 용도에 맞게 설계되어, 지출을 효율적으로 관리하고 통제하는 도구가 되어야 했다.

퇴직 전 대체로 준비가 되었지만, 여행과 레저용 카드는 한 장으로는 불안하다. 여행경비를 인터넷으로 결제하거나 계좌이체를 해야 할 때도 있고, 해외에서 직접 결제도 해야 하기 때문이다. 게다가 요즘은 인터넷 결제가 너무나 복잡하다. 은행마다 카드마다 각각의 결제 시스템에 가입해야 하고, 공인인증서나 보안카드, 비밀번호 등 복잡하기도 하고, 간혹 결제가 쉽게 되지 않아 스페어 카드도 필요하다.

스페어 카드의 필요성을 절감한 것은 2003년 일본 여행에서의 쓴 경험 때문이었다. 회사의 20년 근속 기념으로 받은 휴가와 지원금으로 일본 여행을 떠났다. 숙박비, 신칸센 요금, 식사비 등은 카드로 결제하면 되기 때문에 가지고 다니기 불안하고 불편한 현금은 조금만 가져갔다. 지금 생각해도 그때의 판단은 너무나 안일했다.

일본 여행은 해외에서의 신용카드 사용이 결코 녹록지 않다는 것을 가르쳐 준 값진 경험이었다. 현지 상황과 결제 시스템의 차이, 예상치 못한 기술적 문제들, 이러한 것들이 얼마나 큰 곤란을 초래할 수 있는지를 뼈저리게 깨닫게 되었다.

히로시마에서 뜻하지 않은 일이 벌어졌다. 일본인 지인이 소개해 준 다다미방의 숙소는 신용카드 결제가 불가능했기에 현금지출이 컸다. 다음날 히로시마역에서 교토행 신칸센 표를 사려는데 신용카드 결제가 되지 않았다. 다른 카드로 시도해 봤지만 역시 결제 불가였다.

그 순간의 당혹감이란! 주머니 속의 현금은 얼마 남지 않았는데, 카드는 사용할 수 없고, 발이 묶여버린 듯한 답답함이 밀려왔다. 이러한 상황은 단순한 불편함을 넘어서는 것이었다. 평소에 당연하게 여겼던 것들이 갑자기 작동하지 않을 때의 무력감은, 지금 생각해도 끔찍하다.

히로시마에 있는 일본인 지인에게 연락하려 했지만 전화도 되지 않았다. 30분가량을 헤매다가 다른 창구에서 겨우 스페어 카드로 결제할 수 있었다. 당초 계획했던 교토행을 포기하고 오사카행을 선택한 것도, 혹시 모를 현금 부족 사태에 대비하기 위해서였다. 여행의 즐거움보다는 금전적인 불안감이 앞섰던 순간이었다.

오사카에 도착해서도 불안은 계속되었다. 호텔에서는 다행히 카드 결제가 되었지만, 저녁에 근처 상점에서 물건을 살 때는 또다시 카드 결제가 되지 않았다. 도대체 어떻게 된 일인지, 대한민국에서 발행한 신용카드 그것도 해외에서 사용 가능한 카드인데 왜 일본의 곳곳에서 안 되는 건지 이해할 수 없었다.

귀국 후 알게 된 사실은 더 황당했다. 카드사에서는 히로시마역이 신용불량으로 분류되어 있다고 했다. 공공시설인 히로시마역이 어떻게 신용불량 업체가 될 수 있다는 건지, 지금 생각해도 이해가 되지 않는다. 더구나 다른 나라에서는 한 번도 겪어보지 못한 일이었다. 일본이라는 선진국에서 이런 일을 겪을 거라고는 상상도 못했다.

이 경험은 금융 시스템의 복잡성과 예측 불가능성을 잘 보여주는 사례였다. 겉으로는 매끄럽게 작동하는 것처럼 보이는 시스템도, 예상치 못한 곳에서 문제가 발생할 수 있다는 것을 깨닫게 해준 교훈이었다.

이나가키 에미코의 《퇴사하겠습니다》라는 책에서 비슷한 이야기가 있다. 퇴사한 사람은 곧바로 '사회인이 아닌 것'으로 간주되고, '수상한 사람' 카테고리로 분류된다는 것이다. 정기적인 수입을 보증할 수 없다는 이유로, 신용카드 발급이 까다로워진다는 내용이다. 그녀의 말처럼, 퇴직자는 어느 순간 사회적으로 수상한 사람이 되어버리는 것일까?

이는 단순히 금융 시스템의 문제를 넘어서는 사회적 인식의 문제를 제기한다. 우리 사회가 개인의 가치와 신뢰도를 판단하는 기준이 얼마나 협소한지를 보여주는 것이기도 하다.

농협에서 새로운 여행용 카드를 만들려고 하다가 이러한 현실과 마주쳤다. 신청서의 '직업란'을 보는 순간 가슴이 철렁했다. 무직? 퇴직자? 한참을 고민하다가 'XX 회사 자문'이라고 적었다. 창구 직원은 담담하게 내부 심사 후 부적합 시 연락해 주겠다고 했다. 그 말을 들으면서도 속으로는 '과연 카드가 나올까' 하는 불안감이 가득했다.

이러한 경험은 퇴직 후의 정체성 문제를 생각하게 한다. 우리는 얼마나 오랫동안 직장이라는 틀 안에서 자신을 정의해 왔던가. 그리고 틀을 벗어났을 때, 사회는 우리를 어떻게 바라보는가?

카드 하나를 만드는 것도 이렇게 전략적으로 접근해야 한다. 퇴직 후의 삶이란 게 이런 것인가 보다. 직장인일 때는 당연하게 여겼던 것들 하나하나가 도전이 되어 다가온다. 이런 경험들이 쌓여 퇴직 후의 새로운 삶에 적응하는 밑거름이 되리라 믿는다.

사실 이런 변화들은 우리 삶의 새로운 국면을 보여주는 것인지도 모른다. 직장인으로서의 정체성에서 벗어나 새로운 삶을 시작하는 과정에서 겪게 되는 자연스러운 과도기일 수도 있다. 중요한 것은 이러한 변화를 받아들이고, 새로운 환경에 적응해 가는 자세가 필요하다.

오래 입었던 유니폼을 벗고 자신만의 색깔로 물들인 옷을 찾는 과정은 혼란스럽다. 결국 종이 한 장으로 증명되는 가치가 아닌, 스스로 정의한 의미 속에서 새로운 여정의 지도를 그려나간다.

4

취미-그림 배우기

매일 흐르는 시간의 물결 속에서, 간혹 자신만의 색채를 발견하지 못한 채 단색의 풍경에 머문다. 오랜 직장생활이라는 단조로운 패턴만을 반복하다 문득 새로운 시도를 하고 싶은 충동이 일어난다.

15년 전쯤 당시 본사와 멀지 않은 신림역 근처에서 취미 그림을 배우러 갔다. 주 1회 그리기 연습을 시작했는데, 직장생활의 바쁜 일정으로 가끔은 빠지기도 하다가 결국은 몇 개월 만에 그만뒀다. 짧은 경험은 마음 한구석에 그림에 대한 동경을 남겨두었다. 동경은 시간이 지날수록 더욱 깊어져만 갔다.

새해에 연간 계획을 세웠다. 평범한 일상에 색다른 활력을 불어넣고자 했던 계획들 중에서도 그림 그리기는 특별한 의미를 가졌다. 미래의 삶에 새로운 색채를 더해줄 것이라 믿었기 때문이다.

장기적인 취미 활동으로 할 수 있는 것의 하나로 그림 그리기를 정하고 실천으로 옮겼다. 비록 당시에는 완성하지 못했지만, 그 결정은 현재의 나를 이끄는 나침반이 되었다. 이제 그 나침반은 새로운 예술의 세계로 인도하고 있다.

그 후에는 지방으로 발령을 받았기에 어쩔 수 없이 수년간은 재 시도를 할 수가 없었다. 하지만 그 시간 동안 그림에 대한 열망은 조금도 식지 않았다. 오히려 그 기다림은 결심을 더욱 단단하게 만들어주었다.

직장생활을 마감하고 한 달이 지난 3월부터는 옛날 그곳에서 다시 취미 그림을 배우겠다는 생각으로 미리 찾아가서 확인했다. 8년이라는 세월이 흘렀지만, 그곳은 변함없이 그 자리를 지키고 있었다. 마치 나를 기다리고 있었던 것처럼 느껴졌다.

매주 화, 수, 목요일 오후 6시부터 오후 10시까지 그리고, 토요일 12시부터 오후 3시까지 교습시간이 짜여 있었다. 이 중에서 나는 매주 화요일 오후 시간을 결정하였다. 곧바로 학원을 찾아 선생님과 상담하고 등록했다. 설렘과 긴장감이 교차하는 순간이었다. 그 순간의 감정은 지금도 생생하게 기억된다.

바로 첫날 기초인 선 긋기부터 시작했다. 가장 기본적인 것부터 시작하는 이 과정이 앞으로의 나의 예술 여정의 첫걸음이 되었다. 한 줄의 선에도 내 마음이 고스란히 담기는 것을 느낄 수 있었다.

사람들에게 널리 알려져 있는 늦은 나이에 그림을 시작하여 노후 인생을 풍요롭게 장식하였던 두 사람의 이야기는 더욱 의미 있게 다가왔다. 그들의 이야기는 나에게 큰 용기와 영감을 주었다. 나이는 결코 새로운 시작의 장애물이 될 수 없다는 것을 깨달았다.

먼저, 81세부터 그림을 시작해 '미국의 샤갈'로까지 불리게 된 해리 리버맨Harry Lieberman의 이야기는 특히 인상적이었다. 그의 삶은 나이는 단지 숫자에 불과하다는 것을 증명했다. 그의 늦은 시작이 오히려 더 큰 영감이 되어준 것이다.

폴란드 태생의 그는 29세에 미국으로 건너가 평범한 삶을 살았다. 은퇴 후에는 일종의 노인복지관인 시니어 클럽에서 체스를 두면서 시간을 보냈다. 그러던 중 관리실 직원의 권유로 그림을 배우기 시작하였다. 작은 권유가 한 사람의 인생을 완전히 바꾸어 놓을 수 있다는 것이 놀라웠다.

새로운 변화는 리버맨의 인생을 더욱 풍요롭게 장식해 주었다. 40여 년 동안 그는 수많은 그림을 남겼으며 103세를 일기로 세상을 떠났다. 그의 열정적인 삶은 나이의 한계를 뛰어넘는 창조적 영감의 증거였다. 작품 하나하나에는 삶에 관한 깊은 통찰이 담겨있었다.

"몇 년이나 더 살 수 있을지를 생각하기보다는, 내가 어떤 일을 더 할 수 있을지 생각해 보라." 해리 리버맨이 남긴 이 말은 가슴 깊이 새겨졌다. 그의 말은 나의 새로운 도전에 더욱 큰 의미를 부여해 주었다.

76세에 그림을 시작해서 101세까지 활동하여 작품 1,600여 점을 남긴 미국의 국민화가라는 애나 메리 로버트슨 모지스Anna Mary Robertson Moses, 일명 모지스 할머니의 이야기다. 그녀의 이야기는 또 다른 차원의 영감을 주었다.

평범한 삶 속에서도 예술적 재능을 발견한 그녀의 이야기는 매우 감동적이다. 관절염으로 자수를 놓기 어려워지자 바늘을 놓고 붓을 들었다. 그녀의 선택은 인생의 어떤 순간에도 새로운 시작이 가능하다는 것을 보여준다.

그녀의 용기 있는 결정이 새로운 예술의 지평을 열었다. "인생에서 너무 늦은 때란 없습니다"라는 그녀의 말은 나에게 큰 울림을 주었다. 그녀의 철학은 나의 새로운 도전에 더욱 큰 의미를 부여해 주었다.

가끔 만나는 고위공직자 출신 한 분의 그림 실력은 보통이 아니다. 그의 예술적 여정은 나에게 또 다른 영감이 되었다. 그의 성공은 나에게 더욱 가깝게 다가오는 롤 모델이 되었다. 그의 작품세계는 알아보기 난해한 것이 대부분이지만, 그만의 독특한 예술성이 돋보였다.

2017년 가을 뉴욕에서 열리는 모 작가의 전시회에 그는 작품 2점을 출품하였다. 그중의 한 점이 전문작가의 작품과 같은 가격으로 팔렸다는 소식은 나에게 큰 자극이 되었다. 이 소식은 나의 꿈이 결코 허황된 것이 아님을 증명해 주었다.

그림 그리기는 신림동을 벗어나 테헤란로까지 확장되었다. 그룹퇴직임원 모임의 아지트가 있는 곳이다. 이곳에서는 수채화반이라는 취미반을 운영하는데, 늦게 참여하게 되었지만 회원들과 함께 하면서 관계가 발전하여 끈끈한 하나의 동아리가 되었다.

그림에 대한 소질은 없지만 그림을 배우려고 하는 것은 앞서 밝혔지만 취미거리를 만들어야겠다는 생각에서 출발했다. 예술적 재능의 유무보다는 그림을 통해 얻을 수 있는 삶의 풍요로움에 더 큰 가치를 두고 있다. 그림은 나에게 새로운 세상을 보는 창이 될 것이다.

우선은 사람이나 사물을 있는 그대로 그려보고 싶은 욕구가 생겼다. 이는 단순한 취미를 넘어서 세상을 새롭게 바라보는 눈을 키우는 과정이 될 것이다. 매일매일의 작은 진보가 나를 성장시킬 것이라 믿는다.

하버드대학교 인생 성장 보고서 《행복의 조건》의 저자 조지 베일런트George E. Villant는 보람 있게 은퇴생활을 할 수 있도록 만들어주는 활동으로 네 가지 중 세 번째로 창조성을 발휘할 수 있는 활동이 필요하다고 하였다. 그의 연구는 나의 선택이 옳았음을 증명해 주었다. 창조적 활동이 노후의 삶을 얼마나 풍요롭게 만들 수 있는지를 보여주었다.

그림 그리기는 창조적인 활동으로 볼 수가 있다. 이는 단순한 시간 보내기가 아닌, 나의 내면을 표현하고 발전시키는 귀중한 기회가 될 것이다. 그림을 통해 나는 새로운 나를 발견할 수 있을 것이다. 그림 그리기는 시간을 효율적이고 생산적으로 소비한다.

인생의 페이지가 넘어갈 때마다, 새로운 문장을 써내려갈 자유를 얻는다. 늦게 시작한 예술의 여정은 오히려 더 깊은 내면의 풍경을 담아낸다. 결국 중요한 것은 시작의 타이밍이 아니라, 그 과정에서 발견하는 나만의 고유한 색채와 선의 언어일 것이다.

5

삼식이 면하기

식탁 위에 놓인 수저는 하루의 리듬을 새롭게 설계하는 지휘봉과도 같다. 하루 세 번의 식사가 어느덧 시간을 구분하는 경계선이 되고, 그 사이를 어떻게 채울 것인가가 퇴직 후 삶의 진정한 과제가 된다.

퇴직한 지 한 달째 매일 세 끼를 집에서 해결하는 '삼식이' 생활이 시작되었다. 아내는 겉으로는 괜찮다며 삼식이라도 다 해주겠다고 말하지만, 현실적으로 어려운 일이다. 많은 퇴직자의 경험담을 들어보면, 처음 3개월은 그동안 수고 많았다며 배우자가 잘해주지만, 이후부터는 상황이 달라진다고 한다.

내용인즉, 한 지인이 자신의 퇴직 후의 적응에 대하여 이야기해 주었다. 처음 2~3개월은 오라는 데는 없어도 갈 곳은 많다. 부인도 이때까지는 잘 대해주니 너무 좋다. 3개월 후부터 전화나 문자, 카톡 등의 연락이 뚝! 끊어지고 조용해진다. 아내 눈치를 피해 이때부터 혼자 산에도 가고 이런저런 생각으로 고뇌가 시작된다.

내가 이것밖에 되지 않은 사람이었던가? 회사와 상사, 동료뿐 아니라 가족에게도 서운한 감정이 스멀스멀 살아난다. 마지막에는 분노의 단계까지 간다고 한다. 6개월쯤 되어야 비로소 현실 생활에 대충 적응이 된다고 했다.

택시기사의 이야기다. 본인은 개인택시기사니까 마음대로 시간을 조정하고 적당히 일하며, 부인하고 함께 시간도 보내며 즐거운 삶을 살고 있다고 했다. 그는 손님으로 모셨던 한 퇴직자의 이야기를 이어갔다.

퇴직자는 고위 공직자 출신으로 처음에는 직장 후배들 연락도 오고 했는데, 얼마 지나 연락했을 때 싸늘함을 느껴 더는 연락할 수가 없었다는 것이다. 집에서도 얼마간은 거실을 점령하고 잘 지냈는데 시간이 가면서 왠지 분위기가 어색해졌다는 것을 느꼈다.

어느 날 외출을 한다니까 부인께서 그렇게 반기면서 어서 다녀오라고 반색을 하더라는 것이다. 그래서 누구 만나러 간다고 거짓말을 하고서 일단 밖으로 나갔는데 마땅하게 갈 곳이 없어서 관악산을 갔다고 한다.

그곳엔 넥타이 맨 비슷한 사람들이 여기저기 눈에 띄었다. 그나마 날씨라도 좋으면 견딜 만하지만 비가 오거나 바람이 불고 춥기라도 하면 밖에 나와 갈 곳은 없고 정말 시간 보내기가 여간 어려운 것이 아니었다고 하소연하면서 택시 안에서 엉엉 울더라고 했다.

퇴직자들의 이러한 이야기는 이제 흔한 사례이다. 남의 이야기를 들을 때는 그냥 간단히 웃고 지나가지만 막상 자신이 이러한 환경에 처하면 또 달라진다. 위의 퇴직자는 자신의 답답한 심정을 이야기할 곳이 없었다는 것이다. 그러니 생판 모르는 택시기사가 센스 있게 들어주니까 참았던 감정이 폭발한 것이다.

이러한 상황 앞에서 현명하게 삼식이 탈출 전략이 필요하다. 삼식이 탈출 방법 중 가장 쉬운 것이 요리를 직접 해보는 것이다. 평생 회사에서 점심을 해결하다가 퇴직 후 갑자기 주방에 서면 누구나 당황스럽기 마련이다. 하지만 걱정하지 말자. 이제부터 하나씩 배워 가면 된다.

첫 번째 도전은 나만의 라면에 도전하기다. 가장 간단하게 요리해서 먹을 수 있는 국민 1등 요리 라면이다. 라면은 물 붓고 끓이기만 하면 된다. 아주 간단하다. 그러나 같은 라면이라도 어떻게 끓이는가에 따라 맛이 다르다.

라면은 냄비에 물을 적당량 붓고 팔팔 끓여야 한다. 다음으로 약간의 신김치를 물에 살짝 담갔다가 매운 양념을 씻어내고 넣는다. 대파를 다듬어 썰고 수프를 적당량 넣는다. 팔팔 끓으면 잠시 후 필요하다면 계란을 넣어도 좋다. 대파와 신김치가 어우러져 한결 고급스러운 라면이 된다.

두 번째는 기본 중의 기본 계란 프라이의 예술이다. 계란 프라이는 모든 요리의 기초다. 먼저 프라이팬을 중간 불에서 달군다. 기름은 한 스푼 정도면 충분하다. 프라이팬이 적당히 달궈지면, 계란을 살짝 깨서 넣는다. 이때 노른자가 터지지 않도록 조심하자. 흰자가 반쯤 익었을 때 소금 한 꼬집을 뿌려준다. 노른자는 반숙이 되도록 하는 것이 좋다. 완성된 계란 프라이는 겉은 바삭하고 안은 촉촉해야 한다.

세 번째, 건강한 한 끼 신선한 샐러드 만들기다. 샐러드는 건강한 식사의 기본이다. 양상추는 한 입 크기로 손으로 뜯어 물에 씻고 물기를 빼 준다. 방울토마토는 반으로 잘라주고, 오이는 얇게 반달 모양으로 썰어준다. 당근은 채칼로 가늘게 채를 썰어 준비한다. 야채는 그때그

때 텃밭에서 수확한 것들로 하면 계절에 따른 다양한 샐러드가 된다.

드레싱은 올리브오일 큰 숟갈 세 개, 레몬즙 큰 숟갈 하나, 식초 작은 숟갈 하나, 소금과 후추를 넣어 작은 병에 담아 흔들어 준다. 준비된 채소를 큰 그릇에 담고 드레싱을 부어 가볍게 버무리면 완성이다. 삶은 계란을 올리면 더욱 풍성한 샐러드가 된다.

네 번째, 김치볶음밥은 실패할 확률이 거의 없는 요리다. 먼저 김치를 송송 썰어준다. 프라이팬을 달군 후 식용유를 두르고, 썰어둔 김치를 넣어 볶아준다. 김치가 살짝 탈 듯 말 듯하게 볶아질 때 밥을 넣고 함께 볶아준다. 밥알이 하나하나 분리되도록 볶다가 마지막에 참기름을 둘러주면 고소한 향이 더해진다. 여기에 아까 배운 계란 프라이를 올리면 근사한 한 끼 식사가 완성된다.

혼자서 스스로 요리를 만들어서 한 끼 해결하는 것도 좋지만 가능하면 한번씩 밖으로 나가는 것이 여러모로 좋다. 밖으로 나가면 여러 가지 좋은 점이 있다. 걷기만 해도 운동이 되고, 새로운 사람들을 만나 대화를 나누다 보면 정신 건강에도 도움이 된다. 배우자에게도 적절한 개인 시간을 줄 수 있다.

일본에는 "켄끼데 루스가 요이元気で 留守がよい"라는 옛날부터 전해내려온 말이 있다. 직역하면 "건강하되 부재중이 좋아"라는 이 말에는 깊은 지혜가 담겨있다. 일본의 집들은 대체로 좁다. 주말에 직장 다니는 남편이 접대가 없을 때는 하루 종일 집에 머물며 TV 앞에서 야구를 보곤 한다.

"오~이, 비~루 잇뽕!어이, 맥주 한 병!", "오~이, 하이자라!어이, 재떨이!"를 외치며 아내를 연신 불러 댄다. 좁은 집 안은 담배 연기로 가득 차고, 연신 불러대는 남편의 잔심부름에 시달리는 아내는 휴식 공간조차 없다. 남편이 집 안에 머무는 것은 스트레스다.

평생 일만 하다가 갑자기 찾아온 여가를 어떻게 활용해야 할지 모르는 은퇴자들의 모습을 상징적으로 보여주는 말이 있다. '젖은 낙엽'이다. 비온뒤 아스팔트에 떨어진 낙엽은 빗자루로 쓸어도 쓸어도 잘 떨어지지 않는다.

"우리 남편은 젖은 낙엽처럼 나한테 딱 달라붙어 산단다!"

"그럼 드라이기로 말려서 툭툭 털어 버려야줘~!"

일본에서 시작된 '젖은 낙엽 증후군'은 이제 전 세계적 현상이 되었다.

요리 실력을 키우는 것은 은퇴생활의 중요한 부분이지만, 그것이 전부는 아니다. 집 안에서의 '삼식이' 생활에서 벗어나 활기찬 일상을 만들어가는 것이 중요하다. 아침에는 산책을, 점심에는 맛있는 요리를, 오후에는 취미 활동을 하는 등 규칙적이고 활동적인 생활을 하자. 문화센터에서 새로운 취미를 배우거나, 동네 탁구장에서 운동을 하거나, 도서관에서 책을 읽는 것도 좋은 방법이다. 이것이 건강하고 행복한 은퇴생활의 비결이다.

퇴직 후의 일상은 빈 그릇에 하나씩 채워넣는 새로운 레시피와도 같다. 익숙한 재료도, 낯선 양념도 모두 자신만의 방식으로 조화를 이루어 독특한 맛을 만들어간다.

6

책 쓰기 코칭-새로운 문을 두드리다

인생이라는 거대한 강물 위에 새로운 배를 띄우는 일, 낯선 바람을 맞으며 때론 흔들리지만 그 속에서도 나만의 항로를 찾아가는 여정이다. 어제의 나와 작별하고 오늘의 나를 만나는 순간, 모든 것이 달라진다.

인생의 전환점에서 새로운 도전을 시작한다는 것은 결코 쉬운 일이 아니다. 특히 수십 년간 한 길을 걸어온 사람에게는 더욱 그러하다. 직장생활을 마무리하고 단 1주일 만에 전혀 다른 세계의 문을 두드린다는 것은 그 자체로 놀라운 용기이자 도전이라고 생각한다.

그 시작은 우연히 접한 한 권의 책으로부터였다. 이은화 작가의 《직장인, 딱 3개월만 책 쓰기에 미쳐라》라는 책은 내 인생의 새로운 장을 여는 열쇠가 되었다.

퇴직을 앞두고 많은 사람들이 그러하듯, 나 역시 앞으로의 삶에 대한 고민이 컸다. 퇴직 후 막연히 책을 써볼까 하는 생각으로 몇 권의 책 쓰기 관련 서적을 찾아 읽었다. 그러다 우연히 발견한 이은화 작가의 책은 특별했다. 책을 써야 하는 이유에 대해 처음부터 끝까지 설득력 있게 설명하며, 등을 떠밀어주었다.

단순한 방법론을 넘어서 왜 책을 써야 하는지, 그것이 어떤 의미를 가지는지를 진정성 있게 전달했다. 이 작가의 진심 어린 권유는 내게 깊은 감동을 주었고, 칼럼 쓰기 개인 코칭을 받기로 결심했다.

평범한 직장인이었던 한 퇴직자가 글쓰기의 세계로 뛰어든다는 것은 분명 대단한 용기였다. 주변에서는 좀 더 시간을 두고 천천히 시작해도 좋지 않겠냐는 조언도 있었다. 하지만 더는 망설이지 않기로 했다.

글을 통해 선한 영향력을 미치는 작가로 태어나기 위한 첫걸음이라는 당시의 다짐은 지금도 생생하다. 천리 길도 한 걸음부터 라는 옛말처럼, 나는 그렇게 새로운 여정을 시작했다.

칼럼 쓰기 코칭을 받은 후 몇 개월 동안, 여러 편의 형편없는 글을 썼다. 후기와 소개서, 그리고 때때로 칼럼이라고 부를 만한 글들을 카페에 올렸다. 처음에는 한 줄을 쓰는 것조차 힘들었다.

평생 업무 관련 문서만 작성하다가 갑자기 자신의 생각과 감정을 글로 표현하는 것은 전혀 다른 차원의 도전이었다. 하지만 한 편, 한 편 글을 쓰면서 조금씩 자신감이 생겨났다. 비록 뚜렷한 방향성 없이 단순히 연습 삼아 쓴 글들이었지만, 그것은 분명 의미 있는 과정이었다.

8개월 쯤 시간이 흐르면서 새로운 고민이 생겼다. 글쓰기 연습 자체는 의미 있는 일이었지만, 정확한 방법론도, 분명한 이정표도 없이 시간을 보내는 것이 과연 옳은 일인가 하는 의문이 들기 시작했다. 마치 나침반 없이 바다를 항해하는 것 같은 막연함과 불안감이 밀려왔다. 더 체계적이고 전문적인 지도가 필요하다는 생각이 들었다.

더 큰 도전을 결심했다. 7주간의 책 쓰기 코칭 과정에 등록한 것이다. 이 과정은 단순한 글쓰기 훈련이 아닌, 책의 콘셉트부터 제목, 장 제목 그리고 세부 꼭지 제목까지 체계적으로 배우는 전문적인 과정이었다. 매주 새로운 과제가 주어졌고, 그것을 수행하면서 책이 만들어지는 과정을 하나하나 배워 나갔다.

일상생활을 병행하면서 이 과정을 따라가는 것은 결코 쉽지 않았다. 매주 코칭이 끝날 때마다 후기를 써야 했지만, 제대로 하지 못할 때도 많았다. 때로는 진도를 따라가기 벅차다고 느낄 때도 있었고, 내가 과연 이 일을 해낼 수 있을까 하는 의구심이 들 때도 있었다. 하지만 이 작가의 끊임없는 격려와 전문적인 지도는 큰 힘이 되었다.

7주차까지 도달하여 마침내 큰 성과를 이루었다. 이 작가는 책의 꼭지 제목이 95% 완성되었다며 기뻐했다. 심지어 베스트셀러의 가능성까지 언급하며 격려해 주었다. 전문가의 이러한 평가는 큰 자부심과 동시에 책임감을 안겨주었다.

비록 꼭지 제목을 완성하기까지의 과정은 험난했지만, 이는 책을 향한 여정에서 중요한 이정표를 세웠다는 의미가 있었다. 이제 책에 대한 큰 그림이 그려진 것이다. 하지만 이것은 또 다른 시작점이기도 했다. 95% 완성된 꼭지 제목을 바탕으로 최대한 빨리 초고를 완성하라는 작가의 조언은 새로운 부담으로 다가왔다.

밑그림이 있으니 쉽게 써 내려갈 수 있다고는 하지만, 초보자로서는 그 많은 페이지를 채워 나가는 것이 막막하게 느껴졌다. 한 페이지를 완성하는 데도 수많은 고민과 수정이 필요했다. 때로는 하루 종일 모니터만 바라보며 한 문단도 못 쓸 때도 있었다.

이럴 때마다 처음의 마음가짐을 되새긴다. '처음처럼'이라는 마음가짐으로 시작했던 열정과 결심을 끝까지 유지한다면, 이 과정이 그리 어렵지만은 않을 것이다. 이미 시작한 여정이고, 반드시 가야 할 길이다.

지난 10개월간의 여정을 돌아보면, 직장생활을 마감하고 단 1주일 만에 칼럼리스트 개인 코칭을 받았고, 40여 편의 글을 썼으며, 7주간의 책 쓰기 코칭도 완수했다. 이 모든 과정이 결코 쉽지는 않았지만, 한 걸음씩 나아가다 보니 여기까지 올 수 있었다.

무엇보다 이 과정에서 새로운 나를 발견하고 있다. 지금까지의 직장생활에서는 경험하지 못했던 새로운 도전과 성취감 그리고 성장을 맛보고 있다. 글을 쓸 때마다 느끼는 어려움과 고민들은 오히려 나를 더욱 단단하게 만들어주고 있다.

이제 남은 것은 배운 대로 밑그림을 바탕으로 세부적인 그림을 그려 나가는 일이다. 또 하나의 새로운 문을 열고 들어가야 할 시점이 된 것이다. 이 작가님의 헌신적인 지도와 격려에 깊은 감사를 드리며, 이 여정을 끝까지 완주하겠다는 결심을 다진다. 책쓰기라는 새로운 도전은 퇴직 후 내 인생에 있어 가장 의미 있는 선택이 될 것이다.

끊임없이 새로운 문을 두드리는 것, 그것이 바로 성장의 비결이자 삶의 활력소가 아닐까? 이제 또 하나의 문을 통과하려는 새로운 정체성을 찾아가는 여정에 있다. 그 여정이 때로는 힘들고 고단할지라도, 처음의 설렘과 결심을 잃지 않고 나아갈 것이다.

이것이 바로 내가 선택한, 그리고 앞으로도 계속될 새로운 도전이다. 그리고 이 도전이 누군가에게는 용기와 희망이 되기를, 또 다른 이에게는 새로운 시작의 영감이 되기를 기대해 본다.

펜 끝에서 피어나는 새벽빛처럼, 나의 두 번째 인생은 이제 막 동이

트기 시작했다. 오늘의 붓질이 내일의 걸작을 만들어가는 여정, 그 여
정의 한가운데서 나는 비로소 진정한 나를 만나고 있다.

7

백수100일-환영 축하 격려의 시기

인생이라는 긴 레이스에서 결승선을 지난 후에도 새로운 트랙이 기다린다는 것을 누가 알았을까. 직장이라는 익숙한 궤도를 벗어나 미지의 영역으로 첫발을 내딛는 순간, 마치 우주선이 중력을 탈출하는 듯한 낯선 자유가 찾아온다. 그 자유 속에서 나는 백일이라는 시간을 통해 새로운 나침반을 찾아가는 여정을 시작했다.

퇴직 후 백일이 지난 오늘, 스스로를 진정으로 행복한 사람이라고 말하고 싶다. 2018년 5월 11일, 직장생활을 마감하고 은퇴자가 된지 100일째 되는 날이다. 평생의 울타리 같았던 주행 궤도에서 벗어나 모든 것과 작별하고 새로운 환경에 적응해야 하는 처지가 되었다. 햇살 가득한 아침, 창가에 앉아 커피 한잔을 마시는 여유가 아직 익숙하지는 않다.

퇴직 첫날, 35년간 매일 아침 서둘러 출근하던 발걸음이 더 이상 필요 없다는 사실이 실감 나지 않았다. 출근 후 습관처럼 대하던 커피향이 그립고, 엘리베이터에서 마주치던 직원들의 밝은 인사도 문득문득 생각난다. 이제는 모든 일상이 추억으로 바뀌어 가고 있다.

처음에는 막막했다. 언제, 어디서, 무엇을 하며 시간을 보낼지에 대한 그림이 없었기 때문이다. 그러다 보니 나의 시간은 자연스레 타인에 의해 소비되기 시작했다. 누군가 식사 제안을 하면 반갑게 달려갔고, 아내가 은행이나 관공서에 가자고 하면 기꺼이 운전기사가 되어주었다. 그것도 없으면 '삼식이'로 하루를 보냈다.

우리 아파트 놀이터 벤치에 앉아 있다 보면, 출근 시간에 바쁘게 걸어가는 직장인들의 모습이 눈에 들어온다. 그들의 발걸음 소리, 서류가방을 든 손짓, 바쁜 걸음걸이가 마치 어제의 내 모습 같다. 때로는 그들을 부러워하다가도, 때로는 지금의 여유로움에 감사함을 느낀다.

전기보의 저서 《은퇴 5년 전에 꼭 해야 할 것들》에서 말했듯, 일이란 경제적 자원과 생활의 의미를 동시에 제공하며 개인의 정체성을 형성하는 중요한 요소다. 은퇴자들은 역할 상실, 관계 상실, 존엄성 상실 그리고 소외와 고독이라는 위기를 마주하게 된다.

지난 100일을 돌아보니, 나는 비교적 잘 적응해 가고 있는 것 같다. 규칙적인 생활을 유지하며, 하루 6~8시간의 수면과 정시의 식사를 지켜나가고 있다. 특히 아내의 협조로 '삼식이' 생활도 즐겁게 받아들이고 있다. 아내가 정성스레 차려주는 집밥의 맛은 어떤 고급 레스토랑의 요리보다도 특별하다.

은퇴 후의 여유로움은 오히려 축복이 되었다. 주중에도 은행과 관공서를 다닐 수 있고 주말의 애경사에도 참석할 수 있게 되었다. 평일 낮에 마트에 가면 한가롭게 장보기를 할 수 있어 좋다. 진열대 앞에서 이것저것 둘러보며 새로운 식재료를 발견하는 재미도 생겼다. 때로는 아내와 함께 장을 보면서 저녁 메뉴를 상의하기도 한다.

이 기간 동안 나는 새로운 도전도 시작했다. 퇴직 일주일 만에 작가를 만나 글쓰기 연습에 도전하게 되었다. 칼럼 쓰기를 시작하여 작가가 운영하는 카페에 올리고 카페의 회원들과 글에 대하여 의견을 주고받는다.

작가가 주도하는 독서모임에도 참여하기 시작했다. 한 달에 한 번 정해준 책을 읽고 정해준 장소에 모여 각자의 의견을 나누는 시간을 갖는다. 서울뿐만 아니라 지방에서도 멀리까지 와서 참석하는 열성인 회원들도 있었다. 짬짬이 100일 동안 약 20권의 책을 읽었다. 가끔 영등포 교보문고에 들러 서치하고 맘에 드는 책을 몇 권씩 사기도 했다.

매주 화요일에는 그림 수업을 받는다. 처음에는 연필로 사과 하나 그리는 것도 어려웠지만, 이제는 수채화로 풍경화도 그릴 수 있게 되었다. 작은 스케치북에 담긴 나의 서툰 그림들을 보면서 느끼는 성취감은 또 다른 즐거움이다. 그림 그리기는 실내에서 앉아서 할 수 있는 취미로 굳혀가고 있다.

골프는 야외 활동성 취미로서 퇴직 전부터 준비해 왔다. 대부분의 모임이나 지인들이 골프를 할 수 있는 사람들이라서 짜인 대로 나가기 만해도 꽤 자주 나가게 된다. 백수 100일간 26회나 나갔다. 이른 아침, 이슬이 맺힌 푸른 잔디를 걸으며 느끼는 상쾌함은 말로 표현할 수 없다. 라운딩 후의 맥주 한잔은 직장생활 때의 회식과는 또 다른 즐거움을 준다.

실용적인 준비도 게을리하지 않았다. 은퇴자에게는 신용카드 발급이 까다롭다는 말에 미리미리 필요한 카드를 만들어두었다. 용도별 통장 정리도 꼼꼼히 했다. 여행과 레저, 경조사, 생활비 등을 위한 별도의 통장과 카드를 만들어 체계적으로 관리하고 있다. 퇴직금도 아내와 상의하여 신중하게 배분했다. 이러한 재정 관리는 은퇴생활의 안정감을 더해주었다.

인근 아파트 상가에 나만의 공간도 마련했다. 작은 서재지만, 책상과 PC 그리고 내가 좋아하는 그림 몇 점으로 꾸며 놓으니 제법 그럴 듯하다. 이곳에서 나는 하루의 많은 시간을 보낸다. 창밖으로 보이는 작은 공원의 풍경을 바라보며 글을 쓰기도 하고, 책을 읽기도 한다. 가끔은 그냥 멍하니 앉아 생각에 잠기기도 한다.

물론 아쉬운 점도 있다. 퇴직 후 해외여행은 아직 실현하지 못했다. 발리여행을 준비했었지만, 여러 사정으로 취소해야 했다. 하지만 시간은 충분하니 더 좋은 계획을 세워 다시 도전할 생각이다.

10년 이상의 주말부부 생활을 해온 우리 부부는 새로운 일상에 적응하는 과정에서 작은 어려움도 겪었다. 서로의 생활 패턴이 달라 가끔은 불편함도 있었지만, 대화로 풀어가며 조금씩 맞춰가고 있다.

특히 아내가 겪은 건강상의 문제는 나에게 큰 반성의 계기가 되었다. 늦은 밤까지 술자리에 있느라 아내의 전화 23통을 못 받았던 날, 어지럼증으로 고생하는 아내를 보며 나의 이기심을 깊이 뉘우쳤다.

은퇴 후 적응 과정에는 단계가 있다고 한다. 첫 3개월은 환영과 축하, 격려의 시기라고 하는데, 정말 그랬다. 거의 매일 같이 식사 약속이 있어 '백수 과로사'라는 농담이 나올 정도였다. 이제 곧 다가올 제2단계, 생각과 번민, 좌절과 분노의 시기를 어떻게 보낼지 걱정도 되지만, 한편으로는 기대도 된다.

미국의 여성 사업가 메리 케이 애시Mary Kay Ash는 쫓을 자신의 무지개가 아직 남아있는 사람은 진정 행복한 사람이라 했다. 나는 아직 나의 무지개 끝을 쫓지 못했다. 그래서 나는 행복하다. 이제 나만이 할 수 있는, 내가 좋아하는 것들을 하나씩 준비하며 매일 아침이 기다려지는 삶을 살아갈 것이다.

백 일 동안의 여정은 새로운 삶의 지도를 그리는 첫 페이지에 불과하다. 아직 완성되지 않은 그림처럼, 제2의 인생은 여백의 아름다움으로 가득 차 있다. 이제는 타인의 시계가 아닌 나만의 리듬으로 매일의 일상을 채워가는 기쁨 속에서 진정한 자유를 발견해 간다.

8

그랜드캐니언의 해는 특별한 것일까?

세계는 나를 부른다. 도시의 숨결과 산의 고요, 바다의 속삭임 속에서 새로운 나를 발견한다. 여행은 단순한 장소의 이동이 아닌 영혼의 확장이다.

그런저런 한 해가 지나갔다. 오랜 동안의 조직생활에서 벗어나 조금 헐거운 상태로 보낸 시간들이다. 조직생활에서의 빡빡한 일상과 긴장감을 끌어안고 살았기에 느슨한 것은 체질에 맞지 않는다.

직장생활로 체질화된 타이트함이 하루아침에 헐거워지지는 않는다. 수십 년간을 풀지 않고 조이기만 했는데 퇴직했다고 바로 농부의 마음으로 돌아갈 수는 없다.

지난해는 새로운 환경에서 적응하기 위해 노력한 시간이었다. 지금까지 건강이 망가지지 않은 것에 감사하고, 뒷산을 친구 삼지 않음에 감사하고, 동네 슈퍼 주인 대행을 하지 않은 것에 감사하고, 아직까지 아파트 경비하고 가까워지지 않은 것에 감사한다.

익숙한 곳을 떠나 낯선 곳으로 날아왔다. 한 해가 가는 것이 아쉬웠는지 태평양의 날짜선을 넘었더니 여긴 아직 어제의 한국 시간이다. 그래서 하루를 번 셈이다. 모든 사람들의 로망! 여행을 기획했다. 퇴직 후 두 번째 여행으로 목적지는 남미다.

집 떠나면 고생이라고 관광지에서 고생은 당연한 것이라고 알고는 있지만 막상 떠나려고 하면 고민에 빠진다. 여행기간 동안에 몸과 마음이 힘들어지는 원인들은 복합적이다. 해외여행인 경우는 먼저 두려움이 앞선다. 낯설고 물설고 말도 통하지 않고 익숙한 것이라고는 아무것도 없다. 두려움과 걱정으로 여행을 떠나기도 전에 최악의 컨디션이 된다.

새로운 것에 대한 두려움뿐만이 아니라 심리적으로는 집 떠나는 것도 몹시 싫다. 동반자는 떠나오기 전에 이미 멘붕 상태였던 것 같다. 오만가지 걱정을 떨치지 못하고 넋이 나간, 흔히 말해 유체 이탈 상태다. 이와 같은 심적 상태를 벗어나지 못하는 것은 확신이 없기 때문이다.

모든 사람들이 그러하듯이 여행을 싫어하는 사람은 없다. 그래서 장기적인 계획을 세워 여행을 해볼 작정이다. 그러면서 더욱 폭넓은 삶을 살아보고 싶다. 이제는 여행에 대한 태도를 바꿔야겠다. 단순히 시간과 돈과 나의 에너지를 소비하는 것에서 벗어나 뭔가 테마를 잡고 목적을 가지고 다녀볼 생각이다. 아직 구체적인 계획은 잡지 못했지만 말이다.

옛날 같으면 평생 일하던 직장에서 퇴직하였으니 소비만 하는 단순 여행을 하여도 무방했다. 하지만 이제는 세상이 달라졌다. 직장에서 퇴직하였다고 마냥 소비적이 되어서는 백세 인생을 감당하기 어렵게 되었다.

알랭드 보통의 《여행의 기술》에 나오는 것을 나름대로 풀어서 정리해 보면 다음과 같다. 행복을 찾는 일이 우리의 삶을 지배한다면, 여행은 일의 역동성을 어떤 활동보다 풍부하게 드러내 준다.

여행은 일과 생존투쟁의 제약을 받지 않는 삶이 어떤 것인지를 보여준다. 여행할 장소에 대한 조언은 어디에나 널려 있지만, 우리가 가야하는 이유와 가는 방법에 대한 이야기는 듣기 힘들다.

여행의 기술은 그렇게 간단하지도 않고 또 그렇게 사소하지도 않은 수많은 문제와 자연스럽게 연결된다. 여행하는 심리란 무엇인가? 수용성이 그 제일의 특징이라고 말할 수 있을 것이다. 수용적인 태도가 되면, 겸손한 마음으로 새로운 장소에 다가가게 된다.

여행에서는 집중하고 사소한 것에도 의미를 심으려 하는 반면, 집에 있을 때는 기대감이 별로 작동하지 않는다. 습관화되어 있고 사는 곳에 대해서 눈을 감고 있다.

여행이란 일상을 떠났으니 아무런 제약이 없다. 어쩌면 무중력 상태랄까? 어떤 조그만 것에 의미를 심으려 하고 새롭게 보이고 집중이 가능하다. 신기하다고 생각하여 관심을 갖고 사진을 찍었는데 돌아와 보니 우리 동네에도 같은 것이 있는 것이 아닌가! 이것이 바로 여행의 묘미가 아닐까?

긴 비행 끝에 도착한 로스앤젤레스의 뜨거운 햇살이 내려꽂히는 존에프 케네디 국제공항의 아침이다. 렌트카를 빌려 그린피스 천문대로 향했다. 구불구불한 산길을 따라 올라가는 동안, 창밖으로 보이는 로스앤젤레스의 전경이 점점 더 넓어졌다.

토요일이라 관광객들의 차량이 줄지어 거북이 걸음으로 올라갔다. 드디어 아이코닉한 하얀색 '할리우드' 사인이 선명하게 보이는 전망

포인트를 발견했다. 아내를 그곳에 내려주고 주차하러 올라갔지만, 예상치 못한 상황이 벌어졌다. 주차장 관리인이 만차라며 내려가라고 신호했다.

아내에게 연락하려 했으나 전화와 내비게이션이 모두 먹통이었다. 순간적으로 아찔했다. 낯선 도시에서 이산가족이 될 뻔한 순간이었다. 비상등을 켜고 차를 주차장 통로에 세운 후, 아내를 내려준 곳으로 달려갔다. 다행스럽게도 아내는 그자리에서 혼자 사진을 찍고 있었다.

놀란 가슴을 쓸어 내리며 천문대 구경은 포기한 채 네비도 없이 시내로 향했다. 가면서 창밖을 보니 유명한 할리우드라는 간판들이 보였다. 복잡한 거리를 지나니 고급 부티크와 세련된 레스토랑이 늘어선 화려한 거리에 들어섰다. 비버리힐스에 도착했다.

넓은 야자수 가로수길과 깔끔하게 정돈된 거리가 눈길을 사로잡았다. 잠시 한적한 골목에서 차를 세우고 멋진 경치에 반해 사진도 찍었다. 구글맵의 도움으로 로스앤젤레스 시내의 명소들을 하나씩 찾아다니는 즉흥적인 여행을 즐길 수 있었다.

2018년 12월 31일 로스앤젤레스 현지 여행사 패키지로 그랜드캐니언과 라스베이거스를 향해 출발했다. 저녁에 그랜드캐니언 바로 밑 '투사얀'이라는 동네에 도착하였다. 한국은 이미 새해를 맞이하였지만 여기는 아직 신년이 아니다. 내일 아침에 여기서 새해 해돋이 구경하러 가게 되어있다. 한국에서도 한때 신년 해돋이를 보려고 여수 오동도, 제주 성산일출봉, 부산 광안리, 당진 왜목마을 등을 돌아다녔다.

웅장한 자연의 현상이 두드러진 그랜드캐니언에서 새해 해돋이를 보는 영광을 얻게 되었다는 사실에 흥분되었다. 여행을 준비하면서 전혀 예상하지 못했는데 정말로 기대가 되었다. 이곳에서 맞이하는 태양은 특별한 것일까? 태양의 모양이 세모일까? 네모일까? 파란색일까?

우리 아파트 사람들은 엄두도 내지 못하는 그랜드캐니언에서 나는 신년의 떠오르는 태양을 맞이 할 것이다. 그래서 그들과는 뭔가 다를 것이라고 기대한다. 이 태양은 신이 될 수도 있고 그냥 아무것도 아닌 그냥 태양일 수도 있다. 다가오는 새해의 태양은 희망을 주는 아주 특별한 태양이 되기를 기대해 본다. 기다림이란 항상 희망적이고 사랑을 품고 있다.

어쩌면 그랜드캐니언의 깊은 협곡을 물들이는 첫 햇살은, 내 인생의 깊은 골짜기를 따스하게 비추는 새로운 시작의 빛일지도 모른다. 시간이 빚어낸 웅장한 협곡처럼, 나의 과거와 미래가 만나는 이 순간에 서서, 내 안의 깊은 골짜기들을 바라본다.

태양이 대지의 주름을 따라 천천히 스며들듯, 희망은 삶의 굴곡진 풍경 속으로 조용히 스며든다. 이곳에서 맞이하는 새해의 빛은 단순한 자연현상이 아닌, 내 영혼을 깨우는 우주의 속삭임처럼 느껴진다. 장엄한 자연의 무대 앞에서 한 해의 첫 페이지를 조용히 넘기려 한다.

9

시간으로부터 자유로워지는 삶

　시간의 바늘이 가리키는 방향이 바뀔 때마다, 인생의 지도도 함께 새롭게 그려진다. 오랜 세월 조직이라는 단단한 틀 속에서 시계추처럼 규칙적으로 움직이던 일상이, 이제는 자유롭게 흐르는 물처럼 새로운 흐름을 찾아가기 시작한다.

　우리는 대부분의 삶을 시간에 구속된 채 살아간다. 매일 정해진 시간에 출근하고, 정해진 시간에 퇴근하며, 주어진 시간표대로 움직이는 삶이 몇십 년간 이어진다. 그리고 퇴직이라는 전환점을 맞이했을 때, 비로소 시간의 의미를 새롭게 마주하게 된다. 최근 옛 직장동료들과의 저녁 자리는 이러한 시간의 굴레에서 벗어난 퇴직 후의 다양한 모습을 보여주는 작은 축소판이었다.

　임원으로 퇴임한 후 중소기업에서 전무로 제2의 직장생활을 이어가는 동료는 여전히 시간에 매여 있는 삶을 선택했다. 그에게 있어 시간의 자유는 여전히 멀리 있는 목표일 것이다. 적어도 그는 자신의 전문성을 인정받으며 새로운 일터에서 가치를 창출하고 있다. 시간의 구속을 받아들이면서도 그 안에서 의미를 찾는 하나의 방식일 것이다.

반면 팀장으로 근무하다 명예퇴직을 맞이한 추 팀장의 이야기는 시간의 자유와 실존적 불안 사이에서 흔들리는 퇴직자의 현실을 적나라하게 보여준다. 해외와 국내 건설현장을 전전하며 일자리를 찾아 헤매다가, 마지막으로 일하던 회사마저 신사업 중단으로 일자리를 잃게 된 그에게 주어진 시간은 축복이 아닌 부담으로 다가왔다. 갑작스러운 자유시간은 오히려 그를 더 큰 고립과 불안으로 몰아넣었다.

그는 남아도는 시간을 소비하기 위해 자신이 좋아하던 마라톤에 참여하고, 겨울이면 수십 차례 눈 쌓인 산을 오르며 시간을 채워갔다. 서울 근교의 산들을 모두 섭렵하다시피 했고, 특히 청계산은 코스별로 훤히 꿰고 있을 정도였다.

하지만 함께 시간을 나눌 사람이 없어 혼자서 산을 오르내리며 마음을 달래는 그의 모습에서, 진정한 시간의 자유가 무엇인지에 대한 깊은 물음이 던져진다. 더구나 우울증으로 교직을 그만둔 아내와 아직 대학에 다니는 자녀들을 둔 가장으로서, 그의 시간은 결코 온전히 자유로울 수 없는 것이다.

이러한 현실 속에서 105세의 김형석 교수는 퇴직 후 시간을 어떻게 의미 있게 채워갈 수 있는지를 보여주는 귀중한 본보기가 된다. 철학자이자 수필가로서 현재도 왕성한 강연 활동을 이어가고 있는 그는 자유로운 시간을 끊임없는 배움과 활동으로 채우는 것의 중요성을 강조한다.

공부를 다시 시작하고, 새로운 취미를 발견하며, 절대 무위도식하지 말라는 그의 조언은 시간의 자유를 어떻게 축복으로 전환할 수 있는지를 보여준다. 특히 그는 학문이나 예술처럼 정년이 없는 분야에서 활동하는 것이 노후의 행복을 보장하는 길이라고 강조한다. 시간적 여유를 창조적 활동으로 승화시키는 방법을 제시하는 것이다.

시간의 자유는 단순히 물리적인 여유 시간의 확보만을 의미하지 않는다. 이은화의 《직장인 딱 3개월만 책 쓰기에 미쳐라》에서 잘 드러난다. 이 작가는 책 쓰기가 자존감과 명예, 새로운 기회라는 세 마리 토끼를 한 번에 잡을 수 있는 최고의 수단이라고 주장한다.

책을 쓰는 것은 단순히 지식을 전달하는 것을 넘어, 자신만의 시간을 만들어내고 시간을 의미 있게 채워가는 과정이다. 자신의 경험과 지혜를 글로 남기는 작업은 시간을 주도하여 생산적으로 활용하는 동시에 새로운 수입원을 창출하는 길이 될 수 있다.

김진형 은퇴 코치가 말하는 다양한 수입원 확보 전략은 경제적 자유와 시간의 자유를 동시에 얻는 방법을 제시한다. 주식과 부동산 투자, 저술 활동 등 여러 갈래의 수입 파이프를 구축하는 것은 단순히 경제적 안정만이 아닌, 시간을 자유롭게 활용할 수 있는 기반을 마련하는 것이다. 그가 말하는 '여러 개의 낚싯대를 던져놓고 기다리는 전략'은 시간의 자유를 확보하면서도 안정적인 수입을 창출할 수 있는 지혜를 담고 있다.

《부의 추월차선》의 저자 엠제이 드마코MJ DeMarco는 시간에 구속된 삶에 대해 날카로운 지적을 한다. 일주일에 5일은 노예처럼 일하고 2일을 쉬는 삶, 그리고 많은 이들이 1단 기어에 머물러 있는 삶의 패턴은 결국 시간의 노예로 살아가는 것이라 주장한다.

'언젠가'를 '오늘'로 만들어야 한다는 그의 철학은 시간의 주도권을 되찾아야 한다는 메시지를 담고 있다. 드마코의 관점에서 보면, 대기업 취업이나 공무원이 되는 것은 단지 또 다른 형태의 시간적 구속을 선택하는 것에 불과하다.

드마코의 메시지는 나에게 깊은 울림을 주었다. 대기업 임원이라는 타이틀에 연연하며 매년 연말 인사철마다 가슴 졸이며 보냈던 시간들, 공장 안정가동을 핑계 삼아 절을 찾기도 했던 과거의 모습들은 모두 시간의 구속 속에서 살아온 흔적이었다. 이러한 불안정한 시간들은 겉으로는 안정된 직장생활처럼 보였지만, 실상은 더 큰 시간적 구속과 심리적 부담을 안겨주었다.

퇴직 후 남는 시간을 어떻게 주도하며 살아갈 것인가? 그것은 마치 오랫동안 좁은 새장에 갇혀 있다가 갑자기 넓은 들판에 놓인 새와 같은 상황일 수 있다. 처음에는 그 광활한 자유가 두렵고 낯설게 느껴질 수 있다. 하지만 점차 자신만의 날갯짓을 익히고, 새로운 비행의 즐거움을 발견하게 될 것이다. 이것이 바로 추구해야 할 진정한 시간의 자유일 것이다.

이제는 진정한 시간의 자유를 찾아 나서려 한다. 그것은 단순히 정해진 출퇴근 시간에서 벗어나는 것이 아닌, 자신의 삶을 주도적으로 설계하고 운영할 수 있는 상태를 의미한다. 일하지 않으면서도 수입을 얻을 수 있는 소극적 소득의 실현, 자신만의 속도로 살아갈 수 있는 자유, 이는 결코 드마코만의 특권이 아닐 것이다.

시간의 자유는 두려움의 대상이 아니다. 백지에 자신만의 색채와 손길로 인생을 그려나가는 것이다. 늦었다고 생각할 때가 가장 빠른 때라는 말처럼, 오늘부터 시작하는 작은 변화가 시간으로부터의 진정한 자유를 향한 첫걸음이 될 것이다.

인간에게 주어진 시간은 유한하지만, 그 시간을 채워가는 방식은 무한하다. 퇴직 이후의 삶이 단순한 휴식이나 무위의 시간이 되지 않으려면, 지금부터 그 시간을 어떻게 채워갈지 진지하게 고민하고 준비해야 한다.

새로운 지식을 습득하고, 오래된 취미를 발전시키며, 새로운 인연을 만들어가는 과정에서 비로소 시간의 진정한 주인이 될 수 있을 것이다. 이것이야말로 모두가 꿈꾸는 은퇴 후의 모습이며, 시간의 자유가 선물하는 진정한 행복일 것이다.

시간이라는 투명한 날개를 달고, 이제 비로소 자유롭게 날 수 있게 되었다. 이슬에 젖은 아침 들녘처럼 매일이 새롭고, 깊어가는 숲의 향기처럼 매 순간이 더 풍요로워진다. 영혼은 시간의 쇠사슬을 벗고 마침내 본연의 춤을 추기 시작한다.

어서 와, 칠순은 처음이지
.

임종호

칠십, 인생의 황혼녘에 새로운 도전을 시작했습니다. 붓에 물감을 찍어 칠해 보기도 하고, 어설픈 칼질로 요리란 걸 해보기도 하고, 노트북에 생각나는 대로 한 자씩 써 내려가 보았지만, 어느 것 하나 익숙하지 않아 쉬운 일은 없습니다.

서툰 붓놀림에 캔버스는 얼룩지고, 칼질은 어설퍼 냄비 속 요리는 엉성하기만 합니다. 노트북에 찍힌 글자들은 낯설고 어색하기 짝이 없습니다.

나이 듦이 아쉬워 이것저것 해보려 애쓰지만, 몸은 마음처럼 따라주지 않습니다. 삐걱거리는 몸과 멍한 정신을 가다듬고 캔버스 앞에 앉아보지만, 마음속 풍경은 좀처럼 그려지지 않습니다. 요리 재료를 안고 조리대 앞에 서보지만, 익숙했던 요리조차 낯설기만 합니다. 노트북을 마주하고 책상 앞에 앉아보지만, 머릿속 생각은 쉽게 정리되지 않습니다.

이 글은 늙은 청춘의 서툰 기록들입니다. 글쓰기를 하며 삶의 희로애락은 느껴보려 한 게 때로는 좌절스럽고, 때로는 안타깝습니다. 칠십이라는 나이는 새로운 것을 이것저것 해 보기에는 너무 늦은 것은 아닐까, 끊임없이 되뇌는 질문과 씨름하며, 그럼에도 불구하고 포기하지 않고 써내려 본 짧은 저의 이야기입니다.

1

어서 와, 칠순은 처음이지

일흔 번째 생일날, 나는 마치 동화 속에서 튀어나온 듯한 벌룬 플라워를 선물 받았다. 국화와 물망초, 데이지가 풍성하게 담긴 투명한 풍선은 눈이 부시도록 빛나고 있었다.

"축 칠순. 어서 와 칠순은 처음이지. 빛나는 70대를 응원한다."

사랑스러운 문구가 적힌 리본을 보며 나는 심쿵. 올해 아흔넷이신 어머께서 칠순을 맞이한 아들에게 보내주신 특별한 선물이었다. 칠순의 나이에 어머니로부터 이런 재치 넘치는 축하를 받을 수 있는 사람이 과연 얼마나 될까?

우리 집안은 예로부터 장수의 축복을 받아왔다. 증조할아버지는 여든여덟의 수를 누리셨고, 할아버지 또한 그러하셨다. 아버지께서는 여든여덟 번째 생신을 맞이하시던 해 설날 온 가족이 모인 자리에서 마치 유언과도 같은 말씀을 하셨다. "나도 금년에는 갈 것 같으니 준비를 해야겠다. 너희들도 마음의 준비를 해 두어라." 그리고 여든여섯에 직접 쓰신 자서전 《황매산 바람소리》를 한 부씩 나누어 주셨다.

아흔다섯이신 아버지께서는 어머니와 나란히 앉아 아들의 칠순 생일을 축하해 주셨다. 건강하신 부모님을 모시고 칠순잔치를 하는 사람은 정말 흔치 않을 것이다. 아들의 칠순을 지켜보시는 부모님도 복받으신 분들이지만, 그 아들은 가슴이 찡한 큰 축복을 받았다.

아버지께서 칠순을 맞이 하시던 해였다. 설날 50여 명이 넘는 가족과 친척이 모여 세배하고 차례를 지냈다. 각자의 집으로 돌아간 후, 밤 11시경 할머니께서 갑작스레 세상을 떠나셨다. 4일장을 치루고 고향 선산에 할머니를 모셔드리고 고향집에서 하루를 보냈다. 서울로 돌아온 다음 날 할아버지께서도 갑자기 의식을 잃으시고 병원에 입원하신지 보름 만에 돌아가셨다. 연이은 상을 당하여 힘들어하시는 아버지를 대신하여 할아버지 장례 절차를 도맡아 처리했다. 이로 인해 아버지의 칠순잔치는 이듬해 어머니와 함께 차려드렸다.

롯데호텔 지하 1층 연회장에서 칠순잔치를 해드리면서도 마음 한구석에는 '내 칠순에는 누가 이렇게 해줄까?' 하는 생각이 스쳤다. 하지만 '이제 겨우 마흔넷이니 아직 한참 멀었는데 별걱정을 다 하고 있네' 하며 스스로 멋쩍어하며 웃어넘겼다. 세월은 빨리도 흘러 어느덧 칠순의 나이가 되고 보니, "헛되고 헛되니 모든 것이 헛되도다"라는 성경 구절이 가슴에 와닿았다.

'칠순을 어떻게 보내야 하나, 칠순 날 아들과 딸이 어떻게 축하해 줄까?' 은근 기대했지만 아이들과 아내는 나의 칠순에 별다른 관심을 보이지 않았다.

친구들은 해외여행을 가거나 가족들과 특별한 이벤트를 했다고 했다. 오랜 우정을 이어온 고교 동창 일곱 부부는 스스로 자신의 칠순 축하 자리를 마련해 초대해 주었다. 우리는 함께 모여 축하해 주고 지난

날을 회상하며 즐거운 하루를 보냈다. 하지만 나는 조금 더 특별한 칠순을 보내고 싶었다. 칠십 년의 삶을 되돌아보며, 오늘날의 나를 있게 해준 분들에게 한 분 한 분 감사의 마음을 전하고 싶었다.

우선 나를 낳아 키워주신 부모님, 어린 시절 나를 돌봐주신 당숙부님, 학업을 도와주신 숙부님과 진외가 아저씨, 네 분께 감사의 손편지를 쓰고 작은 선물을 준비했다. 분당의 아담한 한정식집에 부모님과 형제들, 아이들 그리고 세 분 부부를 모시고 조촐한 생일 모임을 가졌다.

칠순인데 스스로 잔칫상을 차린 기분이랄까 웬지 어색하고 섭섭한 마음이 들었다. 케이크 초를 켜고 가족이 함께 일흔 번째 생일을 축하하는 노래를 불러주었다. 부모님과 함께 촛불을 끄고 넷이서 기념사진 한 장 찍었다.

"잠시 주목해 주세요. 칠순을 맞아 오늘의 제가 있기까지 낳아주시고 어린 시절 성장하는 저를 돌봐주셔서 꼭 감사하고 싶은 분들에게 작은 선물과 감사의 편지를 썼습니다"라고 말했다. 스스로 눈가가 촉촉해지고 쑥스럽기도 했다.

부모님께 감사의 손편지를 찬찬히 읽어 드렸다. 귀가 어두우신 아버지는 묵묵히 바라보시다가 손편지를 건네 받으시자 아련한 미소를 지으셨다. 숙부님과 당숙부님, 진외가 아저씨께도 차례로 편지를 읽어드리고 선물을 전해 드렸다. 세 분 모두 예상치 못한 감사 편지와 선물에 감격해 하셨다. 특히 진외가 아저씨는 왜 초대를 하는지 궁금해하셨다면서 깜짝이벤트에 놀랐고 잊지않고 기억해 주어서 고맙다고 하셨다. 어릴 때 가까이 사셨던 숙모님은 옛 생각이 나시는지 웃으셨다.

네 분께만 감사의 마음을 전하자, 옆에 있던 딸이 서운한 듯 말했다. "아니, 엄마랑은 사십 년 넘게 살았고 아빠가 아플 때마다 간병했는데, 엄마한테는 왜 고맙다는 편지가 없는 거야?"

식사를 마치고 새로 이사한 집에서 집들이 겸 다과를 즐긴 후, 아이들이 준비한 칠순 선물을 받았다. 조용히 주머니에서 편지를 꺼내어 가족들에게 말했다. "아직 편지가 하나 남았습니다. 42년간 함께해준 아내에게 보내는 감사 편지입니다."

잠시 놀란듯 다들 조용해지고 아내에게 감사의 손편지를 읽어주기 시작했다.

순간 목이 메고 눈앞이 아물거렸다. 만감이 교차하며 먹먹해지는 걸 간신히 참았다. 아내의 눈에도 눈물이 살며시 비쳤고, 수줍은 듯 옅은 미소가 얼굴에 피어올랐다.

"사랑하는 아내 은희에게. 둘이 함께한 지 어언 42년이 지나가고 나는 칠순이 되었소. 지난 날들을 돌아보니 당신을 기쁘게 해주고 행복하게 해주었던 날이 얼마나 있었는지 기억이 잘 나지 않는구료. 힘든 날과 가슴 아프게 했던 그 세월을 무슨 말로 위로하고 따뜻하게 감싸줘야 할지 막막하고 미안한 마음 뿐이라오. … 두 아이를 훌륭하게 키워주고 병든 나를 내치지 않고 지켜주어 고맙소. 우리 남은 삶 동안 행복하게 웃을 수 있도록 미약하겠지만 이 몸과 마음을 다 바치겠소." 가족들의 격려 박수가 쏟아지고 모두의 얼굴에 환한 웃음꽃이 피어났다.

아버지, 어머니, 이제부터 가까이에서 함께 살겠습니다.

2

앙증맞은 꽃마리 이야기

은퇴 후, 도시의 번잡함을 벗어나 맑은 공기를 마시며 살고 싶어 강동구 고덕동에 둥지를 틀었다. 서울 도심에 살면서 주변의 자연을 세심히 살펴볼 기회는 흔치 않다. 새로 이사한 이곳은 서울 최대의 재건축 단지임에도 불구하고, 단지 곳곳에 작은 공원이 숨어 있다. 산책을 즐기며 소소한 자연의 아름다움을 만끽하기에 더할 나위 없이 좋은 곳이었다. 자연스레 길가에 피어난 다양한 들꽃과 눈을 맞추고, 그들의 작은 속삭임에 귀 기울이게 되었다.

특히 고덕산과 인접한 까치공원을 거닐며 만난 꽃마리는, 그 어떤 화려한 꽃보다도 내게 깊은 감동을 선사했다. 작고 여린 꽃이 지닌 고귀한 생명력과 소박한 아름다움은 그 자체로 자연의 소중함을 일깨워주었다. 무심코 지나치기 쉬운 작은 꽃이었지만, 허리를 숙여 가까이 다가가자 비취색의 앙증맞은 다섯 장의 꽃잎이 햇살을 받아 반짝였다. 그 모습은 마치 작고 여린 생명이 발하는 강렬한 빛처럼 애처롭고 아름다웠다.

꽃마리라는 이름은 가느다란 줄기 끝에서부터 돌돌 말려 있던 꽃이 피기 시작하면 태엽이 풀리듯 점점 풀리면서 아래서부터 위로 순서대로 피어 올라간다고 하여 '꽃말이'로 불리다 '꽃마리'가 되었다고 한다. 그 이름처럼, 꽃마리는 마치 작은 나선형의 우주를 펼쳐 보이듯, 신비로운 모습으로 피어났다.

아련한 어린 시절, 시골 들판에서 친구들과 뛰놀던 기억이 떠올랐다. 그때도 꽃마리는 그 자리에 있었을 것이다. 농부들에게는 쓸모없는 잡초로 여겨져 제초제를 뒤집어쓰기 일쑤였지만, 꽃마리는 강인한 생명력으로 살아남았다. 도시화로 인해 자연 속의 많은 소소한 생명들이 사라져 갔지만, 꽃마리는 여전히 공원이나 길가의 풀숲 한구석에서 꿋꿋하게 자리를 지키고 있었다.

봄이 되면 산과 들에는 온갖 식물의 새순이 돋아나고 아름다운 꽃들이 만개한다. 그 속에는 갓냉이, 봄맞이꽃, 황새냉이, 꽃다지, 꽃마리, 별꽃, 쇠별꽃, 봄까치꽃, 애기똥풀 등 저마다의 아름다움을 뽐내며 피어난다. 하지만 우리는 이들을 '잡초'라 부르며 하찮게 여긴다.

'가꾸지 않아도 저절로 나고 자라는 여러 가지 풀로서, 원하지 않는 곳에 자라거나 경제적 이용 가치가 없는 모든 식물'이라는 정의처럼, 우리는 원하지도, 심지도, 가꾸지도 않았다는 이유로 이들을 함부로 대한다. 그 결과 꽃마리 역시 잡초라는 이름으로 무참히 뽑혀버리곤 한다.

하지만 이제 나에게 꽃마리는 더 이상 이름 모를 들꽃이나 잡초가 아니다. 행여나 밟을까 조심스러운, '나를 잊지 말아 달라'는 사랑의 꽃이 되었다. 2mm 정도의 아주 작은 꽃잎을 가진 꽃마리는, 그 작은 꽃잎들이 모여 그 어떤 꽃보다 완벽한 자태를 뽐낸다. 작은 꽃은 우리

에게 작지만 결코 작지 않은 큰 의미를 전해준다. 일상 속에서 작고 눈에 띄지 않는 것들의 소중함을 일깨워준다.

봄이 시작되면 꽃마리는 나를 설레게 하고, 만날 때마다 따스한 위로의 미소와 소소한 행복을 안겨준다. 바쁜 일상 속에서도 잠시 멈춰서 작은 꽃을 바라보면, 마음의 평온을 느낄 수 있다. 그 순간은 꽃마리와 단둘이 눈 맞추며 홀로 행복감에 휩싸인다.

밤새 내린 이슬에 젖은 꽃잎들이 햇빛을 받아 반짝이는 모습은 경이롭다. 작은 꽃 하나에 이렇게 큰 아름다움이 담길 수 있을까. 그저 지나치기 쉬운 작은 꽃이지만, 그 안에 담긴 이야기는 결코 작지 않다. 꽃마리는 매년 같은 자리에서 나를 기다리고, 나는 꽃마리를 찾아가는 즐거움을 누린다.

강아지풀 옆에 무심히 자리 잡고 있어 눈에 잘 띄지 않지만, 머리를 숙여 가까이 다가가면 비췻빛 꽃마리는 늘 방긋 웃으며 반긴다. "나랑 자주 만나요. 그리고 나를 잊지 말아요."

꽃마리를 통해 우리는 일상의 소소한 행복을 놓치지 않고, 작은 것들에 감사하는 마음을 배운다. 꽃마리는 단순한 잡초가 아니라, 우리에게 소중한 교훈을 전해주는 작은 선물이다. 우리 주변의 작은 존재를 기억하고 감사하는 마음을 가지는 것이 진정한 행복을 찾는 길이 아닐까.

함께여서 더 아름다운 들꽃 꽃마리를 보면 나태주 시인의 '풀꽃'이라는 시가 자연스레 떠오르며 입가에 미소가 번진다.

자세히 보아야 예쁘다 / 오래 보아야 사랑스럽다 / 너도 그렇다

3

하늘에서 내려온 별 이야기

풀숲 속에서 앙증맞은 꽃마리를 만난 후, 나는 작고 여린 꽃과의 사랑에 깊이 빠져들었다. 자연 속에 숨겨진, 눈에 잘 띄지 않는 사랑스러운 들꽃들이 궁금해졌다. 풀숲을 마주칠 때마다 가만히 다가가 쪼그리고 앉아 두리번거리며 그들을 조용히 불러보았다.

처음 마주치는 앙증맞은 꽃들과 눈 맞춤을 하고 사진을 찍어 인터넷에서 바로 이름을 확인했다. 냉이꽃, 나도냉이꽃, 고추냉이꽃, 갓냉이꽃, 개갓냉이꽃, 황새냉이꽃, 콩다닥냉이꽃, 좁쌀냉이꽃, 씀바귀, 질경이꽃, 잔디꽃, 애기똥풀, 봄맞이, 고마리, 수호초 등 작고 귀여운 들꽃과 친구가 되어갔다.

동네 까치공원에는 좁쌀만 한 하얀 별들이 무수히 모여 있었다. 작고 하얀 꽃잎들이 햇빛을 받아 반짝이는 모습은 마치 땅으로 떨어진 작은 별 부스러기들을 보는 듯했다. 어린 시절, 사방이 산으로 둘러싸인 산골의 밤하늘에서 수많은 별을 쳐다보던 추억이 떠올랐다. 마치 포근한 고향 산골에 와 있는 듯한 평온을 느낄 수 있었다.

하얀 별 조각, 별꽃은 작은 별 모양의 꽃받침과 다섯 개의 꽃잎을 가진 흰 빛깔의 아주 작은 꽃이다. 별처럼 빛나는 이 작은 꽃은 우리 주변에서 흔히 볼 수 있지만, 워낙 줄기와 잎이 작아 자세히 보기 전에는 눈에 띄지 않아 지나치기 쉽다. 꽃잎의 끝이 둘로 갈라져 있어 마치 열 개의 꽃잎을 가진 것처럼 보인다. 이 작은 꽃들은 주로 봄부터 여름까지 피며 가을에도 볼 수 있다고 한다. 하지만 슬프게도 농작물을 재배하는 농민들의 눈에는 사계절 악성 잡초로 불리며 천대를 받는 대표적인 잡초 중 하나이다.

별꽃과 비슷한 쇠별꽃은 별꽃보다 더 작은 꽃을 피운다. 봄부터 여름까지 피어나는 쇠별꽃의 '쇠'는 작다는 의미이며, 이름 그대로 작고 소박한 매력을 가지고 있다. 쇠별꽃은 올림픽공원의 풀숲에서 처음 만났다. 그 작은 꽃들이 무리 지어 피어있어 다가가 보니 별꽃과는 조금은 달랐다. 한참을 쳐다보다 사진으로 비교해 보았다. 하늘에서 떨어진 하얀 별처럼 아름답지만 밭에서는 채소류보다 더 많이 보이는 잡초 쇠별꽃.

이름이 비슷한 별꽃아재비는 열대 아메리카 원산의 귀화식물로 역시 악성 잡초로 분류한다. 별꽃처럼 작고 크기가 비슷하게 닮았지만 종이 달라 우리나라에서는 별꽃아재비로 불린다. 이 꽃은 초여름부터 늦가을까지 지천에서 꽃을 피우며 하얀 혀 모양 꽃잎은 갓 돋아나기 시작한 아기 이 같고, 가운데에는 꽃잎이 없는 노란 통꽃이 모여 있다. 혀 모양 꽃잎은 세 갈래로 갈라져 있고 털이 많고 혀꽃부리가 큰 건 털별꽃아재비로 불린다.

주로 햇빛이 잘 드는 곳에서 자라며, 그 작은 꽃들이 모여서 무리 지어 피어있으면 노란 별들이 반짝이는 듯하다. 털별꽃아재비의 꽃말은

쇠별꽃   털별꽃아재비

'순박함'이지만 안타깝게도 이 꽃도 농부들에게 '쓰레기꽃'으로 불린다. 털이 많이 붙어 있어 털별꽃아재비라 불리는 한해살이풀은 초겨울에도 꽃을 피운 모습을 심심치 않게 발견할 수 있을 정도로 질긴 생명력을 가지고 있다. 10월 말에 이사한 용인 수지의 광교산 자락에서 11월 초에 마주하게 되었다.

서울의 번화한 도시생활 속에서도 이 작은 꽃들을 발견하는 것은 나에게 큰 기쁨을 준다. 자연의 소중함을 다시금 깨닫게 해주며, 일상 속에서 작은 행복이 바로 이런 것이구나 깨닫게 해준다. 별꽃, 쇠별꽃, 별꽃아재비 그리고 털별꽃아재비는 작고 소박하지만, 그 안에 담긴 이야기는 하늘에서 내려온 작은 천사 별의 이야기이다. 마치 밤하늘의 별들이 땅으로 내려와 작은 꽃잎에 깃든 듯, 그들은 소리 없이 우리 곁을 밝혀준다.

봄이나 여름철에 아니면 초겨울이라도 가까운 공원이나 조그만 들녘으로 나들이 간다면, 길가의 풀숲에 조용히 다가서서 허리를 굽히고 잡초인 그들을 찬찬히 한 번만 쳐다봐 주길 바란다. 잠시 후 그들이 살며시 머리를 들고 당신에게 이렇게 인사할 것이다.

"처음 뵙습니다. 제 이름은 저도 몰라요. 하지만 괜찮아요. 당신의 눈길이 닿는 순간, 우리는 비로소 존재의 의미를 찾으니까요. 그냥 눈에 담아만 주세요. 저를 자주 쳐다보면 행복해질 거예요." 마치 오랜 친구를 만난 듯, 그들은 당신에게 따스한 미소를 건네며 작은 행복을 선사할 것이다.

4

병상일기

링거용 굵은 주삿바늘이 차가운 금속성을 드러내며 왼쪽 팔에 깊숙이 파고들었다. 간호사의 나직한 목소리가 귓가를 스쳤다. "이건 다른 주삿바늘보다 굵어서 조금 더 뻐근하고 아플 거예요." 그 말에 잠시 후 맞이할 심장 수술의 고통을 가늠해 보았다. 가슴의 뼈를 가르고 열어서 심장 박동을 일시 멈추고 심장까지 절개하여 판막을 성형하는 상상만으로도 끔찍한 수술해야 한다. 수술이 끝난 후에는 또 얼마나 더 아파야 할까. 아니, 그보다 먼저 수술이 무사히 끝나고 내가 다시 눈을 뜰 수나 있을까.

사흘 전, 서울대병원에 입원하여 수술에 필요한 많은 검사를 마쳤다. 수술 전날에는 만일의 사태에 대비해 사타구니의 털을 밀어냈다. 담당 레지던트의 꼼꼼한 문진, 특히 흡연 여부에 대한 질문은 수술 후 회복에 대한 불안감을 더욱 증폭시켰다. 하지만 이상하리만치 수술 전날 밤은 평온했다. 마치 폭풍전야처럼 고요한 밤이었다.

월요일 아침 8시. 집도의가 주말을 푹 쉬고 하는 첫 번째 수술타임이라 프라임타임이라고. 순전히 고등학교 친구인 집도의의 빽이다.

굵은 주사바늘의 뻐근함이 채 가시기도 전에 보조원이 이송용 침대를 밀고 들어왔다. 침대에 몸이 뉘여지자 금속의 차가운 냉기가 등줄기를 타고 올라왔다. "임종호 씨 맞으시죠? 생년월일이 언제죠?" 신원 확인 후, "자, 이제 수술실로 가실 겁니다." 짧은 말이 끝나자 병실 문이 열리고 수술실로 실려가기 시작했다.

회색빛 병원 복도 천장만이 시야를 가득 채웠다. 그동안 병원 침대에 실려 가는 환자들을 보며 안타까워했던 생각이 스쳐 지나갔다. 이제 내가 그 주인공이 되었다니. 눈을 감으니 캄캄한 어둠 속에 온갖 생각들이 파도처럼 밀려왔다. 어차피 피할 수 없는 운명이라면 그저 받아들여야지. 그렇게 마음을 다잡으며 수술실로 실려갔다.

침대 끝을 붙잡고 따라오며 아내가 애써 밝은 목소리로 말했다. "정택 아빠, 아무 일 없을 거야. 걱정하지 마. 수술 잘 받고 나와서 크리스마스는 꼭 일반 병실에서 보내자." 하지만 아내의 자그맣게 떨리는 목소리, 애써 감추려는 불안한 눈빛에 나는 차마 아내를 쳐다볼 수 없었다. 미안함과 안쓰러움에 뜨거운 눈물이 스스르 뺨을 타고 흘러내렸다.

수술실 안은 차가운 공기와 스산한 긴장감이 가득했다. 수술 대기 환자들의 침대가 다닥다닥 붙어 있었고, 각가지 의료 기기들이 낯선 소리를 내고 있었다. 잠시 고개를 돌려 보니 수술실 입구가 보이고, 잠시 열린 유리문 너머로 아내가 애처로운 눈빛으로 손을 흔들고 있었다. 그 모습에 가슴이 더 미어지는 듯했다.

간호사의 마지막 신원 확인 후, 수술실 안으로 옮겨졌다. 대여섯 명의 의료진이 분주하게 움직이며 나를 수술대 위로 옮겼다. 차가운 금속 냉기에 온몸이 움츠려 들었다. 그나마 덮고 있던 이불을 확 걷어 버려서 온몸이 덜덜 떨리며 두려움이 밀려오기 시작했다. 다행히 수술용인지 모를 따스한 천을 덮어주어 온기가 스며들며 서늘함과 두려움이 스르르 가라앉았다. 그동안 여러 가닥의 관이 여기저기 몸에 연결되고, 얼굴에 무언가를 뒤집어 씌웠다.

"환자분 하나, 둘, 셋… 숫자를 세어 보세요." "하나, 두, 세…." 순식간에 잠이 들었다.

8년 전, 심장판막 이상 진단을 받은 후 꾸준히 흉부외과 진료를 받아왔다. 최근에는 심방세동으로 응급실에 두 번이나 실려 왔다. 더는 시간을 지체할 수 없었다. 심장초음파 검사 결과, "지금 상태로는 수술을 하는 것이 삶의 질을 높이는 데 훨씬 좋습니다" 하는 의사의 단호한 말에 수술을 결심했다.

수술은 승모판협착으로 좁아진 판막을 늘리고 펴는 '부정맥을 동반한 심장판막성형술'로 결정되었다. 마취 후 인공심장을 연결하고, 심장을 잠시 멈춘 후 좁아진 판막을 늘이고 성형하는 고난도 수술이었다. 이 상태에서 부정맥 예방을 위해 이상 전류를 차단하고, 다시 심장을 뛰게 하는 과정은 마치 생명의 불씨를 다시 살려내는 듯한 것처럼 신성하게 느껴졌다.

수술 시간은 약 6시간. 긴 숙면을 마치고 누군가 깨우는 소리에 희미하게 의식이 돌아왔다. "여보, 힘든 수술 잘 견뎌내 줘서 고마워. 수술은 잘 됐대." 아내의 목소리가 천사가 부르는 소리처럼 들렸다. 간신히 눈을 뜨고 물끄러미 쳐다보다 안도의 눈물이 쏟아지며, 온몸을 짓누르는 극심한 통증이 느껴졌다. '아, 내 심장이 어디 있지?' 마치 심장이 몸 밖으로 꺼내진 듯한 고통이었다.

"환자분, 눈을 더 크게 떠보세요. 여기가 어딘지 아시겠어요? 수술 끝나고 중환자실로 나왔어요." 간호사의 목소리가 들려왔다. "숨을 크게 들이쉬고 아프더라도 기침이 나오면 참지 말고 세게 해서 가래를 반드시 뱉어내셔야 해요." 의식이 돌아오자 소란스러운 중환자실의 천장이 눈에 들어왔다. 온몸이 묶여 조금도 움직일 수 없어 불편하고, 어디가 아픈지도 모를 만큼 극심한 통증이 밀려왔다.

"아빠." 딸이 부르는 소리가 들렸다. "수술 잘 끝났대. 걱정 안 해도 된대. 힘들었지?" 딸의 위로에 다시 눈물이 쏟아졌다. 아무것도 기억나지 않고, 몸만 어느 외딴 곳에 홀로 버려진 듯 낯설고 고통스러웠다.

중환자실의 소음은 상상 이상이었다. 답답한 마음에 말을 하고 싶었지만, 인공호흡기 때문에 목소리조차 나오지 않았다. 간호사는 손짓으로 불편한 곳을 가리키라고 했고, 나는 입을 가리켰다. "아! 환자분, 지금은 인공호흡기 때문에 말을 할 수 없어요. 숨을 크게 쉬어야 호흡기를 뗄 수 있어요." 간호사의 말에 나는 이를 악물고 숨을 쉬었다.

보이지 않지만 수많은 의료 기기들이 내 몸에 연결되어 있었다. 소변은 배뇨관을 통해 저절로 나왔고, 복부에는 흉관이 연결되어 체액이 빠져나갔다. 자동 혈압계, 심전도, 산소포화도 등 각종 기기들이 쉴 새 없이 작동하며 내 생명을 지켜주고 있었다. 매일 세 명의 간호사가 전신 목욕을 시켜주고 침대 시트를 갈아주었다. 그들은 천사처럼 고통과 싸우며 지친 나를 돌보아 주었다.

수술 직후 얼굴은 퉁퉁 부었고, 체중도 5~6kg 늘어 있었다. 계속해서 기침하고 가래를 뱉어내자 조금씩 숨쉬기가 편해졌다. 집도의는 수술이 잘 되었고, 현재 별다른 문제가 없으니 조금만 더 지켜보고 인공호흡기를 떼겠다고 했다.

저녁 10시, 드디어 인공호흡기가 제거되었다. 하늘을 얻은듯한 해방감과 동시에 말할 수 있다는 기쁨에 미소가 지어졌다. 하지만 기쁨도 잠시, 코로 고무호스를 집어넣어 다시 불편함과 고통이 이어졌다. 통증이 심할 때 누르는 진통제 버튼을 무심코 계속 누른 탓에 이틀간 환각과 섬망에 시달리게 되었다.

중환자실은 마치 전쟁터와 같았다. 여기저기서 터져 나오는 고통의 신음 소리, 분주하게 움직이는 의료진들. 그 속에서 생사의 기로에 섰다 간신히 생명을 되찾은 나약한 인간들이 발버둥 치고 있었다.

이틀 밤을 중환자실에서 보내고 드디어 일반 병실로 옮겨졌다. 몸에 붙어 있던 각종 기기들을 하나씩 떼어내자 비로소 살아있음을 실감했다. 일반 병실은 천국의 안방처럼 조용하고 아늑했다. 하지만 마약성 진통제 부작용으로 밤새 잠을 설치고 헛것을 보며 고통에 몸부림쳤다.

25일 크리스마스, 아내의 소원대로 일반 병실에서 맞이하게 되었다. 딸은 새로운 삶을 선물받은 기념으로 스마트폰을 사 왔다. 고마움에 눈물이 핑 돌았다. 밤새 헛것을 보고 고통스러워하는 나를 위해 아내는 200kg이 넘는 휠체어를 밀며 복도를 두 시간 넘게 걸었다. 아내의 헌신에 미안함과 고마움이 뒤섞여 가슴이 먹먹해졌다.

다음날, 흉관과 배뇨관이 제거되자 몸이 한결 가벼워졌다. 이제 링거 하나만이 남은 몸은 깃털처럼 날아갈 듯 가벼워졌다. 나흘 전 심장 수술을 받은 환자라고는 믿기지 않을 만큼 몸 상태는 빠르게 회복되고 있었다. 하루이틀 더 병원에서 안정되면 퇴원하겠지 생각했는데, 저녁 회진을 하기 전 병실에 들른 집도의가 뜻밖의 말을 건넸다. "오늘 퇴원할래?" 이게 뭐지. 어리둥절해하며 오늘은 늦었으니 내일 퇴원 하겠다고 대답했다.

그날 밤, 고등학교 절친 7부부가 급히 병문안을 왔다. 같은 집도의에게 수술을 받은 친구가 내 퇴원 소식을 듣고 급히 연락을 돌린 것이었다. 좁은 병실에 12명이 한꺼번에 들어올 수 없어 나는 휴게실로 나가 친구들을 맞이했다. 회복이 빠른 나를 보며 한 친구가 농담을 건넸다. "야, 너 맹장 수술했냐? 닷새 만에 퇴원하게?" 휴게실은 웃음으로 가득 찼었다.

다음 날 아침, 주치의가 집도의 회진하기 전에 물었다. "오늘 퇴원하시죠?" 나는 하루 더 있고 싶다고 대답했다. 그러자 집도의 친구가 회진을 돌다 나를 발견하고는 호통을 쳤다. "너 왜 퇴원 안 하고 있어?" 그는 즉시 주치의와 간호사를 불러 오늘 당장 나를 퇴원시키라고 지시했다.

"수술이 잘 되었으니 퇴원해도 괜찮아. 걱정 말고 집에 가서 잘 요양해. 그게 더 편할 거야." 집도의의 말에 아내는 더욱 기뻐했다. 하루라도 빨리 병원을 벗어날 수 있다는 것이 얼마나 좋은 일이냐며.

그래, 병원은 되도록 오지 않는 것이 좋고, 혹여 오더라도 하루빨리 벗어나는 것이 최고다. 집에 돌아오니 마음이 이렇게 편안하고 좋을 수가 없었다. 다시는 아프지 말아야지.

퇴원 후 처음 맞이한 새해 첫날이었다. 아내와 가족들이 집안 곳곳을 깨끗하게 꾸미고, 정성껏 준비한 음식으로 따뜻한 저녁 식사를 함께하며 새해의 기쁨을 나누었다. 그 순간, 마치 새로운 삶을 선물 받은 듯한 기분을 느꼈다. 죽음의 문턱에서 다시 살아 돌아온 나에게 주어진 새로운 시작, 사랑하는 가족들과 함께하는 소중한 시간들. 이 모든 것이 크나큰 축복으로 여겨져 꿈결처럼 아름다웠다.

집으로 돌아온 후, 나는 마치 새로운 세상에 발을 디딘 듯한 기분이었다. 병원에서의 고통스러운 시간은 아득한 옛날처럼 희미하게 느껴졌다. 창밖으로 보이는 푸른 하늘과 따스한 햇살, 그리고 가족들의 웃음소리는 그 어떤 것과도 비교할 수 없는 행복이었다.

매일 아침, 천천히 몸을 움직이며 산책을 했다. 아직은 숨이 가빴지만, 조금씩 걸을 수 있다는 사실에 감사했다. 가족과 친구들이 보내준 따뜻한 위로를 생각할 때마다 다시 한번 눈시울이 붉어졌다.

시간이 흐르면서 몸은 서서히 회복되고, 마음도 안정을 되찾았다. 다시 일상으로 돌아갈 준비를 했다. 하지만 이전과는 다른 마음가짐으로 삶을 대하게 되었다. 매 순간을 소중히 여기고, 감사하는 마음으로 살아가기로 다짐했다.

나는 조용히 두 손을 모아 기도했다. 앞으로 남은 삶을 더욱 값지고 의미 있게 살아가겠다고, 그리고 사랑하는 사람들과 함께 영원히 행복하겠다고.

수술하는 동안 나를 찾아와 위로해 준 부모님, 누나와 동생들, 특히 손에 따뜻한 나무 십자가를 쥐어주며 기도해 준 동생 종환이와 제수씨의 따뜻한 마음에 깊이 감사드린다.

중학교·대학 친구 이영환·이정희 부부, 고등학교 친구 황호근·최송이 부부, 엄기형·신영주 부부, 홍진표·하인정 부부, 김세준·이경옥 부부, 민용기·여위숙 부부, 신동석·김성영 부부 그리고 고등학교 동기 의사 친구들 김기봉, 허순철, 이영렬, 대학 친구 유동휘 부부, 롯데 동료 오성환, 이준수 씨에게도 깊은 감사의 말씀을 전한다.

인생의 쉼표, 그리고 새로운 시작

허병탁

　인생의 황금기에 접어든 지금, 글쓰기는 내게 든든한 동반자가 되었다. 젊은 시절에는 바쁜 일상에 쫓겨 미처 발견하지 못했던 삶의 소소한 아름다움과 깊이를 이제야 천천히 음미하며 글로 담아내고 있다. 사랑하는 이들과 함께한 소중한 순간들, 여행 중 마주한 낯선 풍경에서 느낀 감동, 그리고 예술 작품을 감상하며 느낀 미묘한 감정들을 기록하면서 마침내 그 순간들이 지닌 진정한 가치를 깨닫게 되었다.

　글쓰기는 이제 단순한 취미를 넘어 삶에 의미를 더해주는 성장의 기록이 되었다. 새로운 도전 앞에서 느끼는 설렘은 여전히 낯설지만, 그 감정을 끌어안고 한 걸음씩 나아간다. 글을 쓰는 동안, 멈춰 있던 나의 감정과 생각들이 서서히 움직이기 시작하는 것을 느낀다. 마치 마음속 깊이 잠들어 있던 이야기들이 깨어나 나를 새로운 시각과 세계로 이끄는 듯하다.

　지나간 시간을 되새기며 그 안에 담긴 이야기를 다시 떠올리는 여정은 인생의 감미로운 순간들을 만끽하는 특별한 경험이 되었다. 노트 위에 단어들이 차곡차곡 쌓일 때마다, 지나온 시간들이 내게 전하고자 했던 메시지를 비로소 이해하게 된다. 오늘도 변함없이 과거의 나와 대화를 나누며, 늦은 오후의 일기장을 써 내려간다.

1

여행의 설렘, 그리고 삶의 여정

첫 발걸음을 내딛는 순간, 가슴속에서 피어나는 미묘한 감정을 우리는 '설렘'이라고 부른다. 새로운 곳으로의 여행을 앞두고 느끼는 이 감정은 마치 봄날의 새싹처럼 일상에 생기를 불어넣는다. 여행 가방을 꾸리며 느끼는 기대감, 낯선 곳에서 마주칠 예측 불가능한 순간들에 대한 호기심, 그리고 새로운 경험을 통해 한 뼘 더 성장할 자신에 대한 기대가 뒤섞여 가슴을 두근거리게 한다.

여행은 단순한 물리적 이동이 아닌, 감각을 일깨우고 마음의 지평을 넓히는 영혼의 여정이다. 매일 반복되는 일상에서 벗어나 새로운 풍경을 마주하는 순간, 눈은 더욱 맑아지고 마음은 한결 가벼워진다. 익숙한 것들로부터의 탈출은 새로운 시각을 선사하고, 그동안 당연하게 여겼던 것들의 소중함을 일깨워 준다.

여행지에서 마주치는 예상치 못한 상황들은 때로는 우리를 당황하게 하지만, 이 또한 여행의 묘미이다. 계획대로 흘러가지 않는 상황 속에서 유연성을 배우고, 문제 해결 능력을 키워 간다. 때로는 지도를 잘못 보고 길을 잃고 헤매다 우연히 발견하는 아름다운 장소들, 이 모든 경험이 모여 여행을 더욱 풍성하게 만든다.

여행은 우리에게 '현재'를 선물한다. 일상에서는 과거의 후회나 미래에 대한 불안에 사로잡혀 있을 때가 많지만, 여행 중에는 지금 이 순간에 오롯이 집중하게 된다. 눈앞에 펼쳐진 풍경을 감상하고, 새로운 음식의 맛을 음미하며, 낯선 문화를 체험하는 과정에서 '지금 이 순간'을 강렬하게 느낀다.

다양한 사람들과의 만남 역시 큰 설렘을 안겨 준다. 서로 다른 배경과 문화를 가진 이들과의 교류는 시야를 넓히고, 세상을 바라보는 새로운 관점을 제시해 준다. 짧은 대화 속에서도 그들의 삶의 지혜를 배우고 인간애의 따뜻함을 느끼며, 이러한 만남들은 여행이 끝난 후에도 오랫동안 마음속에 남아 깊은 여운을 남긴다.

여행은 또한 자신과의 대화 시간을 제공한다. 익숙한 환경에서 벗어나 홀로 있는 동안, 그동안 미뤄두었던 내면의 소리에 귀 기울이게 된다. 자신의 꿈과 가치관, 삶의 방향에 대해 깊이 생각해 볼 수 있는 이 시간은 새로운 통찰을 안겨 주고, 때로는 인생의 중요한 결정을 내리는 계기가 되기도 한다.

세계적인 작가 마크 트웨인은 "20년 후, 당신은 했던 일보다 하지 않았던 일들을 더 후회하게 될 것이다. 그러므로 닻을 올려라. 안전한 항구를 떠나 무역풍에 돛을 맡겨라. 탐험하라. 꿈꾸라. 발견하라"라고 했다. 이처럼 여행은 새로운 도전의 기회를 제공하고, 그 도전을 통해 성장할 수 있는 계기를 마련해 준다.

여행이 주는 설렘은 여행 기간에만 국한되지 않는다. 준비 과정에서 느끼는 기대감, 여행 중의 다양한 감정들, 그리고 여행이 끝난 후에도 오래도록 남는 추억들이 일상에 활력을 불어넣는다. 여행에서 돌아온 후, 우리는 일상의 소소한 것들에서도 새로운 아름다움을 발견하게 되고, 더 넓은 시야로 세상을 바라보게 된다.

결국, 여행과 설렘은 삶의 은유다. 인생이라는 긴 여정 속에서 끊임없이 새로운 경험을 마주하며, 예측할 수 없는 상황들을 헤쳐 나간다. 이 과정에서 느끼는 두려움과 설렘, 그리고 그것을 극복했을 때의 성취감이 우리의 삶을 더욱 풍성하고 의미 있게 만드는 것이 아닐까.

2

팝송으로 떠나는 시간 여행,
그 시절의 나를 만나다

누구나 한 번쯤은 경험했을 것이다. 길을 걷다 우연히 들린 노래 한 소절에 갑자기 온몸에 전율이 스치는 그 순간을. 그리고 물밀듯 밀려오는 추억들을. 음악은 기억을 담아두는 타임캡슐이다. 한 곡의 노래가 흘러나오는 순간, 기억은 마치 오래된 필름처럼 되감기 시작한다.

다섯 살 위인 형 덕분에 나는 초등학생 때 일찍이 팝송의 세계에 입문할 수 있었다. 또래 친구들이 가요만 듣던 시절, 자연스레 비틀즈, 비지스, 엘튼 존의 노래를 흥얼거렸다. 비록 노래 가사의 의미를 온전히 이해하지는 못했지만, 그들의 음악은 이미 내 영혼을 울리기에 충분했다.

영어를 배우기 전에 팝송을 통해 자연스럽게 외국 문화를 접한 것은 인생의 큰 변곡점이 되었다. 중학교에 입학하면서 본격적으로 영어를 배우기 시작했고, 이미 익숙해진 팝송 가사는 자연스럽게 영어 공부의 디딤돌이 되었다. 수업 시간에 배우는 딱딱한 문법보다 좋아하는 가수의 노래를 따라 부르며 익힌 영어가 훨씬 재미있고 효과적이었다. 이 때문인지 나는 평생 외국어만큼은 늘 우등생이었다.

고등학생이 되면서 팝송에 대한 애정은 더욱 깊어졌다. 빌보드 차트를 외우고 캐시박스와 레코드월드의 순위 변동을 확인하는 것이 일상이 되었다. 방과 후에는 어김없이 레코드 가게로 향했는데, 새로 산 LP의 비닐을 뜯는 순간의 설렘과 그 특유의 향기는 지금도 생생하다. 박원웅, 김기덕, 나영욱 씨의 라디오 방송을 들으며 나도 언젠가 음악 프로그램 프로듀서가 되리라는 꿈을 꾸곤 했다. 그 시절 LP 매장은 놀이터였고, 음악은 쉼터였다.

대학에 들어가자 음악 감상실은 아지트가 되었다. 당시 막 도입되기 시작한 전문 오디오에서 흘러나오는 음악은 기존 전축과는 비교할 수 없을 만큼 웅장하고 섬세했다. 눈을 감으면 마치 콘서트홀 한가운데 앉아있는 듯한 느낌이었다. 친구들과 함께 음악을 들으며 밤늦게까지 이야기를 나누던 그 시간들은 지금도 선명히 기억에 남아있다. 음악은 우리의 우정을 더욱 깊게 만드는 매개체였다.

60년대부터 90년대까지의 팝 음악은 단순한 멜로디 이상의 의미가 있었다. 비틀즈가 이끈 60년대의 반항과 자유, 70년대 록과 디스코의 황금기, MTV와 함께 찾아온 80년대의 화려한 변신까지, 각 시대의 음악은 그 시대의 숨결을 고스란히 담고 있었다. 우리는 음악을 통해 시대정신을 배우고, 세상을 바라보는 새로운 시각을 얻었다. 90년대에 이르러서는 장르의 다변화와 CD의 보급으로, 음악 산업은 더 큰 변화를 맞이하게 되었다.

지금도 가끔 올드팝을 들으며 과거로의 여행을 떠난다. 천상의 목소리를 가진 휘트니 휴스턴의 노래를 들으면 청춘의 설렘이, 〈토요일

밤의 열기〉의 비지스 곡에서는 젊은 날의 열정이 되살아난다. 세련된 멜로디와 화려한 화음이 돋보이는 아바의 음악은 그 시절의 낭만과 추억을 소환하며 미소 짓게 한다. 헤드폰을 통해 흘러나오는 음악은 시간과 공간을 초월해 나를 그때 그 순간으로 데려간다. 바쁜 일상 속에서도 시간을 내어 음악을 듣는 것은 가장 소중한 휴식이다.

인생 여정의 매 순간마다 음악은 늘 나와 함께했다. 사랑의 설렘과 우정의 다짐도, 꿈을 향한 도전도 모두 음악과 함께였다. 해외 법인 대표로 단신 부임했을 때의 고독함도, 70~90년대의 올드팝은 큰 위로가 되었다. 그 시절의 순수했던 열정이 다시 피어오르고, 잠시나마 일상의 무게를 내려놓을 수 있었다. 팝송은 내게 단순한 음악이 아닌, 시간을 넘어서는 영원한 친구였다.

음악은 단순한 소리의 나열이 아니다. 그것은 기억과 감정을 담은 다이어리이자, 언제든 과거로 돌아갈 수 있게 해주는 타임머신이다. 지금도 가끔 옛 팝송을 들으며 혼자만의 시간 여행을 떠난다. 그럴 때마다 다시 한번 그 시절의 나를 만난다. 순수했던 열정, 가슴 벅찼던 설렘, 그리고 무한했던 가능성으로 가득했던 그때의 나를. 비록 시간은 흘러갔지만, 음악은 우리에게 언제든 그때 그 순간으로 돌아갈 수 있는 특별한 능력을 선물한다.

어쩌면 음악을 통해 과거의 나를 위로하고, 현재의 나를 이해하며, 미래의 나를 꿈꾸는지도 모른다. 팝송과 함께하는 달콤한 시간 여행은 인생이라는 긴 여정에서 가장 아름다운 휴식이 되어준다. 그리고 그 여행 속에서 나는 언제나 영원한 청춘으로 남아있다.

3

대한민국 아파트의 변천사

2024년 음악계의 가장 뜨거운 이슈 중 하나는 블랙핑크의 멤버 로제가 브루노 마스와 함께 부른 〈아파트〉다. 이 곡은 글로벌 차트를 강타하며 큰 사랑을 받고 있는데, 공교롭게도 1982년에 발매된 윤수일의 국민 애창곡 〈아파트〉와 제목이 같아 주목을 받았다. 42년이라는 시간차를 두고 발표된 두 곡은 각각 다른 시대적 배경과 정서를 반영하고 있다. 두 곡의 가사를 비교해 보면, 시대에 따라 변화한 아파트의 상징적 의미와 연인들의 소통 방식을 흥미롭게 살펴볼 수 있다.

1982년 발표된 윤수일의 〈아파트〉는 밤하늘의 별빛 아래 아파트로 향하는 장면을 한 편의 시처럼 감성적으로 묘사하며 시작된다. 이는 아파트라는 공간이 단순한 주거지를 넘어선 정서적 의미를 지닌 장소임을 암시한다. 1980년대의 아파트는 도시화와 근대화의 상징이었으며, 신도시 개발과 함께 중산층의 이상적인 공동주택으로 자리 잡았다. 그러나 윤수일의 노래에서 아파트는 도시 속에서 홀로 사랑을 기다리는 고독한 공간으로 그려진다. 당시 아파트가 가족과 이웃이 함께하는 공동체적 공간의 상징이었던 것과는 대조적으로, 이 노래는 도시화에 따른 고립과 소외감을 담아내고 있다.

반면, 2024년 로제의 〈아파트〉는 완전히 새로운 감성을 전한다. 아파트와 클럽이라는 파격적인 조합이 담긴 가사에서 알 수 있듯이, 현대의 아파트는 더 이상 쓸쓸함의 공간이 아니라 파티와 즐거움이 넘치는 장소로 재해석된다. 이 곡에서 아파트는 청춘들의 자유로운 정서가 담긴 '만남'과 '흥'의 공간으로, 미래에 대한 걱정보다 현재의 즐거움을 추구하는 상징적 공간으로 그려진다. 로제의 곡은 글로벌 시장을 겨냥했기 때문에 전통적인 한국 정서와는 다소 차이가 있을 수 있지만, 디지털 시대의 즉각적 소통 방식과 직설적인 생활 태도를 잘 반영하고 있다.

음악적 트렌드에서도 두 곡은 각기 다른 시대를 대변한다. 윤수일의 〈아파트〉는 당시 발라드적 서정성이 가미된 경쾌한 리듬의 곡이다. 그 시대의 정서는 여유가 있고 서정적이었으며, 노래는 잔잔한 물결 위에서 파도치는 감정의 여운을 남긴다. 반면 로제의 〈아파트〉는 강렬한 비트와 전자 음악을 기반으로 하여 젊음의 활기와 자유를 표현한다. 이는 현대적이고 빠른 생활 리듬을 반영하며, 일렁이는 도시의 네온 불빛처럼 감성을 자극하는 곡이다. 두 곡 모두 아파트라는 공간이 시대에 따라 다른 정서를 담아내는 방식을 음악적으로도 선명하게 보여준다.

이처럼 사랑과 소통의 방식도 42년이라는 세월 동안 크게 달라졌다. 1982년에는 유선전화가 사랑하는 이와의 소통을 위한 거의 유일한 수단이었고, 직접 만남이 중요한 사랑의 표현 방식이었다. 하지만 2024년에는 빨간 하트 이모티콘 하나로도 사랑을 표현할 수 있게 되었다. 디지털 기술의 발전은 연인 간의 감정 소통 방식을 빠르고 즉각적으로 변화시켰다. 그러나 과학 기술의 발달에도, 사랑에 대한 갈망과 만남을 기다리는 설렘은 여전히 변하지 않는 인간의 본질적인 감정으로 남아 있다.

윤수일의 노래에서는 쓸쓸히 빈 아파트를 찾아가는 고독한 인물이 등장하지만, 로제의 곡에서는 두근거리는 마음으로 아파트를 향하는 연인의 모습을 그리고 있다. 로제의 가사에는 그 설렘과 함께 적극적으로 사랑을 향해 나아가는 분위기가 담겨 있다. 두 곡은 서로 다른 시대의 감정을 표현하면서도, 사랑과 만남이라는 공통된 인간의 정서가 여전히 흐르고 있음을 보여준다. 이는 마치 서로 다른 춤을 추는 두 시대가 같은 박자로 리듬을 맞추고 있는 것과 같은 인상을 준다.

지난 42년간 한국 사회는 눈부신 변화를 겪었다. 1980년대 아파트는 가족과 이웃이 함께 살아가는 공동체적 공간이자 정서적 유대감을 나누는 터전이었다. 그러나 2024년에 이르러 아파트는 디지털 소통이 이루어지는 개방적이고 독립적인 공간으로 변화했고, 더 이상 고독의 상징이 아닌 활기찬 삶의 무대로 자리 잡았다. 특히 젊은 세대에게 아파트는 '즐거움'과 '자유'의 공간으로 인식되며, 그 안에서 그들은 삶의 순간을 축제처럼 누린다.

아파트는 시대를 관통하는 상징적 공간이다. 윤수일의 아파트는 외로움과 그리움의 장소였지만, 로제의 아파트는 자유와 즐거움의 공간으로 진화했다. 그러나 그 중심에는 변하지 않는 인간의 본질적 감정, 즉 사랑과 소통에 대한 갈망이 자리 잡고 있다. 두 곡은 각기 다른 시대를 대변하면서도, 동시에 시대를 초월한 보편적 감성을 담아내고 있다. 앞으로도 아파트는 한국 사회의 변화와 함께 새로운 의미를 덧붙이며, 우리 삶 속에서 상징적 공간으로 계속 진화해 나갈 것이다.

4

고흐와 카라바조가 만난다면

　서로 다른 별에서 온 두 빛이 한 하늘 아래에서 교차하는 순간을 상상해 본다. 고흐와 카라바조, 이 두 예술가의 만남이 바로 그러한 장면일 것이다. 그들의 작품 세계는 밤하늘의 별처럼 멀리 떨어져 있지만, 빛과 어둠이라는 공통된 언어로 세상과 소통했다. 고흐는 자연의 끝없는 빛을 통해 자신의 영혼을 표현했고, 카라바조는 깊은 어둠 속에서 인간의 내면을 탐구했다. 두 거장의 만남은 새로운 예술 세계를 창조할 수 있는 장엄한 교감이 되었을 것이다.

　서로 다른 시대와 예술 사조 속에서 활동했지만, 두 예술가의 생애와 화풍에는 주목할 만한 공통점이 있다. 그들은 모두 비주류 예술가로서 자신의 불우한 삶과 내면의 고통을 화폭에 담았다. 고흐는 정신질환과 우울증에 시달리며 평생을 고독과 고통 속에서 보냈고, 카라바조는 불우한 환경 속에서 폭력과 범죄에 휘말리며 내적 혼란을 겪었다. 이들은 각자의 방식으로 극적인 감정 표현을 추구했다. 고흐는 빛나는 색채로, 카라바조는 강렬한 명암으로 인간의 감정과 내면을 드러내며 혁신적이고 강렬한 예술 세계를 구축했다.

고흐Vincent van Gogh, 1853~1890의 작품에서 빛은 단순한 시각적 요소를 넘어 감정을 전달하는 매개체였다. 그의 그림 속 어둠마저도 생명력 넘치는 빛을 품은 하늘의 일부로 표현되었으며, 자연은 그의 내면과 대화를 나누는 창구가 되었다. 역동적인 붓질과 강렬한 색채는 자연을 생동감 넘치는 존재로 그려냈고, 마치 감정의 선율이 춤추는 듯한 느낌을 자아냈다. 고흐에게 빛은 삶을 관통하는 감정의 리듬이었으며, 대자연은 그의 가장 충실한 동반자였다.

카라바조Caravaggio, 1571~1610는 빛과 어둠의 극적인 대비를 통해 인간 영혼의 깊이를 탐구했다. 그의 작품 속 인물들은 어둠 속에서 빛을 통해 드러나며, 그 순간은 삶과 죽음의 경계에 서 있는 듯한 긴박감을 전달한다. 카라바조의 빛은 단순한 조명이 아닌, 인간의 고뇌와 구원을 비추는 도구였다. 그의 섬세한 붓끝은 인물의 표정, 손짓, 미세한 떨림까지도 사실적으로 포착하여 보는 이로 하여금 작품 속 인간의 내면에 깊이 몰입하게 만들었다.

두 예술가의 표현 방식은 뚜렷한 대조를 이루었다. 고흐가 자연을 통해 인간의 감정을 표현했다면, 카라바조는 인물을 통해 감정을 직설적으로 드러냈다. 고흐의 빛이 감정적이고 자유롭게 흐르는 반면, 카라바조의 빛은 어둠을 뚫고 나오는 강렬한 존재감을 지녔다. 카라바조의 어둠이 인간의 고통과 구원의 순간을 담아냈다면, 고흐는 그 어둠 속에서도 희망의 빛을 발견하고자 했다.

이들의 예술적 영향력은 후대에 걸쳐 면면히 이어졌다. 고흐는 색채와 붓질을 통한 직접적인 감정 표현으로 표현주의와 현대 미술의 새 지평을 열었고, 뭉크, 고갱, 마티스 등에게 깊은 영감을 주었다. 카라바조는 빛과 어둠의 극적 대비와 사실주의적 감정 표현으로 루벤스, 벨라스케스, 렘브란트 같은 바로크 화가들은 물론이고, 현대의 극사실주의 화가들에게도 지대한 영향을 미쳤다.

만약 시공을 초월해 고흐와 카라바조가 실제로 만났더라면, 그들은 각자의 예술 세계에서 빛과 어둠의 새로운 면모를 발견했을 것이다. 고흐는 카라바조의 작품을 통해 키아로스쿠로 기법을 배우며, 자신의 밝은 색채에 깊이 있는 어둠을 더해 더욱 풍부한 감정 표현을 이끌어 냈을 것이다. 인간 중심적인 감정 표현을 보며 인물의 표정과 몸짓을 통한 감정 탐구의 새로운 가능성을 발견했을 것이며, 이는 그의 초상화에서 더욱 생생한 내면의 표현으로 이어졌을 것이다.

반면 카라바조는 고흐를 통해 자연 속에서 빛이 얼마나 자유롭고 감정적으로 흐를 수 있는지를 배웠을 것이다. 특히 고흐의 임파스토 기법을 활용한 대담하고 표현적인 색채 사용은 카라바조의 어두운 팔레트에 새로운 가능성을 열어주었을 것이며, 실내 중심의 구도에서 벗어나 자연의 힘과 에너지를 화폭에 담아내는 시도를 하게 되었을 것이다. 고흐의 격정적이고 표현주의적인 붓질은 카라바조의 세밀한 사실주의적 기법에 감정을 더 풍부하게 불어넣는 역할을 했을 것이다.

이러한 만남은 두 거장의 예술 세계를 더욱 풍성하게 만들었을 것이다. 카라바조의 인간적 깊이와 극적인 명암이 고흐의 자유로운 색채 표현, 자연에 대한 열정과 만나 새로운 예술적 지평을 열었을 것이다. 서로의 한계를 보완하고 장점을 배우며, 더욱 완성도 높은 예술 세계를 구축했을 것이다. 카라바조의 어둠의 깊이와 고흐의 빛나는 색채가 조화를 이루어 르네상스와 근대를 잇는 더욱 혁신적인 예술적 성취를 이루어냈을 것이라 상상해 본다.

5

위대한 걸작들과의 시간 너머 대화

차가운 런던의 아침 공기를 가르며 걷는 발걸음이 그 어느 때보다 가볍다. 수천 년의 시간이 응축된 예술의 성지들을 순례하는 여정의 시작점에 서니, 가슴 한편에 미묘한 설렘이 피어오른다. 오랫동안 꿈꿔온 이 여정은 내 인생 버킷리스트의 최우선 순위였다. 이곳에서 마주하게 될 위대한 예술가들의 숨결과 그들이 남긴 불멸의 걸작들을 생각하니, 마치 타임머신을 타고 시간 여행을 떠나는 듯한 황홀한 기분이 든다.

인류의 예술혼이 응축된 박물관과 미술관들은 단순한 전시 공간을 넘어선다. 이곳은 시간과 공간을 초월하여 예술의 항해를 가능케 하는 마법 같은 통로다. 우리는 이곳에서 신비로운 고대 이집트의 숨결을 느끼고, 르네상스의 찬란한 영광을 목도하며, 인상주의자들의 대담하고 혁명적인 붓질을 직접 감상할 수 있었다. 각각의 작품은 창작된 시대의 정신과 예술가의 영혼을 고스란히 담고 있어, 그것을 마주하는 순간 우리는 시공간의 경계를 넘어선다.

1. 런던: 세계 유산과 예술의 중심

대영박물관: 문명의 보고를 마주하며

웅장한 대영박물관에 들어서자마자, 가슴이 벅차오른다. 초현실적인 아름다움을 자랑하는 그리스식 기둥들이 방문객들을 맞이하는 모습은 마치 시간의 문을 여는 듯하다. 1753년 개관 이래, 이곳은 세계 각지의 문명사를 한자리에서 조망할 수 있는 인류 문화의 보고로 자리매김했다.

신비로운 로제타석 앞에서 발걸음이 절로 멈춘다. 이 검은 현무암 석판을 바라보고 있노라면, 마치 고대 이집트인들의 속삭임이 들리는 듯하다. 1799년 나폴레옹의 이집트 원정 중 한 프랑스 군인이 로제타 마을 성벽을 보수하다 우연히 발견한 이 돌은, 당시 아무도 그것이 고대 이집트의 비밀을 푸는 열쇠가 될 줄은 몰랐다. 20년 후, 젊은 학자 샹폴리옹이 이 비석의 세 가지 문자를 비교 연구하여 상형문자 해독에 성공했을 때의 흥분은, 지금도 이 돌을 바라보는 내 가슴을 뛰게 한다.

파르테논 신전의 대리석 조각들 앞에 서면, 그리스 신화 속 이야기들이 생생하게 되살아난다. 부서진 대리석 조각마다 찬란했던 고대 그리스의 영광이 깃들어 있다. 이 조각들이 런던으로 오게 된 것은 토마스 브루스 엘긴 백작의 열정 덕분이다. 그는 1801년부터 1805년까지 오스만 제국의 허가를 받아 파르테논 신전의 조각들을 수집했는데, 당시 그리스인들은 이 고대 유물들을 건축 자재나 석회를 만드는데 사용했다고 한다. 비록 엘긴의 행동이 논란의 여지가 있지만, 역설적으로 이 조각들이 완벽하게 보존되는 결과를 가져왔다.

내셔널갤러리: 거장들의 영혼을 마주하다

햇살이 반짝이는 트라팔가 광장을 지나 내셔널갤러리로 향하는 발걸음이 경건해진다. 1824년, 보험업자였던 존 줄리어스 안거스타인의 컬렉션 37점을 영국 정부가 구입하면서 시작된 이곳은, 프랑스와의 경쟁 의식 속에서 서둘러 설립되었다고 한다. 오늘날 이 경쟁이 남긴 결실을 보면, 예술적 경쟁이 얼마나 아름다운 유산을 남길 수 있는지 새삼 깨닫게 된다.

레오나르도 다빈치의 〈암굴의 성모〉 앞에서는 시간이 멈춘 듯하다. 무려 25년이라는 시간 동안 다빈치의 영혼이 깃들어든 이 작품은, 보면 볼수록 더욱 신비로운 깊이를 드러낸다. 완벽을 향한 그의 강박적인 열정은 수도원 형제들의 재촉에도 아랑곳하지 않았고, 끊임없는 수정 끝에 탄생한 이 걸작은 결국 수도원의 소송 위협까지 불러왔다. 그의 집요한 완벽주의가 없었다면, 오늘날 우리가 이토록 깊은 감동을 받을 수 있었을까.

반 고흐의 〈해바라기〉는 보는 이의 영혼마저 황금빛으로 물들인다. 아를에서의 가장 행복했던 시기에 탄생한 이 연작은, 거의 하루에 한 점씩 그려졌다고 한다. 시들어가는 해바라기와의 시간 싸움 속에서, 고흐는 물감을 튜브에서 직접 짜서 바르는 과감한 기법을 선보였다. 이 절박한 순간이 빚어낸 강렬한 생명력은, 지금도 화폭을 통해 우리의 가슴을 뛰게 한다.

터너의 〈비, 증기, 속도〉는 광기 어린 열정이 만들어낸 걸작이다. 폭우가 쏟아지는 기차 앞부분에서 머리를 내밀고 시속 120km의 속도를 온몸으로 체험했던 터너의 모험은, 당시에는 광기로 치부되었다. 하지만 그의 무모해 보였던 도전은 역사상 가장 혁신적인 풍경화 중

하나를 탄생시켰고, 오늘날 우리는 그의 '광기' 속에 담긴 예술적 열정에 경의를 표한다.

런던의 하늘이 어스름해질 무렵, 발걸음을 돌리며 깊은 여운에 잠긴다. 오늘 하루 마주한 작품들은 단순한 예술품이 아닌, 인간의 열정과 집념, 때로는 우연이 빚어낸 감동적인 드라마였다. 각각의 작품 뒤에 숨겨진 이야기들은 예술이 얼마나 인간적이며, 동시에 얼마나 숭고한 것인지를 일깨워준다.

이제 유로스타를 타고 파리로 향할 차례다. 런던에서 감상한 예술 작품들의 여운이 기억 속에서 수정처럼 빛나고 있다. 다음 목적지인 파리에서는 또 어떤 흥미진진한 예술의 드라마가 펼쳐질지 가슴이 설렌다. 예술의 도시에서 새로운 감동과 만날 시간이 다가오고 있다.

2. 파리: 인상주의의 예술적 서사

유로스타가 파리 북역에 도착하자, 세느 강변의 습한 공기가 반갑게 맞이한다. 예술의 도시 파리에서는 거리 하나하나가 예술이며, 건물 하나하나가 역사다. 가슴 한편에서 들려오는 예술가들의 속삭임을 따라 서둘러 발걸음을 옮긴다. 인류 예술의 보고인 루브르와 오르세가 기다리고 있다.

루브르 박물관: 예술의 궁전에서

피라미드 형태의 현대적 입구를 지나 루브르 내부로 들어서자, 천년의 역사가 숨 쉬는 장엄한 공간이 펼쳐진다. 한때 프랑스 왕들의 궁전이었던 이곳은 이제 세계 최고의 예술품들을 품은 신성한 보물창

고가 되었다.

나는 떨리는 마음으로 〈모나리자〉 앞에 선다. 레오나르도 다빈치가 1503년부터 약 3년간 그린 이 초상화는 500여 년이 지난 지금도 보는 이의 시선을 사로잡는다. 다빈치는 이 작품을 완성한 후에도 끊임없이 수정을 거듭했다. 완벽주의자였던 그는 죽을 때까지 이 그림을 곁에 두었다. 모나리자의 미소에 담긴 수수께끼는 여전히 풀리지 않은 채 나의 호기심을 자극한다. 그녀와 눈을 마주칠수록 그 미소는 더욱 신비로워지고, 마치 살아있는 듯한 눈빛은 나를 작품 속으로 끌어들인다. 과학자이자 예술가였던 다빈치는 인체 해부학 연구를 통해 얻은 지식을 이 작품에 녹여냈다. 스푸마토 기법으로 표현한 근육의 미세한 움직임은 그녀의 표정을 더욱 생동감 있게 만들어냈다.

경외감에 휩싸인 채 〈밀로의 비너스〉 앞에 멈춰 선다. 기원전 2세기경 그리스에서 제작된 이 대리석 조각상은 팔이 없는 불완전한 모습임에도 불구하고, 아니 오히려 그렇기에 더욱 완벽한 아름다움을 전한다. 1820년 밀로스섬의 한 농부가 우연히 발견한 이 조각상은, 그 예술적 가치를 알아본 프랑스의 집요한 노력 끝에 루브르 박물관의 품에 안기게 되었다. 부드러운 곡선을 그리며 이어지는 인체의 움직임은 고대 그리스인들이 추구했던 이상적인 미의 정수를 보여준다. 시간이 멈춘 듯한 그녀의 모습 앞에서, 나는 잠시 숨을 멈추고 그 영원한 아름다움에 취해본다.

〈사모트라케의 니케〉는 기원전 200년경 제작된 승리의 여신상이다. 배의 선수상으로 제작된 이 작품은 강한 바람을 맞으며 전진하는 모습을 역동적으로 표현했다. 얇은 옷자락이 바람에 휘날리는 모습은 대리석이라는 차가운 재료로 순간의 움직임을 포착한 예술적 성취를 보여준다. 1863년 발견 당시에는 파편으로 나뉘어 있었으나, 고고학자들의 끈질긴 노력으로 현재의 모습을 되찾았다. 그녀의 날갯짓이 만들어내는 바람이 아직도 이곳에 머무는 듯하다.

오르세 미술관: 혁신의 시대를 걷다

빛나는 유리 천장 아래, 세느 강변의 옛 기차역을 개조한 오르세 미술관으로 발걸음을 옮긴다. 19세기 후반부터 20세기 초반까지의 예술 혁명을 한눈에 볼 수 있는 이곳은 인상주의의 성지이자, 혁신적 예술혼이 살아 숨쉬는 특별한 공간이다.

가슴이 두근거리며 마네의 〈올랭피아〉 앞에 선다. 1865년 발표 당시 파리 사회에 커다란 충격을 안겨준 이 작품은, 전통적인 비너스상을 당시의 고급 매춘부로 대담하게 재해석했다. 검은 고양이와 흑인 하녀 그리고 도발적인 시선으로 관람객을 바라보는 올랭피아의 당당한 눈빛은 당대의 미술 관습을 정면으로 거부했다. 마네는 이 작품으로 인해 심한 비난을 받았으나, 현대 미술의 문을 여는 선구자가 되었다. 그녀의 당당한 시선이 150년이 지난 지금도 나를 끌어당기며, 예술의 진정한 용기가 무엇인지를 말해주는 듯하다.

깊어가는 감동과 함께 모네의 〈생 라자르 역〉 앞으로 다가간다. 증기 기관차가 만들어내는 연기와 증기를 통해 빛의 효과를 연구한 이 작품은 당시 현대성의 상징이었다. 모네는 이 작품을 위해 수개월간 기차역에서 시간을 보냈으며, 당시 역장의 허락을 받아 기관차의 증기를 더 오래 머물게 해달라고 요청했다는 흥미로운 기록이 남아있다. 산업화 시대의 상징인 기차역을 예술의 대상으로 승화시킨 이 작품은 현대성에 대한 인상주의자들의 진취적 시선을 보여준다. 백여 년 전 모네가 포착한 그 순간의 빛과 공기가 지금도 화폭 속에서 살아 움직이는 듯하다.

마지막으로 르누아르의 〈물랭 드 라 갈레트의 무도회〉 앞에서 발걸음을 멈춘다. 파리 서민들의 일요일 오후를 포착한 이 작품에서는 햇빛과 그림자의 반짝임, 군중들의 활기찬 움직임 그리고 즐거운 분위기가 화면 가득 넘실댄다. 르누아르는 이 작품을 위해 몽마르트르의 정원에서 3개월을 보냈으며, 실제 무도회를 재현하며 작업했다. 그림 속 인물들의 웃음소리와 음악이 들리는 듯한 착각에 빠져든다.

해가 저물어갈 무렵, 오르세 미술관의 커다란 시계 앞에 서서 깊은 감회에 잠긴다. 유리창 너머로 보이는 파리의 황혼이 마치 인상주의 화가들의 팔레트처럼 다채롭다. 하루 동안 만난 수많은 걸작들이 마음속에서 잔잔한 여운을 남기며, 예술가들의 열정과 혁신, 그들이 추구했던 이상과 아름다움이 시간을 넘어 우리에게 끊임없이 말을 건넨다.

3. 이탈리아: 르네상스의 숨결

파리에서 로마로 향하는 비행기 안에서, 이탈리아 르네상스 거장들을 만나게 될 설렘에 가슴이 두근거린다. 창밖으로 보이는 알프스 산맥의 웅장한 설산을 넘어, 인류 예술의 황금기가 꽃피었던 땅으로 향하는 여정이 마치 시간 여행과도 같다.

바티칸 박물관: 신성한 예술의 전당

성 베드로 광장의 웅장한 원형 기둥들 사이를 지나 바티칸 박물관으로 들어서는 순간, 숨이 멎을 듯한 경외감이 밀려온다. 교황들이 수세기에 걸쳐 정성스레 수집한 예술품들은 마치 천상의 아름다움을 지상에 옮겨놓은 듯하다.

시스티나 예배당의 문을 열자, 미켈란젤로의 〈천지창조〉가 내 머리 위에서 장엄하게 펼쳐진다. 1508년부터 4년간 그가 거의 누운 자세로 완성한 이 천장화를 올려다보고 있노라면, 그의 고독한 투쟁이 생생하게 전해져 온다. 목과 허리의 고통을 견디며, 물감이 얼굴에 떨어지는 고통조차 감내하며 작업했던 그의 열정은 〈아담의 창조〉 장면에서 절정에 달한다. 신과 인간의 손가락이 맞닿으려는 그 찰나의 순간은, 마치 내 영혼도 저 높은 곳을 향해 끌어올리는 듯한 강렬한 감동을 준다.

라파엘로의 〈아테네 학당〉은 시간의 경계를 허무는 마법 같은 작품이다. 고대 그리스 철학자들을 한자리에 모아놓은 이 프레스코화는 철학자들의 얼굴에 당대 예술가들의 모습을 투영하고 있다. 플라톤의 얼굴에서 레오나르도 다빈치를, 헤라클레이토스에서 미켈란젤로를 발견하는 순간, 마치 수세기를 넘어선 대화에 참여하는 듯한 황홀감이 든다. 고대와 르네상스, 그리고 현대가 하나로 연결되어, 시간의 제약을 초월한 공간에 있는 듯한 감각에 빠져든다.

우피치 미술관: 르네상스의 심장부

로마에서 고속 열차를 타고 도착한 피렌체는 마치 시간이 멈춘 듯한 도시다. 좁은 골목길을 걸을 때마다 다빈치, 미켈란젤로, 보티첼리와 같은 거장들의 발자취가 생생하게 느껴진다.

우피치 미술관은 메디치 가문이 수집한 방대한 예술품을 소장하고 있다. 고대 그리스의 신화적 장면을 재해석한 보티첼리의 〈비너스의 탄생〉은 그야말로 숨이 멎을 듯한 아름다움을 선사한다. 부드러운 파도 위에서 우아하게 떠오르는 비너스의 모습은, 마치 살아 숨 쉬는 듯 생동감 넘친다. 봄바람에 나부끼는 그녀의 금발과 우아한 자태는, 500년이 지난 지금도 보는 이의 마음을 설레게 한다. 인간과 자연이 조화롭게 공존하는 르네상스의 이상을 담고 있다.

레오나르도 다빈치의 〈수태고지〉는 마치 시간이 멈춘 듯한 고요함 속에 깊은 신비감을 자아낸다. 성모 마리아에게 예수의 탄생을 알리는 천사 가브리엘의 순간을 포착했다. 성모 마리아의 섬세한 표정과 천사 가브리엘의 우아한 몸짓은, 다빈치가 지녔던 인체에 대한 해부학적 지식과 예술적 영감이 완벽하게 조화를 이룬 결과물이다.

맺음말

이 여행은 단순한 예술 감상을 넘어 영혼의 순례였다. 거장들이 남긴 흔적을 따라가며 그들이 살아 숨 쉬던 시대의 공기를 느끼고, 그들의 작품에 담긴 이야기를 마주하는 시간이 되었다. 예술가들은 각자의 시대에서 자신만의 언어로 세상을 표현했다. 그들의 작품에는 인간의 고뇌와 열정, 사랑과 아름다움에 관한 영원한 탐구가 깃들어 있었다. 예술이 단순한 감상의 대상이 아니라, 시대와 문화를 초월하는 인류의 위대한 정신적 유산임을 깨달았다.

이제 현실로 돌아가는 순간, 내 마음속에는 예술가들이 전하고자 했던 깊은 통찰과 아름다움에 대한 경외감이 가득하다. 그들의 작품은 시간을 초월해 우리에게 끊임없이 말을 걸어오며, 우리의 영혼을 더 높은 곳으로 이끈다. 우리가 왜 예술을 창조하고, 보존하며, 사랑하는지에 대한 깊은 울림이었다. 여정은 끝났지만, 위대한 걸작들과의 시간 너머 대화는 이제부터 시작이다.

6

60세 이후,
인생의 달콤한 디저트가 시작된다

젊은 시절, 우리는 끊임없이 달렸다. 더 높이, 더 멀리 가기 위해 쉴 새 없이 발걸음을 재촉했다. 자녀를 키우고 일터에서 성과를 내며, 더 나은 미래를 위해 현재의 소소한 기쁨을 유예하며 살았다. 마치 멈출 수 없는 기차처럼, 성공에 대한 갈망과 가족에 대한 책임, 사회적 기대가 우리의 삶을 쉼 없이 몰아갔다. 바람처럼 흘러가는 시간 속에서, 마치 거센 강물 위에 떠 있는 배처럼 방향을 잃지 않으려 안간힘을 쓰며 살아왔다.

그렇게 질주하던 시간 속에서 60을 넘어선 지금, 문득 열차는 잠시 멈춘다. 그리고 한적한 길가에 자리한 작은 카페에 앉아 한 잔의 따뜻한 차를 마주한다. 이 차 한 잔은 오랜 여정 끝에 다다른 나를 위로해주는 한 모금의 여유이다. 이제 더 이상 달릴 필요가 없다. 발걸음을 재촉할 필요도, 목표를 향해 헐떡일 이유도 없다. 이 순간은 마치 오래된 숲속에서 불어오는 산들바람처럼 조용하고도 평온하다.

아침이 찾아오면, 창가로 스며드는 햇살이 마음을 가득 채운다. 더 이상 시곗바늘을 쫓지 않아도 되는 평온함 속에서 하루를 시작한다. 예전에는 서둘러 지나쳤던 동네 풍경도 이제는 내 발걸음에 맞춰 천천히 다가온다. 사랑하는 사람들과 나누는 담소와 맛있는 음식, 그 안에서 느껴지는 작은 기쁨은 그 자체로 소중한 보석처럼 반짝인다. 그동안 바쁘게 살면서 미처 느끼지 못했던 행복이, 이제는 마치 오래 기다린 손님처럼 나를 찾아온다.

시간은 여전히 흐르지만, 그 속도는 예전과 다르다. 산책길에서 우연히 마주친 이웃과 나누는 짧은 인사마저도 내 마음을 따뜻하게 감싼다. 젊은 시절엔 별다른 의미 없이 지나쳤을 순간들이, 이제는 마치 마음속 깊이 스며드는 향기처럼 나에게 다가온다. 여행지에서 마주하는 새로운 풍경에 감탄하고 이색적인 문화를 이해하며 세상을 더 넓게 바라본다. 이런 순간들이야말로 진정한 행복이며, 삶의 본질을 느끼게 해주는 여유가 아닐까?

이러한 여유로운 삶의 순간은, 고사성어 '소요유逍遙遊'의 의미를 떠오르게 한다. 장자의 《소요유편》에서 말하듯, 진정한 자유는 외부 조건에 얽매이지 않고 마음의 평안을 찾는 데 있다. 이제는 바쁘게 달려가던 과거에서 벗어나, 진정으로 마음의 자유를 누리며 살아가는 시간이 온 것이다. 이제는 세상의 속도에 얽매이지 않고 자연 속에서 조용하고 평온하게 사색할 수 있는 순간을 맞이한 것이다.

아이러니하게도, 이렇게 여유로운 시간을 보내기에도 하루는 짧다. 울림을 주는 인문학 강의를 듣고, 좋아하는 영화나 공연을 보며, 비슷한 공감대를 갖고 있는 친구나 선후배들과 어울리다 보면 시간은 어느새 흘러간다. 그리고 문득 새로운 도전의 유혹이 찾아온다. 젊은 시절엔 엄두조차 내지 못했던 도전들이 이제는 즐거운 일상이 된다. 악기를 배우거나, 직접 손으로 반죽해 빵을 만드는 일 등 이제는 그런 것들이 일상이 된다. 마치 다가오는 봄을 맞이하듯, 새로운 취미는 삶에 또 다른 설렘을 선사한다. 이 모든 시간이 얼마나 소중한지 깨닫게 된 것은, 어쩌면 이제서야 진정한 선택을 할 수 있게 되었기 때문이다.

젊은 시절에는 자녀 양육과 일에 치여 부부만의 시간이 사라지곤 했다. 그러나 이제는 자녀들이 떠난 집에서, 우리는 서로에게 더 가까이 다가선다. 함께 걸어온 세월이 깊어질수록 서로에 대한 이해와 배려는 더욱 깊어지고, 일상 속의 소소한 대화나 함께 걷는 산책길은 마치 오래된 와인처럼 더욱 진한 맛을 낸다. 서로의 존재만으로도 위안을 얻고, 사랑은 더 깊고 평온해진다.

지금부터의 삶은 또 다른 시작이다. 젊은 시절의 사회적 기대와 책임에서 벗어나, 이제는 오롯이 나 자신을 위한 시간을 가질 수 있는 시기다. 이제까지 해야 하는 일에 전력을 다해왔다면, 이제부터는 오랫동안 미뤄둔 버킷리스트를 하나씩 꺼내 새로운 목표를 세워 실현하는 것이다. 이 과정에서 건강과 마음의 평화를 다시 찾아간다. 마치 오래 기다려온 봄처럼, 이 시간은 새로운 활력을 선사한다.

인생은 길지만, 그 속의 시간은 한정적이다. 60세 이후의 시간은 그 한정된 시간 속에서 진정한 자유와 행복을 만끽할 수 있는 시기이다. 이제는 이기적으로 내 자신을 위해 시간과 비용을 투자할 자격이 있다. 맛있는 음식을 천천히 음미하며 건강을 돌보고, 여행을 통해 몸과 마음을 힐링하며, 소중한 사람들과 공감을 나누는 기쁨을 누릴 수 있다. 그리고 문득, 그 모든 순간이 인생의 진정한 목적이었음을 깨닫게 된다.

60대 이후의 삶은 마치 인생의 디저트와 같다. 지금까지의 여정이 메인 요리였다면, 이제부터는 그 모든 경험과 지혜를 천천히 음미하며 나만의 방식으로 즐길 수 있는 디저트 시간이 시작된다. 이 디저트는 단순한 휴식이 아니다. 그것은 우리가 쌓아온 모든 것을 축하하는 축제와도 같다. 그 달콤한 맛 속에서, 인생의 참된 기쁨을 발견한다.

괜찮아, 삶은 즐거워

© 김규진 외 6인, 2025

1판 1쇄 인쇄__2025년 4월 20일
1판 1쇄 발행__2025년 4월 30일

지은이__김규진, 김진익, 노일식, 박동기, 안주석, 임종호, 허병탁

펴낸이__홍정표

펴낸곳__작가와비평
　　　　등록__제2018-000059호

공급처__(주)글로벌콘텐츠출판그룹
　　　　대표__홍정표 이사__김미미 편집__백찬미 강민욱 남혜인 홍명지 권군오
　　　　디자인__가보경 기획·마케팅__이종훈 홍민지
　　　　주소__서울특별시 강동구 풍성로 87-6 전화__02-488-3280 팩스__02-488-3281
　　　　홈페이지__www.gcbook.co.kr 메일__edit@gcbook.co.kr

값 17,000원
ISBN 979-11-5592-363-4 03810